Lauréat de Quatre Prix National aux États Unis :

Le Prix Next Generation
Prix du Livre de l'Année ForeWord Reviews
Prix des Editeurs Indépendants
Prix Meilleur Choix du Lecteur

Ce livre est dédié à ma mère pour avoir toujours cru en moi et à mon mari pour son amour et son soutien indéfectibles. Je dédie également ce livre aux centaines de milliers de Hmongs et autres réfugiés laotiens qui ont été contraints de laisser derrière eux leurs proches et leur patrie pour prendre un nouveau départ aux États-Unis et dans d'autres pays.

DE L'AUTRE CÔTÉ DU MÉKONG

Elaine Russell

Traduction du *Across the Mekong River*
(États Unis 2012) par Susan Gibbs

Remerciements

Je tiens à remercier mon rédacteur en chef, Dan Smetanka, pour ses excellents et patients conseils sur les révisions de cet article. Je n'aurais pas pu réussir sans lui. Je remercie également mes amies Erin Dealey, Susanne Sommer et Marcia Freedman, qui ont lu mes chapitres dans de nombreuses versions, ainsi que Jackie Pope pour la révision finale. Je suis très reconnaissante à Amorette Yang d'avoir lu le manuscrit et de m'avoir fait part de ses réflexions sur l'histoire et l'expérience des immigrés hmongs. Un grand merci à Lee Yang, Shoua Thao, Ka Yang, Penny Xiong et Chor Vang pour avoir pris le temps de partager avec moi les histoires de leurs familles et leurs connaissances de la culture et des traditions hmong. Je suis redevable à la *Lao Family Community of Sacramento* pour les publications et les informations partagées. Et enfin, à tous les merveilleux amis Hmong et Lao que j'ai rencontrés dans le cadre de mon association avec *Legacies of War*, qui ont également partagé les histoires de leurs familles, *ua tsaug* et *kop chai*.

Table des matières

PROLOGUE

La vérité n'est qu'une illusion. Elle nait de nos mémoires, nos désirs, et des fragments de nos rêves. La vérité c'est ce que nous voulons croire. Parfois les mensonges sont si indispensables qu'ils deviennent part entière de cette vérité. C'est ce que je réalise maintenant, perchée sur une chaise dans la salle d'audience, avec le choix en tête que je suis sur le point de faire. Ce que je dois faire pour survivre.

On étouffe dans cette salle sans fenêtres, aux scenteurs de bois vernis et son revêtement de linoleum astiqué au nettoyant au pin. Mon père est assis tout seul de l'autre côté de l'allée, à la table en chêne égratinée un espace de cinq pieds qui s'étend entre nous comme une vaste fleuve. Je perçois le mélange d'une odeur familière de cigarette et d'après rasage musk qui flotte en ma direction et je ressens le besoin de redevenir cette enfant de huit ans, qui rit insouciemment, chevauchée sur son dos tout en traversant la pelouse autour de notre premier appartement en Amérique. Il porte son unique veste en tweed, son pantalon gris lissé au genoux et une chemise blanche effilochée au col, pourvu qu'on regarde attentivement. Son corps reste rigide, son visage impassible. Il a le regard fixé sur le juge qui dans sa robe noire parait imposant derrière le banc. Les muscles autour de sa bouche se contractent et frémissent parfois quand il avale.

Ma mère est au premier rang derrière lui, à côté d'Oncle Boua afin qu'il puisse traduire. Elle pleure doucement et me regarde de ses yeux noirs, accusateurs. J'ai hâte de franchir ce néant, de leur crier : essayez de me comprendre, s'il vous plaît. Mais il est trop tard. Ils connaissent déjà mes mensonges. Et le passé me glisse des mains.

Le juge se frotte la tempe gauche en petits cercles. C'est un homme corpulent, de race blanche, aux cheveux argentés et aux yeux à peine visibles sous les replis de sa peau. La pièce est extrêmement silencieuse, sauf pour le gémissement faible de sa chaise, lorsqu'il s'y balance en feuilletant des documents. Il me regarde par-dessus de ses lunettes, puis mon père, et revient à moi. On entend le tic-tac de l'horloge sur le mur du fond, une autre minute s'écoule. Son front se plisse en lignes profondes. Son expression est perplexe, voire perturbée. Est-ce qu'il remarque mes mains qui tremblent quand je froisse mon mouchoir humide ? Ou les larmes qui brouillent ma vue, et forment des auréoles autour des objets et des personnes dans la pièce ? Est ce qu'il s'en aperçoit que je retiens mon souffle chaque fois que je respire avec douleur lorsque que j'ose regarder mon père ?

Dans peu de temps ce juge, cet étranger nous demandera comment nous en sommes arrivés à cette impasse. Mon avocat détaillera les événements des dernières semaines et des derniers mois et mon père y répondra avec sa propre version. Mais ce ne sera pas la vérité. Ces aveux ne seront qu'un fragment de tout l'ensemble. Pour que le juge comprenne vraiment ce cheminement entrecoupé et jonché de malentendus et de luttes qui nous a mené jusqu'ici, je devrais revenir à la source des péripéties, loin de cette petite pièce en Californie. Il y a douze ans, quand je n'avais que cinq ans.

Les détails de mes premières années restent flous et obscurs, vus comme à travers une fenêtre embrumée. Je ne suis pas certaine que les quelques images vives que je porte en moi proviennent vraiment de ma mémoire ou si elles y ont été imprégnées par les récits hésitants de mes parents sur notre traversée. J'ai peut-être inventé certains moments par nécessité afin de combler les espaces vides dans mon cœur. Pour justifier mes choix. C'est ce que je pense être vrai.

Vous voyez, la vérité est une illusion. Les mensonges sont nécessaires.

Voici où commence mon histoire.

Une cicatrice rouge en forme de demi-cercle, d'environ huit centimètres marque l'arrière de mon mollet gauche. Elle y a été laissée en souvenir d'une vie que j'ai abandonnée derrière moi. J'avais été brûlée une nuit en juillet 1978, lorsque ma famille traversait un champ en courant, pour essayer de passer de la protection des manguiers à celle des bambous qui longeaient le Mékong lors de la dernière étape de notre fuite du Laos. Nous avons fui le règne de la terreur que le nouveau gouvernement communiste imposait aux Hmong pour avoir combattu avec les Américains pendant la guerre du Vietnam. La Thaïlande semblait être un refuge avec ses lumières scintillantes parsemées le long du rivage lointain comme des étoiles tombées au sol, qui nous alléchaient de l'autre côté de l'abysse. Des éclats de lune balayaient les eaux tourbillonnantes, transformant les ombres en pierres de gué argentées. Mon cœur battait la chamade et dans mes oreilles retentissait le rugissement de le fleuve qui passait, gorgée des eaux de la mousson. Maman avait promis que nous serions saufs une fois de l'autre côté.

Comme je n'étais qu'une enfant, je l'avais crue.

Plusieurs semaines auparavant—ou peut-être plusieurs mois, je ne suis pas sûre—Maman m'avait réveillée au milieu de la nuit. "Chut ! Nous partons pour un long voyage," elle dit d'une voix si calme que je l'ai à peine entendue. Elle me prévint de ne pas déranger les soldats qui dormaient dans le camp à côté de notre village, pendant qu'elle m'habillait avec deux couches de vêtements. Rien que de penser à ces vilains hommes me remplissait d'effroi. Ils me paraissaient aussi effroyables que les tigres qui, aux dires de ma mère parcouraient la forêt, prêts à nuire.

J'ai cligné des yeux, somnolente et confuse.

"Pas un mot." Elle posa son doigt sur ses lèvres.

"Et Hwj Txob ?" C'était mon porcelet noir et blanc que j'avais nommé Poivre. Il trottait derrière moi à travers le village et rebondissait contre mes genoux, me faisait tomber et léchait mon visage. J'aimais mon cochon et je ne voulais pas partir sans lui.

"Nous le prendrons plus tard."

Ma mère et mes frères, Fue et Fong, âgés de 10 et 12 ans, portaient les lourdes charges de vêtements et de nourriture sur leurs dos. De la maison, nous nous sommes faufilés aux abords de notre village, jusqu'en haut de la colline escarpée à travers le verger de pêches et de pommiers, en passant devant les bambous où j'avais déjà vu un panda rouge grignoter des feuilles tendres. Nous sommes montés plus haut dans la forêt aux senteurs de pins, et au sol recouvert d'aiguilles. Une légère bruine me caressa la joue comme de la soie de maïs.

Au fin fond de la forêt, nous avons rejoint Oncle Boua, Tante Nhia et leurs quatre enfants, un autre cousin, Choa, sa femme et leur nouveau-né, et dix-sept membres de la famille Yang, tous rassemblés en silence. Je pouvais à peine distinguer les visages dans la lumière tamisée qui provenait d'une seule lampe torche dissimulée sous la veste d'Oncle Boua.

Derrière mon cousin Choa, une ombre se dirigea vers moi, un homme me souleva et murmura à mon oreille, "Nou, ma petite, c'est ton père."

Je croyais rêver. Mon père était parti depuis très longtemps. Ma mère m'avait dit que des hommes malveillants l'avaient emmené et éloigné de nous, mais qu'un jour il reviendrait.

Souvent la nuit, quand elle se couchait sur le lit à côté de moi, je l'entendais pleurer dans la couverture. Je n'avais aucun souvenir de cet homme qui me tenait tout fort, aucun souvenir de son visage, de sa voix, ou de ses bras tendus, je ne connaissais que la photo que ma mère avait cachée sous ses couvertures, l'image d'un soldat debout devant un bâtiment en métal portant un pantalon kaki et une chemise à manches courtes avec des rubans et des pièces en métal épinglés au-rebord de sa poche. Il portait des bottes noires qui enlaçaient ses mollets, ses mains s'agrippaient à un fusil à canon large, si large qu'il faisait presque sa taille. J'avais beau regarder la photo, je n'arrivais pas à distinguer son visage, qui était masqué par l'ombre du rebord de sa casquette. Pourtant, il était là, et nous guidait dans la nuit.

Le premier jour me combla de bonheur. Nous avions traversé la forêt prétendant à jouer à cache-cache, comme mes frères et moi l'avions souvent fait dans notre village et dans les champs environnants. Papa me berça dans ses bras et je m'endormit. C'est l'appel des mainates et le balancement régulier de ma tête contre l'épaule de mon père qui me réveillèrent. Une lumière gris-vert pâle traversait la canopée des arbres de teck et des bois de rose qui veillaient sur les pins comme des frères aînés. Je pouvais enfin étudier le visage à côté du mien avec ses angles vifs autour du front et du menton, les joues creuses, la peau si pâle et si fine que j'avais peur de la toucher. On voyait les côtes, les os des hanches et des bras de Papa. Je n'avais jamais vu pareil, pas même avec le vieux grand-père Yang qui s'était effrité et tomba en poussière. Je touchai son poignet et je lui demandai pourquoi il n'avait pas plus de chair sur sa peau. Quand il sourit, je remarquai qu'il manquait des dents. Il murmura qu'il avait eu très faim, mais que bientôt, tout irait mieux et qu'il grossirait, comme un gros porc. Je ris à cette idée, le voyant courir avec Hwj Txob.

Nous nous arrêtâmes dans une clairière pour nous reposer et mangeâmes une portion de riz gluant. La pluie s'était arrêtée et à travers les branches, je pouvais voir passer des nuages blancs cotonneux. Les rayons du soleil s'infiltraient par les feuilles et projetaient des formes élaborées sur la terre, et je les poursuivais en traçant leur forme avec un bâton. Maman étala deux courtepointes sur un lit d'aiguilles de pin et de mousse. Mes frères s'effondrèrent sur l'une d'elles, tandis que mes parents se couchèrent de part et d'autre de moi, en souriant et en chuchotant. De son bec, un pic martelait le tronc de l'arbre au-dessus de nous, et des mouches hypnotisées bourdonnaient sous les rayons de soleil comme si elles étaient piégées, incapables de trouver une sortie. Un groupe de fourmis charpentières rongeait la bûche en décomposition à côté de nous. J'haletai lorsqu'une énorme libellule orange atterrit sur la jambe de Papa et battit de ses ailes dorées pendant un court instant pur et parfait.

Les jours et les nuits finirent par se confondre et devinrent de plus en plus difficiles. La joie du retour de Papa s'était effacée dans les profonds plis de son visage et il resserrait davantage son emprise sur ma main. Nous parlions seulement à voix basse. Nous passâmes très vite. Chaque fois que j'émettais le moindre son, Maman me saisissait par l'épaule et disait non de la tête. Je ne pouvais pas jouer avec mes cousins ou mes frères. Je ne pouvais ni chanter, rire, ou applaudir. Au moindre bruit dans les buissons, nous nous cachions derrière les arbres les plus épais ou les troncs d'arbres tombés, figés sur place, respirant à peine jusqu'à ce que nous soyons sûrs que nous étions hors de danger. Personne ne m'avait dit où nous allions. Je voulais rentrer à la maison. Je voulais Hwj Txob. Et pour la première fois, je compris que ma mère m'avait menti. Nous ne retournerions jamais pour récupérer mon cochon.

Papa et les autres hommes se relayèrent pour tracer un sentier étroit à travers d'épais arbustes épineux, des herbes et des chardons avec leurs faux. Le reste d'entre nous le suivions en file indienne, montant et descendant les montagnes dentelées, pataugeant, et glissant dans la boue, trébuchant sur des branches tombées et des racines. C'était la saison de la mousson et la pluie tombait à gros torrents. Mes vêtements et ma peau restaient mouillés s'ajoutant à l'odeur accablante des feuilles et de la terre humides.

Les premiers jours, mon frère aîné Fong m'avait porté sur son dos pendant de courtes périodes. Je me sentais en sécurité avec mes jambes enroulées autour de sa taille et mes bras autour de son cou. Mais très vite il se sentit défaillir sous mon poids. J'ai marché au point d'avoir des crampes aux mollets et à faire saigner mes pieds nus. Mère entoura ma tête et mon cou avec un linge pour me protéger des moustiques qui grouillaient autour de moi, à la recherche d'un fragment de peau succulent. J'étais toute engourdie par la piqure des sangsues qui me mordaient les jambes, me lichaient goulûment le sang jusqu'à ce que, rassasiées, elles tombèrent au sol.

À la fin de la première semaine, je me suis effondrée sur le sentier, trop fatiguée pour bouger. J'ai crié, "Porte-moi," en pleurant.

La main de Mère s'abattit rapidement sur ma bouche et elle me releva du sol. "Chut ! Tu va nous faire tuer tous." Je sentis son souffle chaud sur ma joue. Ses yeux reflétaient les nuages sombres et tourbillonnants.

Mais Père me souleva dans ses bras. Nous continuâmes.

Certains jours, la pluie tombait si fort que je pouvais à peine lever mes pieds enlisés dans la boue épaisse. À deux reprises, nous construisîmes de drôles de maisons en ramilles ou en bambou recouvertes de palmiers à larges feuilles et nous restâmes jusqu'à ce que le danger soit passé. Papa restait tendu et alerte même quand il dormait, son couteau à ses côtés. Je m'endormait en me blottissant contre Mère. Je rêvais que nous étions de retour dans notre maison du village et que les vilains hommes étaient tombés de la montagne dans un gouffre où les mauvais esprits les avaient mangés.

C'était sans doute après la troisième semaine que Mère s'était plaint d'avoir mal au ventre et qu'elle avait besoin qu'on s'arrête. Papa jugea que nous avions tous besoin de nous reposer et que cela nous permettrait aussi de sécher. Il trouva une grotte en pierres calcaires avec une entrée presque aussi haute que les arbres à l'extérieur. À l'arrière de la grotte, la guano de chauve-souris recouvrait le sol escarpé, dont la puanteur accablante me donnait mal au coeur. On pouvait apercevoir les traces des personnes qui nous avaient précédées—des cendres d'un feu de bois, des carcasses d'oiseaux abandonnés ou celles de chauves-souris qu'on avait mangées. Papa et l'Oncle Boua ranimèrent patiemment le feu avec des ramilles et des bûches mouillées ce qui emplit la grotte d'une épaisse fumée grise et ne chauffait que nos alentours immédiats. Tout à coup une vague de chauves-souris jaillit du plafond et des crevasses; une masse d'ailes noires tournoya autour de nous. Je criai et me débattais lorsque les petites créatures me frôlèrent la tête, les bras et les jambes. Un coup de vent emplit mes poumons et je me mis à haleter. Père me protégea avec son corps jusqu'à ce que les chauves-souris soient assaillies—une couverture absolument noire, qui criait puis disparut à la nuit naissante. Il me blottit contre lui et murmura des paroles apaisantes jusqu'à ce que je cesse de pleurer. Il me promit qu'elles se tiendraient à l'écart tant que le feu brûlerait.

Ma cousine Choa Yang Bee et ma Tante Nhia avaient habilement capturé des dizaines de chauves-souris dans des paniers, à mains nues alors qu'elles volaient au-dessus nous. Nous les mangeâmes rôties sur des bâtonnets, notre première viande en sept jours. Mais Mère ne mangea pas. Elle s'allongea sur une couverture, tenant son ventre et gémit. La sueur lui coulait du front. Papa s'agenouilla à côté d'elle et lui essuya le visage avec un chiffon humide. Oncle Boua était un chaman, habile à guider les âmes perdues. Il pria nos ancêtres et les esprits de l'au-delà, invoquant leur aide pour protéger Mère.

Le lendemain matin, le flot de sang s'écoula à nouveau entre les jambes de Mère, un filet de ruban rouge sur le sol en pierres calcaires gris et blanc de la grotte. Le liquide visqueux s'agglutina ensuite dans les fissures et les crevasses. Bientôt, son visage devint tout pâle. Elle haleta de douleur et saisit la main de Père. J'enfoui ma tête dans l'épaule de Fong, trop effrayée de regarder lorsqu'il m'éloigna de là.

Tante Nhia aida à laver Mère, lui mit un sarong autour de la taille et lui fit boire un breuvage brunâtre concocté de coquelicots qu'on avait cueillis dans nos champs. Elle me demanda d'arrêter de pleurer et de l'aider, elle me prit la main et m'entraina dans la forêt. Nous nous mirent à chercher des feuilles de menthe vertfoncé odorantes qui poussaient à l'ombre des orchidées blanches. Quand je les frottai entre mes doigts, je perçu une odeur âcre et rafraîchissante. Ensuite, nous recueillîmes des chrysanthèmes dorés dans le lit de la rivière où des insectes aquatiques voltigeaient ludiquement, à travers une piscine. Tante Nhia me tapota la tête et m'assura que tout irait bien avec Mère. Elle me dit que j'étais une grande fille qui l'aidait à trouver le remède. À notre retour, elle fit bouillir les plantes pour en extraire une potion jaune-vert. Elle réussit à tirer Mère de sa stupeur et la força à en boire de petites gorgées à quelques minutes d'intervalle. Une heure passa et, le sang s'atténua et finalement s'arrêta, tard dans la nuit.

Maman avait dormi toute la nuit et toute la journée sans se réveiller pendant que Papa chantait des prières en lui caressant les cheveux. Le reste d'entre nous avions ramassé du bois pour maintenir le feu. Tante Nhia et moi avions lavé les sarongs tachés de sang dans le ruisseau et les avions suspendus pour les faire sécher près du feu. Enfin, Mère s'assit, le visage pâle et fatigué. Papa lui donna le reste du riz et la boisson à base de plantes préparée par Tante. Je me blottit sous le bras de Mère, reconnaissante qu'elle soit vivante et fière d'avoir pu lui sauver la vie. Elle me serra contre elle. Deux jours plus tard, nous repartîmes.

Il ne restait plus de riz. Mon estomac brûlait d'une douleur constante. Nous ramassiona des champignons bruns en forme d'épis d'éléphant, les larves blanches de fourmis géantes, des sauterelles et des coléoptères pour rôtir, de tendres pousses de bambou et, avec de la chance, un rat ou un oiseau, n'importe quoi pour survivre. Un jour, Père attrapa un petit singe brun avec une corde en lasso. Un autre jour, nous passâmes près d'un village où un gentil agriculteur nous apporta un panier de riz et du melon amer du jardin de sa femme. J'en mangeai si vite que tout me remonta.

La pleine lune vint et repartit, et nous marchions toujours. Par une chaude journée alors que le soleil remplissait le ciel et que la vapeur se dissipait comme une fumée, Grand-mère Yang et son petit-fils s'arrêtèrent pour remplir leur cruche d'eau dans un ruisseau. Ils nous firent signe de les rejoindre, brandissant des baies rouge-vif qu'ils fourrèrent dans leurs bouches.

Tante Nhia cliqua de la langue et courut vers eux, pour les avertir. "Arrêtez ! Elles peuvent être vénéneuses. Les oiseaux n'en ont pas mangés." Grand-mère Yang se contenta de rire, dévoilant ses dents vermillon, qui laissèrent s'échapper des gouttelettes de jus sur son menton. Au bout d'une heure, ils se plaignirent de maux d'estomac et coururent dans les buissons pour se soulager. Bientôt, ils tombèrent au sol, se tordant de douleur, une mousse rose se forma au coin de leur bouche. Leurs yeux roulèrent dans les orbites et leurs entrailles se vidèrent. Je m'accrochai à Mère et me cachai le visage dans sa jupe, là, debout, sans défense. Trois heures plus tard, ils étaient tous les deux morts. Nous les enterrâmes dans la riche terre noire au bord d'un ruisseau et les recouvrîmes de pierres pour empêcher que les animaux sauvages ne les déterrent. Père dit que, même si nous n'étions pas en mesure de leur donner une sépulture convenable, nous prierions pour que leurs âmes retrouvent le chemin du lieu de leur naissance jusqu'au ciel avec leurs ancêtres.

Je pleurai souvent, mais en silence, pour que les maudits soldats ne nous trouvent pas. Ils nous trouvèrent tout de même.

Quelques nuits plus tard, alors que nous nous frayions un chemin à travers une montagne escarpée, presque impénétrable avec des pins denses et des vignes grimpantes, des éclairs de lumière tranchants éclatèrent. Des sifflements et des bruits sourds me frôlèrent les oreilles. Au début, je cru que quelqu'un jetait des pierres. Mai les bruits se multiplièrent en roulements de coups et de tintements assourdissants qui secouèrent mon corps. Je sentit la chaleur des balles siffler en passant et ricocher sur les arbres. Mère attrapa ma main quand que nous traversâmes la forêt avec les autres. Une épine s'accrocha à mon bras. Une branchette m'égratigna les yeux. Un énorme tremblement de terre secoua le sol, et anéantit notre sentier. Soulevées de la terre, des pierres et des feuilles voletèrent dans les airs et s'abattèrent en averse, me tombant sur la tête et sur les épaules. L'air était chargé d'une odeur de métal, de feu, et d'œufs pourris. Suit une autre explosion. Puis dans un éclair de lumière, livides comme la pâleur de la lune, mon cousin Chao et Tante Nhia tombèrent à terre, le visage marqué par la surprise. Je sentit un cri se former au fond de ma gorge, mais je ne réussis pas à l'émettre. Nous nous mîmes à courir, à courir et à courir toujours, jusqu'à ce que la fusillade et les explosions cessent enfin. Puis nous courûmes encore.

Finalement, Mère s'arrêta et nous tombâmes à terre. Son corps entier tremblait et elle m'enveloppa dans ses bras fins. La chaleur de son corps se confondit au mien et calma mon cœur battant. Je restai allongée pendant qu'elle me berça doucement. Fue nous trouva bientôt. Nous nous rassemblâmes pour écouter les autres. La terreur s'installa, mêlée au bourdonnement des grillons, des moustiques, et de mille créatures qui rampaient dans le noir.

Dès les premières ombres de l'aube, les membres de notre groupe qui avaient survécus se rassemblèrent. Mère pleura de soulagement quand Père et Fong apparurent. Une balle avait frôlé le cou de Fong, et avait laissé une trace de brûlure rouge. Yang Shoua avait une balle logée dans le bras. Son mari enroula un linge autour de la blessure d'où un filet de sang s'échappa. Il manquait quatre d'entre nous. Père, Fong, Oncle Boua et Chia revinrent. Une heure plus tard, Fong vint nous chercher. Quand nous les repérâmes, les hommes creusèrent des tombes sous les feuilles et la mousse, pour y enterrer mon cousin Chao, Tante Nhia, Yang Kim, et Yang Lia. Nous pleurâmes et priâmes pour leurs âmes.

Les montagnes s'estompaient derrière les collines et les pins denses cédèrent leur place aux cocotiers, aux cosses de singe, et aux acacias. Le paysage était parsemé de vergers. Je me gavai joyeusement de fruit à pain, de mangues, et de maïs volés dans des champs au milieu de la nuit.

En fin d'après-midi, un avion bourdonna au-dessus du stand de mangues, et de palmiers où nous nous étions arrêtés. Une fine pellicule jaune pénétra à travers les feuilles comme des nuages de brume blanche qui avaient souvent voilé notre village et notre montagne tôt le matin en attendant que le soleil se lève. La poudre jaune me brûla les yeux et les poumons. Père me souleva dans ses bras et nous nous dispersâmes à travers les manguiers dans les buissons d'hibiscus et les fougères, loin de ce brouillard étouffant. Nous arrivâmes à un ruisseau où Père me submergea dans l'eau, à plusieurs reprises, et me frotta la peau vigoureusement. Au tour de moi l'eau devint rosâtre et lorsque je touchai mon nez, ma main était recouverte de sang. Comme beaucoup de membres de notre groupe, j'eu un haut le coeur pendant des heures cette nuit-là jusqu'à ce qu'il ne reste plus rien dans mes entrailles. Mes muscles tremblaient et convulsaient. Mère me donna un petit peu du médicament brun, et je perdit conscience plusieurs fois. Trois jours plus tard, je mangeai un peu de maïs, puis une banane. Mais mon jeune cousin Chay n'eut pas la même chance. Il avait saigné des oreilles, des yeux, du nez et de la bouche et mourut la première nuit.

Finalement, nous atteignîmes les plaines de rizières inondées. Pendant une semaine, nous passâmes les nuits sur les étroites digues, dans la crainte de rencontrer des serpents d'eau vénéneux ou des soldats du Pathet Lao, aussi meurtriers les uns que les autres. Pendant la journée, nous nous cachâmes dans des bosquets de bambous ou de lauriers roses. Nous ne sommes plus très loin maintenant, dit Père.

Seulement vingt-deux membres de notre groupe de départ atteignirent le Mékong. Sept étaient morts et Youa était partie avec son bébé dans le village de son frère, près de Luang Prabang, après la mort de Choa. Nous nous cachâmes dans les buissons en attendant une opportunité. J'étais sûre qu'une fois avoir rejoint les lumières en Thaïlande, nous serions en sécurité.

Père parla avec les pêcheurs de la région et apprit qu'il n'y avait pas de bateaux pour nous transporter, peu importait la somme d'argent qu'on offrirait. Les soldats gardaient les lieux attentivement et tiraient sur quiconque s'aventurait dans l'eau. Alors Père et les autres hommes rampèrent à quatre pattes dans l'obscurité jusqu'à la rive, coupèrent des perches de bambou et façonnèrent des radeaux crus en les attachant avec des lambeaux de tissu et des roseaux. Quand ils furent prêts, Fong se hâta pour venir nous chercher.

Nous nous mîmes à courir, pliés en deux, mais la petite fille de Yang Bee, attachée à son dos, se réveilla et se mit à geindre. En quelques secondes, d'éclatants rayons de lumière dispersèrent le pré comme de géants rayons de soleil qui enferment les mouches. Des coups de feu retentirent au-dessus de nos têtes, suivis de roquettes. Un tourbillon de couleur jaune, bleu, et rouge nappa le ciel nocturne tel un feu d'artifice chinois lors d'une célébration du nouvel an. Mère s'empara de mon bras et m'entraîna, mes pieds trébuchaient sur les monticules de terre et mes poumons brûlaient pendant que tout explosait autour de nous. Je ne remarquai pas l'étincelle qui avait mis le feu à la jambe de mon pantalon.

Aujourd'hui encore, quand je ferme les yeux, je peux sentir le choc de l'eau froide sur mon corps lorsqu'ils s'écrasent dans le fleuve. Mais parfois, ma mémoire me joue des tours. Les minutes qui suivent semblent interminables comme dans un film au ralenti. Je n'arrivai pas à mettre pieds à terre car mon corps perdait de la pesanteur. Père tint le radeau d'une main et attrapa mon bras de l'autre, mais le courant rapide m'emporta tout de même. Je senti son emprise me lâcher, d'abord le long du bras, puis le poignet et la paume, ses doigts ne me tinrent plus, je lui échappai un à un et coulai dans les profondeurs. Je ne pu lever ni les bras, ni les jambes. L'eau emplit ma bouche et mes poumons. Des cris étouffés se firent entendre, peut-être ceux de Mère. Une main se débattit dans l'eau puis réussit à me soulever. Père avait trouvé le moyen d'attraper mes cheveux puis ma chemise, et me tenant par la taille, il me souleva vers lui, ensuite sur le radeau, puis me coinça sous son bras gauche. Je crachai de l'eau et essayai de prendre des bouffées d'air. Père m'avait sauvée. J'étais certaine qu'il le ferait toujours.

Père aida Mère à rouler sur le bambou fragile et creux. En étendant ses bras vers eux, elle cria à mes frères de se dépêcher. À trois mètres de là, ils se débattaient pour se hisser su un plus petit radeau qui tournait comme une toupie. Les roquettes sifflaient au-dessus de nos têtes. Soudainement, une énorme vague les submergea. Une mitraillette retentit à mes oreilles, des balles rebondirent contre le bambou faisant éclabousser l'eau autour de nous. Un phare apparut, et pendant ce bref moment d'éclairement, Fue se releva brusquement sur ses genoux et replia ses mains contre sa poitrine. Mère laissa échapper un hurlement perçant lorsqu'il tomba dans le fleuve. La lumière disparut et le monde redevint noir. Notre radeau fut emporté par les eaux tumultueuses. J'essayai de garder les yeux rivés sur l'emplacement où mes frères se tenaient, mais ils avaient disparu dans l'étendue sombre.

Père agita les bras dans l'eau, en essayant de guider notre radeau à travers le courant qui accélérait, il tenta d'éviter les bûches flottantes et le débris que nous affrontions. Nous nous agrippâmes aux bords tranchants du bambou, en voltigeant et roulant sous l'eau. Je gardai les yeux fermés, bien serrés. Je ne savais pas combien de temps s'était écoulé—des minutes ou des heures—avant que nous nous échouâmes finalement sur la rive de l'autre côté. Je me souviens qu'on m'avait confiée aux bras d'un étranger et qu'on m'avait ensuite assise sur le sable et des rochers. Mon corps tremblait. Mes membres étaient engourdis et trop lourds pour que je puisse bouger.

Quatorze autres membres de notre groupe s'étaient débattus pour atteindre les rives du fleuve en Thailande cette nuit-là. Ma tante, quatre cousins, et la moitié de la famille Yang avaient tous péris. Mes frères Fong et Fue flottaient quelque part au fond des eaux troubles et ensanglantées, sans avoir réussi à atteindre le rivage de l'autre côté du Mékong.

Le juge remue les papiers, les rassemble en une pile ordonnée, puis les met de côté. Les muscles de son visage se relâchent quand il laisse échapper un long soupir. L'air est stagnant dans l'attente vive de ce qui adviendra.

"Nous commencerons par une déclaration sur le dépôt et le rapport des services sociaux," déclare le juge finalement. "Tout d'abord, Mademoiselle Lee, voulez-vous indiquer votre nom comme vous le souhaitez apparaitre dans le dossier de la cour. Désirez-vous être appelée Nou Lee ou Laura Lee ?"

La greffière, une jeune femme aux cheveux blonds décolorés, courts et hérissés, se tourne vers moi. Ses mains, au-dessus des touches de sa machine, attendent ma réponse. Elle cligne plusieurs fois des yeux, témoignant l'indifférence et l'ennui.

Cette question me prend au dépourvu. Je suis incertaine, je ne sais comment répondre. Je ne suis ni l'une ni l'autre, mais un étrange amalgame des deux. Je ne sais pas comment séparer les deux.

Bien sûr, je me trouve ici aujourd'hui parce que je suis obligée de choisir. Le drapeau américain est suspendu à un poteau à côté du banc du juge, en guise de promesse tacite. Je me rappelle cependant, rien ne nous est donné. Tout à un prix.

Première Partie

Chapitre 1
PAO

S i seulement nous avions fui le Laos dès la fin de la guerre civile. Si seulement je ne m'étais pas laissé aller à la com-
plaisance de la mascarade que les insurgés communistes avaient
offert aux Forces Armées du Royaume Lao. Si seulement j'avais
écouté mon cœur et non leurs vaines promesses. Si seulement. J'ai
pleuré tant de fois. *Si seulement.*

Fin février 1973, mes hommes et moi reçurent un message ra-
diophonique. *Cessez le feu en vigueur. Retour au siège.* Un accord entre
les deux parties avait été signé, mais je n'avais jamais eu foi qu'il
en sortirait quelque chose de positif. L'ennemi nous tirait toujours
dessus avec des obus et, ce matin-là, des bombardiers américains
avaient survolé, comme d'habitude. Je savais qu'on ne pouvait faire
confiance au Pathet Lao communiste, soutenu par des troupes et
des fusils nord-vietnamiens.

Le conflit cessa sans cérémonie comme une bougie soufflée, qui
pour un bref instant laisse derrière elle l'ombre d'une auréole dans
l'obscurité. Les cinq hommes de mon unité se tenaient devant

moi et dans leurs yeux se reflétaient le choc et l'incrédulité. Pendant plus de trois ans, je les avais menés dans des missions secrètes derrière les lignes ennemies. Nous étions unis dans le combat, côte à côte et avions survécu malgré les difficultés. J'étais leur commandant, ami, et conseiller. J'avais soigné Xiong quand il était tombé malade avec de la fièvre et Nao quand une balle s'était logée dans son abdomen.

La semaine précédente, j'avais chanté une bénédiction lors d'une cérémonie de baci pour nous protéger en route pour une mission pour surveiller les déplacements des Laos. Nous portions encore les cordelettes que nous avions attachées à nos poignets afin de permettre à nos âmes de rester attachées à nos corps. Je touchai mes cordes effilochées, salies par la boue, comprenant les questions qu'on n'avait pas posées et qui embrouillaient toutes nos pensées. Qu'en était-il des braves soldats, nos frères hmong, qui s'étaient battus pour notre terre et notre liberté ? Ils avaient été tués par la fusillade ou l'explosion et enterrés dans des sépultures inconnues et abandonnés aux flancs de la montagne. A quoi avait servi leur mort ? Après nos sacrifices et notre loyauté aveugle envers les américains, comment avaient-ils pu nous laisser à la merci du Pathet Lao ? Cette fois, je n'avais aucun réconfort à offrir à mes hommes.

Tout d'un coup, mon fusil me paraissait lourd dans les mains, froid et peu naturel. Quand on peut, on saisit l'espoir même là où il y en a si peu. Mes pensées se tournèrent vers des préoccupations plus immédiates. Je serais chez moi avec Yer à temps pour la naissance de notre troisième enfant. Je ne voulais penser à rien d'autre que cet heureux événement.

Pendant les deux jours qui suivirent, nous revînmes de la jungle à l'est de Sam Thong. Un étrange silence s'attardait au-dessus de la forêt. Pas d'avions. Pas d'explosions. Pas de coups de feu. Je perçu les trilles des grives et des bécasses, le bruissement d'une civette qui se glissait dans les fougères et les feuilles qui susurraient en témoignage du chagrin de ceux qui ne reviendraient pas de cette longue et âpre guerre.

En fin d'après-midi, nous arrivâmes à l'atterrisseur au sommet de la colline au site 201 de Lima et fîmes un bref parcours dans un Huey en direction du quartier général de Long Chieng. C'était le début de la saison chaude, le ciel était dégagé et l'air chaud et brumeux. Alors que nous survolions les montagnes, les rotors avant et arrière de l'hélicoptère tournaient en tempos opposés. Le paysage déchiré et affaissé semblait aussi exténué que je l'étais. Les forêts vert-délavé s'accrochaient aux collines ponctuées de fosses béantes dont certaines d'une largeur de plus de six mètres, les arbres au feuillage épars, ainsi que de vastes étendues de terres stériles, laissés en héritage par des roquettes, des bombes, et du napalm. Des vestiges effondrés apparaissaient çà et là dans des villages abandonnés. Le chopper escalada les sommets déchiquetés du Skyline Ridge et plongea précipitamment dans la longue et étroite vallée de Long Chieng avec son unique piste en dur. Le bâtiment de la CIA entretenait une forêt d'antennes où des cabanes s'étalaient au hasard, dans tous les recoins.

Une incertitude nerveuse animait la base. Malgré l'impatience de voir ma famille, j'allai directement voir mon ami et officier supérieur, Blong. Lui saurait la vraie raison du cessez-le-feu.

Blong me serra la main et m'offrit un siège. C'était un homme trapu, carré, à la figure large, toujours prêt à sourire. Il ne s'emportait jamais, même avec l'intensité de la guerre. J'avais besoin de son enthousiasme. Il hocha la tête et parla rapidement. "L'accord est bon, je pense, avec un gouvernement de coalition. Les deux parties conservent leur territoire actuel. Elles travailleront dans le but d'une réconciliation."

"Après vingt ans de combat, le Pathet Lao octroie la paix." Il était impossible de masquer le dédain dans ma voix.

Il leva les mains en l'air et haussa les épaules. "Le gouvernement n'a d'autre choix que d'accepter. Depuis que les américains ont signé un traité avec Hanoi, ils exercent des pressions sur les ministres. Ils se retirent."

Il avait raison bien sûr. Désespérés, les ministres du Royal Lao ne savaient où aller. Ils allaient sans doute afficher leurs meilleurs sourires, serrer les mains en signe d'accord, et signer des avenants avec l'espoir que leurs prières soient exaucées.

"Toutes les troupes étrangères doivent se retirer avant soixante jours," il déclara.

"Les Vietnamiens ne partiront jamais." Ma poitrine se gonfla de colère. "Des signatures sur un morceau de papier ne changeront rien."

"Nous tenons cet espoir." Blong hésita un moment, les yeux fixés sur ses mains. "Les forces secrètes doivent également être dissoutes."

C'était ma plus grande crainte. Le Pathet Lao nous détestait. Ce n'étaient pas les Forces Armées du Royaume Lao, restreints et indisciplinés, qui les avaient empêchés de s'emparer du Laos, mais la guérilla des forces spéciales, composée de Hmong, de Mien, et de Khmu, les tribus ethniques qui vivaient dans les collines hormis le pouvoir Lao.

Les troubles commencèrent après la Seconde Guerre mondiale, lorsque les communistes du Ho Chi Minh vainquirent les français et les forcèrent à céder le pouvoir colonial. La Convention de Genève de 1954 accordait l'indépendance totale au Laos et interdisait les ingérences étrangères. Mais cela n'empêcha pas les nord-vietnamiens de se glisser dans nos provinces de l'est, recrutant les agriculteurs pauvres, sans éducation ni pensées autonomes, à soutenir ainsi les groupes néo-communistes lao. D'autres pays en affluence au Laos—la Chine, la Russie, les États-Unis—s'efforçaient tous de laisser leur empreinte pendant que leurs gouvernements défilaient l'un après l'autre. Avec la Convention de Genève de 1962, les dirigeants du monde avaient, une fois de plus, tenté de mettre fin aux manipulations et à l'aide militaire des forces étrangères. Mais personne n'y avait souscrit.

Les complots et accrochages aboutirent en guerre civile et nous fîmes entraînés dans un conflit d'ombres et de déceptions pendant que le reste du monde prétendait qu'il n'y avait pad de combats. La CIA nous engagea à nous battre pour eux, sachant que nous tenions à notre indépendance dans les montagnes du Laos et que certains de nos compatriotes s'étaient déjà battus aux côtés des français contre les vietnamiens. Ils ravitaillaient nos appréhensions et soutenaient que les communistes détruiraient nos moeurs et nous obligeraient à céder nos terres. Le moment était venu de choisir notre camp. Certains Hmong furent dupés par les communistes, cependant la plupart comprenaient à la fois la menace et la nécessité de s'allier à la puissance américaine. Les États-Unis gagneraient sûrement. La force militaire américaine avait formé nos troupes et nous avait fourni l'appui aérien et les armes. Le conflit s'élargit.

Aux Nations Unies, des diplomates étrangers avaient tordu et déformé la vérité, avec l'adresse d'acrobates chinois afin d'échapper aux interrogatoires. *Non, il n'y a pas de troupes nord-vietnamiennes au Laos. Quelle idée de penser que les chinois et les russes fournissent des armes ? Non, l'armée américaine n'a pas d'avions au Laos. Il s'agit d' entrepre-*

J'étais étudiant à l'école secondaire française de Vientiane à cette époque. J'ai lu les comptes rendus officiels dans les journaux, mais ils ne correspondaient pas à la réalité de ce que j'avais observé, des centaines d'étrangers qui buvaient dans les bars et se faisant passer pour des touristes, se promenaient dans la ville pour former des réunions secrètes.

"Que dit le général ?" Je demandai enfin à Blong. Le chef de nos forces secrètes, le général Vang Pao, le seul général hmong des Forces Armées du Royaume Lao, exerçait une grande influence dans les instances gouvernementales. Du moins cela avait été le cas.

"Il a essayé de convaincre les ministres contre cet accord, mais personne ne voulait l'écouter." Blong tassa sa pipe sur la semelle de sa chaussure, le vieux tabac se répandit parterre. "Les améri-cains sont déjà prêts à mener leurs avions en Thaïlande."

Mon corps s'affaissa. Les américains nous avaient forcés à la défaite, leurs promesses étaient aussi vaines que celles du Pathet Lao.

Mon fils aîné Fong, âgé de presque huit ans, soutenait la perche en bambou. Faisant un l'effort, sa langue pendait de sa bouche et ses bras étaient tendus par le poids. J'attachai le poteau en place autour de la porte d'entrée de notre nouvelle maison. Au cours des dernières semaines, les autres hommes du village et moi-même avions travaillé ensemble pour abattre de robustes perches de bambou, nous les avions lissées et en avions encadré le domi-cile de chaque famille. Du bambou coupé en lamelles couvrait les murs et les toits. Fong avait insisté de nous aider à chaque phase.

Son visage était sérieux et dédié à chaque tâche que je lui confiais. Mon cœur s'emplit d'orgueil.

Je me tenais debout sur le seuil de notre maison dont chaque parois mesurait six mètres de long. Elle était solide et nous servait d'abris. Les maisons hmong n'avaient pas de fenêtres, seulement deux portes. Comme il se devait, nous avions une vue panorami-que des montagnes de la porte d'entrée qui, abondamment boi-sées s'érigeaient puis tombaient dans l'étroite vallée. Yer avait déjà tassé et balayé la terre jusqu'à ce qu'elle soit dure et lisse, mais il restait encore beaucoup à faire. Je devais terminer le grenier pour y stocker le riz ainsi que le poêle au centre de la pièce, puis instal-ler les séparations tissées qui délimiteraient les espaces pour dor-mir. Le lendemain, nous posâmes des couches épaisses de chaume sur le toit en guise de protection contre la pluie, avant l'arrivée des moussons.

Bien d'autres projets nous attendaient. Je passai une journée à abattre un pin et à scier du bois pour aider à construire le banc de chaman d'Oncle Boua, une simple planche lissée et fixée à des pieds évasées à chaque extrémité. Nous façonnâmes un autel avec deux étagères pour y ranger ses outils: les cymbales, le gong, le tambour et les cornes de buffle. Tante Nhia et Yer couvrirent l'au-tel avec du papier estampé aux motifs élaborés.

La semaine suivante, nous allumâmes de l'encens et fîmes des offrandes à Sou Kah, l'esprit protecteur de la maison et aux au-tres esprits de la porte d'entrée, du poteau central et de la chemi-née. Nous leur avons demandâmes de nous bénir et de nous ac-corder bonne santé.

La sueur me coulait dans le dos et je pensais comme je serais heureux de terminer ces tâches. La saison chaude s'annonçait pro-che et nous avions des champs à planter. Je posai ma main sur l'épaule de Fong. "Nous avons fini, fiston."

"Regarde combien tu as aidé !" Yer dit à Fong et il sourit. Elle était assise sous le large parasol que formait l'arbre à singe, pendant que notre fille Nou dormait sur une couverture à ses côtés. Elle tissait des bandes de chaume, ses doigts rapides et agiles rassemblaient et enveloppaient les tiges d'herbe jaune-vert. Ses cheveux noirs tombaient sur ses épaules comme un châle soyeux. Elle s'était embellie après chaque enfant, d'une maturité plus prononcée et définie, les traits délicats. Je contemplai la forme de son cou et de son menton qui, le soir au lit, seyaient parfaitement au creux de mon épaule. Ses yeux sombres brillaient quand elle me regardait.

À travers les épreuves et la terreur du combat, son amour avait été l'espoir constant qui m'avait maintenue en vie. Chaque soir, lorsque les enfants étaient endormis, nous avions renouvelé notre passion l'un pour l 'autre. Cela me rappelait les premières années de notre mariage quand même un instant loin d'elle me paraissait trop long et que je ne pouvais me passer de son amour. La veille au soir, elle m'avait tenu serré dans ses bras et avait pleuré, me suppliant de ne jamais la quitter, peu importe la situation. J'avais été surpris par l'intensité de sa requête. Elle ne s'était jamais plainte quand je partait au travail pendant la guerre, mais maintenant je comprenais à quel point il lui était difficile de vivre avec la peur et l'incertitude qui persistaient et qui formaient un voile de mort pesant sur notre existence précaire. Je lui jurai que je resterai avec ma famille.

Yer se leva pour vérifier le pot de légumes qui mijotait au-dessus du feu tandis que Fue passait devant elle, riant et chassant les corbeaux qui picoraient le sol à la recherche de grains de riz égarés. Il courait en rond et tapait dans ses mains. Lorsqu'il s'approcha de l'arbre, il lança une ruade de poussière sur le visage de Nou de ses pieds nus. Elle se réveilla brusquement et se mit à pleurer.

"Oh Fue, regarde ce que tu as fait," gronda Yer. Elle prit Nou dans ses bras et lui essuya les joues. Elle ouvrit son chemisier et guida la bouche de Nou vers son sein. "Les garçons, allez vous laver, il est l'heure du dîner."

Je souris et je pris Fue dans mes bras. "Je vais les emmener au fleuve."

Je chérissais ce petits moments ordinaires avec ma famille. Ce début simple était tout ce dont j'avais rêvé au cours des neuf années de combat. Parfois, j'avais du mal à refouler les horreurs des combats et les cauchemars me réveillaient au milieu de la nuit. Des bruits inattendus dans la forêt me faisaient trembler. Je ne pouvais m'évader des craintes que j'avais pour l'avenir. Pour le moment, du moins, le calme régnait.

Le général Vang Pao s'était conformé aux conditions du cessez-le-feu et avait dissous les forces spéciales au cours des six semaines qui suivirent la signature de l'accord. Il nous avait instamment demandé de reprendre le cours de notre vie, de nous installer avec nos familles et à redevenir des agriculteurs. A notre départ, on nous donna de nouveaux outils et des semences de maïs et de riz en guise de compensation. J'étais content de cette opportunité. Notre famille avait eu de la chance après tout; nous avions survécu alors que tant d'autres avaient péri.

Début avril, Yer et moi quittâmes Long Chieng avec Fong, Fue, et Nou, âgée d'un mois seulement ainsi que les membres restants de notre famille, cinq ménages en tout. Nous faisions partie du clan Ly, l'un des dix-huit clans hmong. Au Laos, nous portions uniquement les noms de notre clan, que nous indiquions avant notre prénom. J'avais rencontré un vieil ami, Yang Chia, à Long Chieng. Nous avions grandi dans des villages avoisinants et Chia avait épousé ma cousine Ai. Nous parlâmes de notre avenir, puis les hommes de ma famille, décidèrent de rejoindre Chia et six autres familles Yang pour construire un nouveau village près de Muang Cha.

Nous marchâmes trois jours avant d'arriver dans la ville de Muang Cha, située dans une vaste plaine dans les montagnes. Elle était devenue une grande colonie hmong pendant la guerre avec des écoles au niveau secondaire. Je voulais que mes garçons aillent à l'école secondaire française à Vientiane, comme moi. Peut-être même à l'université en France ou quelque part à l'étranger. C'était leur clé du futur. Avec l'argent que j'avais économisé, j'achetai six poules, un cochon et deux truies. Nous trouvâmes un site pour notre village sur une pente douce près d'un ruisseau, à une demi-journée de marche de Muang Cha et nous nous mîmes au travail.

À présent, les garçons pataugeaient dans le ruisseau submergés jusqu'aux genoux, s'éclaboussant et criant à cause des gouttes d'eau froide qui ruisselaient sur leur peau. Fue, deux ans plus jeune, avait le talent de tirer Fong de sa réserve silencieuse. De minuscules poissons, trop petits pour être mangés, nettoyaient les eaux peu profondes autour des rochers et autour des jambes maigres des garçons.

"Allez, venez maintenant. Qui a une faim de un éléphant ?" je criai. Fue se mit à barrir en lançant un bras en l'air et rentra en courant.

Je pris le bébé des bras de Yer et m'assis sous l'arbre. Je berçai notre petite boule d'amour et tentai d'apaiser ses cris grincheux. Yer répartit le repas sur une natte ronde. Les doigts de Nou saisirent mon pouce et je l'admirai comme si je n'avais jamais vu une enfant aussi belle. Ses lèvres formaient un petit rond et de ses yeux énormes elle étudiait mon visage.

Fue se pencha sur mon épaule, fasciné par cette étrange créature qui occupait toute les journées de sa mère. Il lui toucha doucement la main. "Quand va-t-elle jouer avec moi ?"

"Quand elle sera plus âgée," dit Yer. "Sois patient."

Fue se tourna vers moi et cligna des yeux. "Est-ce qu'elle m'aime ?"

Je ris. "Bien sûr. Et tu peux lui apprendre tout ce que tu sais."

Fong fronça les sourcils et chassa une mouche. "Mais ce n'est qu'une fille. Elle ne peut pas faire pareil."

Je haussai les épaules. "Peut-être. Mais elle trouvera bien des talents personnels et sera unique à sa façon."

Fue s'attaqua à son bol de riz. "Je lui montrerai comment utiliser une fronde."

"Je lui apprendrai à construire une maison," déclara Fong.

Après le dîner, les garçons et moi jouâmes au ballon jusqu'à la nuit tombe dans ses ombres profondes et qu'il fût l'heure d'aller au lit. Dans la maison, je m'accroupis à côté de leur plate-forme en bambou construite à même le sol. Yer était assise à côté de nous sur notre lit, et allaitait Nou. Tous les soirs, je racontais une histoire de mes aventures dans la jungle ou relatais l'un des contes folkloriques hmong passera au fil des générations.

Fong se pencha en avant. "Raconte nous celle du serpent."

Je hochais la tête. "Vous l'avez entendu si souvent."

Fong fit un bond. "S'il te plait, oh s'il te plaît. Je veux celle-là."

Le visage de Fue fit une moue d'impatience. "Oui, oui."

"Bon, si vous voulez," je dis en riant doucement. "Et bien, j'étais avec mes hommes juste au sud de Xieng Khouang. Nous avions passé la nuit au fin fond de la forêt." Je baissai la voix pour murmurer et me penchai en avant. Leurs yeux s'agrandirent à la lueur de la lanterne. "C'était l'obscurité totale. Alors que nous étions allongés sur nos sacs à dos, des bruits envahirent la jungle, c'était comme de nombreux instruments qui jouaient un air de musique." J'embellis les détails pour accentuer l'histoire, et je rugit comme un tigre et je criai comme un hibou au fur et à mesure que leur attention grandissait.

Un papillon de nuit apparut dans la lumière et les garçons m'interrompirent. "Enfin je me suis endormi et quand je me suis réveillé le lendemain matin, j'ai senti quelque chose de lourd sur mon ventre comme une grosse pierre. J'ai ouvert les yeux et qu'est-ce que j'ai trouvé ?"

Fue joignit les mains. Ses épaules se crispèrent et il cria d'une voix aigue, "Un grand serpent vert, enroulé sur ton ventre. Endormi !"

"Est-ce vrai, Père ?" demanda Fong.

"Je ne mentirais jamais. Alors j'ai attendu et attendu, n'osant respirer. Je dois admettre que j'avais très peur. Une morsure et je risquais la mort. Une heure passa, et le serpent était encore endormi. Mon estomac commença à grouiller "

"Et le serpent a relevé la tête et t'a regardé dans les yeux," dit Fong.

"Oui. Il m'a regardé se demandant que faire. Je retins mon souffle. Il siffla plusieurs fois de sa langue. Puis il se glissa par terre et disparut dans les broussailles. Juste comme ça !"

Fue se glissa sur le sol, sortit et rentra sa langue, et dit au revoir en s'éloignant. Nous rîmes tous.

Le troisième avril dans le nouveau village, nous avons défriché un autre champ pour y planter du maïs, des ignames, du melon amer, de la canne à sucre et de l'opium. L'opium de l'année précédente avait pourvu suffisamment d'argent pour nous permettre d'obtenir de nouveaux outils, un cheval, et une autre vache. Nos récoltes avaient été abondantes la première année, mais à chaque saison, les plantes étaient lessivées et les pluies érodaient une autre couche de terre. Nous devions constamment nous déplacer, trouver de nouvelles terres, et laisser les anciens champs en jachère pour permettre au sol de se régénérer.

Nous avions trouvé un emplacement quasiment plat à cinq kilomètres du village, au bas d'une colline boisée. Pendant les deux semaines qui suivirent, nous coupâmes les pins et les feuillus, empilâmes les rondins pour du bois de chauffage et brûlâmes les souches restantes et les broussailles. Je travaillai aux côtés de mes frères Tong et Shone, de ma cousine Shoua et de mon oncle Boua. Nous insérâmes nos houes dans la profondeur de la terre, ce qui créa de grands nuages de poussière, exposa des roches et de vieilles racines et permit à la cendre riche de nourrir le sol. Nous parcourûmes le terrain, tranchant et découpant les dernières rangées. Mes bras et mes épaules me faisaient mal et mes mains étaient couvertes de callosités, mais le labeur de ces tâches familières me raffermit.

Fong et Fue me suivirent, déplaçant des rangées de grosses pierres et des racines d'arbres pour faire place aux semences. Fong souleva une grosse pierre qui faisait le tiers de son poids et tout en titubant la porta de l'autre côté du terrain. Il la fit tomber sur sa pile bien rangée qui lui arrivait à la poitrine. Il s'adonnait à la tâche sans se plaindre, cheminant comme un buffle dans l'eau. De temps en temps, il levait les yeux vers moi, pour s'assurer de mon approbation.

Quand je me retournai, j'ai trouvé Fue qui sautait et bondissait comme une grenouille pardessus trois rangées à la chasse d'un criquet. Je criai, "Fue, aide ton frère. Regarde-moi toutes ces pierres."

Il sourit et retourna à sa place, ramassant une petite pierre qu'ail lança dans la forêt avec force. La pierre émit un bruit sourd en cognant un arbre. "Tu as vu, père ? J'ai touché le tronc."

Je hochai la tête et souris parce qu'il prenait plaisir aux plus petits accomplissements. Je continuai à passer dans chaque rangée avec ma houe, je me demandai comment il était possible que mes deux garçons aient un tempérament si opposé. Pendant la récolte du blé, j'avais montré à Fong comment utiliser la faux. Il s'avéra être un élève capable et sérieux, attentif et méthodique à balancer la lame. Mais je n'étais pas sûr quand confier cette tâche à Fue. Ses dons étaient limités à nous aider à nourrir les vaches et les cochons, en leur tirant la queue tout en éclatant de rire comme un fou lorsque les pauvres animaux gémissaient. Quand il ouvrait la bouche, Fue avait tout un flot de questions et des histoires incroyables. Ce dont j'étais certain, c'est que, lorsque mes garçons me regardaient avec admiration, mon coeur débordait d'amour.

Je me levai pour étirer mon dos tout endolori. Fue s'accroupit sur un amas de terre fraîche et poussa un gros scarabée avec son bâton. Il accourut et jeta ses bras autour de ma jambe.

"Viens voir. C'est le plus gros scarabée que j'ai jamais vu. Il est luisant, avec les couleurs de feuilles naissantes."

Comment pouvais-je être en colère ? Ils étaient tous les deux remarquables. Chaque ma joie.

Quand le soleil se levait haut dans le ciel, Yer arriva avec le déjeuner. Après avoir mangé, Fong et moi parcourûmes les rangs, martelant nos pics de métal dans la terre retournée. Yer et Fue nous suivirent, jetant les graines de maïs dans les fosses, puis ils les recouvrirent de terre.

Nou, qui était attachée au dos de Yer dans un porte bébé de couleurs vives, avait deux ans déjà. D'autres parents laissaient leurs petits dans le village avec les vieilles personnes qui étaient trop âgées pour travailler dans les champs. Mais Yer refusait de se séparer de son bébé, encore perturbée par les années de guerre. Elle prit Nou et la mit à terre.

Nou me repéra, essaya de marcher vers moi en chancelant, mais tomba. Je la soulevai dans mes bras. De ses petites mains elle attrapa mon cou et plaça sa joue potelée contre la mienne. Je lui tendit l'autre joue. Je lui dit, "Comme ça," comme je l'avais vu faire dans un film français autrefois à Vientiane. Nou se blottit de l'autre côté. Nous y jouâmes, jour après jour.

Nous nous assîmes sous les banians avec les membres de notre famille et mangeâmes du riz gluant et des patates douces grillées. Les garçons adoraient Nou, ils partageaient leur nourriture et faisaient semblant de se cacher jusqu'à ce qu'elle rit si fort à en avoir le hoquet. Elle tenta de le leur donner la chasse, trébucha et tomba, puis applaudit des mains. Chaque jour était un cadeau, un moment à chérir, comme l'eau cristalline, précieuse, qui languit sur une feuille en attendant que le vent l'assèche.

Peu de temps après, la paix commença à se dissiper. Les soir, après le dîner, nous écoutâmes les nouvelles de la radio nationale lao et les émissions de la Thaïlande parrainées par Voice of America et les États-Unis. Parfois, nous écoutâmes Radio Pathet Lao, inquiets de ce que nous pourrions apprendre, mais plus concernés encore de ne pas savoir ce qu'ils disaient. Les détails des termes définitifs du gouvernement de la coalition à Vientiane restèrent incertains. Les annonceurs communiquèrent que les négociations se poursuivaient et que les parties tentaient de se réconcilier. Chaque partie blâmait l'autre pour l'impasse dans laquelle on se trouvait.

Toutes les quelques semaines, nous allions au marché de Muang Cha pour échanger nos produits contre des articles dont nous avions besoin. Là-bas je parlais avec de vieux amis, qui en tenaient davantage sur la vérité des évènements. La situation devenait de plus en plus inquiétante. Le gouvernement de coalition se désintégrait. Les accords de paix étaient en cours de négociation. Le Pathet Lao avait ôté les fonctionnaires des Forces Armées du Royaume Lao de leur postes ministériels et avait lancé des campagnes de propagande massive. L'appel avait été lancé aux travailleurs lao afin qu'ils s'allient à la lutte pour la liberté et l'égalité. *Le gouvernement doit épurer l'impérialisme américain de ses guignols*, déclarèrent-ils. Cette déclamation fit écho dans les villes et à la campagne. Les agriculteurs et les ouvriers, pris dans cette vague de changement, envahirent les rues de Vientiane et de Luang Prabang, demandant aux Pathet Lao de prendre le contrôle du gouvernement. Des rumeurs circulèrent sur les troupes nord-vietnamiennes qui se déplaçaient de plus en plus vers l'ouest.

L'inquiétude s'installa entre nous. Un ami me parla d'anciens soldats hmong qui organisaient les forces et rassemblaient des armes. Si le Pathet Lao s'emparait du pays, ils seraient prêts à se battre à nouveau.

Début mai, Oncle Boua reçut un message du General Vang Pao qui le convoquait à une réunion des commandants du clan à Long Chieng. À présent, tout le monde avait entendu la redoutable déclaration de la Radio Pathet Lao, que les forces spéciales hmong étaient l'ennemi du peuple lao et que le Pathet Lao n'hésiterait pas à sanctionner, ni à anéantir, comme il se le devait.

J'accompagnai Oncle Boua à Long Chieng pour assister aux réunions chez le général. Pendant des jours, les dirigeants rivalisèrent, les visages empreints de peur et d'inquiétude, ne sachant que faire. Devrions-nous reprendre les armes ou était-il préférable de fuir le pays ? Si on partait, où irions-nous ? Qui nous accueillerait ? Beaucoup d'entre nous ne réussirent à contenir notre colère, prêts à nous battre à nouveau pour sauver notre pays. Mais on ne remporte pas la guerre avec des émotions. Nous avions besoin d'armes et de soutien. Étant l'un des plus jeunes, j'ai gardé le silence. C'est alors que Oncle Boua, la voix constante de la raison, déclara que sans les américains, les combats seraient vains. Je m'étais promis de ne plus jamais quitter ma famille. Il devait y avoir une autre solution, un meilleur moyen de vivre en paix.

Les jours passèrent, mais aucune décision ne fut prise. Puis arriva la nouvelle dévastatrice. Mon ami et ancien commandant Blong vint me voir. Après le cessez-le-feu, il avait rejoint l'armée royale lao et était resté avec Vang Pao. Son visage était cendré, sillonné de rides profondes, ce qui le vieillissait au-delà des ses vingt-huit ans. Il proposa qu'on fasse un tour pour nous donner l'occasion de parler en privé.

Nous nous promenâmes en silence sur les sentiers de terre battue inégaux, parmi les demeures construites à la hâte, pour la plupart des petites cabanes. Elles avaient été construites à la hâte avec du bambou, du bois, de l'étain, du carton, tout matériel qui avait été disponible. Cette ville improvisée s'était développée autour de la base aérienne pendant les années de guerre, comme de plus en plus de Hmong étaient chassés de leurs collines pour y chercher refuge. De nombreuses maisons avaient été désertées après l'accord du cessez-le-feu, les familles étaient parties pour recommencer une nouvelle vie dans la montagne. Quelques-unes étaient restées. Le linge pendait aux cordes et une odeur d'oignons, de coriandre, et d'ail se dégageait par les portes ouvertes mêlée à l'odeur propagée de déchets et d'égouts. Des enfants aux pieds nus poussaient des cris et se poursuivaient le long des sentiers poussiéreux, se tapant dessus avec des bâtons. Un groupe de garçons faisait un jeu avec des toupies en bois. Un peu plus loin, une petite fille pleurait, debout sur le seuil d'une porte. Son nez coulait et son visage était strié de poussière. Je me souvint de mes trois enfants à la maison.

Finalement, nous arrivâmes à la périphérie de la ville et continuâmes notre chemin à travers les jardins potagers plantés d'abondantes poussées d'herbes nouvellement germées, de feuilles de moutarde, de brocoli, d' oignons, et de melon amer.

"Ils ont saisi Sala Phou Khoun," Blong déclara.

Mon cœur se serra. C'était le dernier bastion des Forces Armées du Royaume Lao. Il ne nous restait plus aucune défense contre le Pathet Lao. Les troupes communistes entreraient dans Vientiane et s'empareraient du Capitole.

Blong était debout, les mains derrière le dos, tête baissée. "Ce n'est as tout. Hier, la CIA a annoncé au général Vang Pao que lui et ses officiers devaient quitter le pays. Sinon, le Pathet Lao en ferait des prisonniers ou, pire, les tuerait." Sa voix tremblait légèrement. "La CIA enverra les hommes en Thaïlande jusqu'à ce que tout soit réglé."

Je restai muet, essayant de comprendre ses mots. Notre pays était-il vraiment au bout du gouffre ? Tout espoir s'était-il évaporé ? Je ne pouvais accepter cela. J'étais convaincu que les États-Unis et les autres pays ne resteraient pas les bras croisés à regarder notre gouvernement périr. Peut-être qu'un pouvait encore parvenir à un compromis.

Les premières pluies avaient creusés de fines fissures dans les sentiers en terre battue. Bientôt des pluies torrentielles creuseraient des sillons plus profonds et des trous béants.

J'eu du mal à avaler. Je jetai un coup d'œil à Blong. "Tu penses partir ?"

"Je ne sais pas. Nous attendons de savoir combien d'avions vont arriver. Je voulais simplement t'avertir. Au cas où tu voudrais amener ta famille ici."

J'en parlai avec Oncle Boua. Est ce qu'il nous conseillait de rentrer chez nous afin de ramener notre famille ? Ils étaient à distance de trois jours de marche à pieds, a l'aller comme au retour. Y aurait-il assez de temps ? Mon oncle était d'avis que les dirigeants exagéraient. Sans doute seuls les officiers supérieurs des forces spéciales devaient s'inquiéter. Nous étions de modestes lieutenants, sans aucune importance. Que nous voulait le Pathet Lao ?

Oncle était l'aîné de notre famille, un homme sage, chaman de renom qui vivait entre ce monde et l'au-delà. Je lui faisais confiance quant aux décisions. Nous optâmes de rester à Long Chieng jusqu'à ce que nous sachions ce que les américains envisageaient au sujet de l'évacuation.

Le peur s'installa lorsque des rumeurs commencèrent à circuler à propos du départ de Vang Pao. Des centaines, puis des milliers de Hmong des villages voisines descendirent sur Long Chieng, quittèrent leurs collines ondulantes, dans l'espoir d'être sauvés. Hommes et femmes se frayaient un chemin, passant l'un à côté de l'autre pour se précipiter en ville. Ils transportaient des cartons déchirés, des ballots de vêtements et des paniers pleins de leurs effets personnels. Les enfants s'accrochaient aux jupes de leur mère, les yeux écarquillés et confus. Un homme âgé, le souffle coupé, s'effondra sur un panier à côté d'une cabane de Quonset. Un garçon âgé d'environs trois ans, s'était égaré et appelait sa mère, une femme s'arrêta pour l'aider. Elle portait un bébé sur le dos, un autre dans ses bras et ses deux filles plus âgées se blottissaient contre elle, mais elle prit la main du petit garçon et partit en hâte. D'autres ne pensaient qu'à eux-mêmes et abandonnèrent les plus faibles.

Les familles s'installèrent dans des maisons vides et occupèrent tous les terrains vagues autour de la piste d'atterrissage. Ils allumèrent des feux de camp pour cuire du riz et étalèrent des couettes pour dormir. C'es un bourdonnement de conversations étouffées qui s'installa dans la ville, entrecoupé de quelques pleurs de bébés. L'air s'alourdit de la puanteur des corps entassés dans la chaleur accablante. La boule au ventre se resserrait. De plus en plus de personnes arrivaient.

Au bout de deux jours d'attente interminable, nous perçûmes le rugissement familier de moteurs dans l'étendue du ciel bleu qui brillait au-dessus des montagnes. Bientôt, nos murmures se transformèrent en appels d'urgence et les familles se levèrent pour rassembler leurs affaires. Un avion de transport C-130 fit son apparition à l'horizon. Le soleil se reflétait sur le fuselage en métal lourd et les hélices tournaient à toute vitesse. Il circula dans le ciel, fit une descente précipitée et atterrit avec une forte secousse. Au bout de la piste, il fit demi-tour, garda le moteur en marche, prêt à décoller rapidement.

Pendant ce chaos, je me trouvai à la porte du bureau de Blong. Un lieutenant-colonel, debout sur un caisson, un bloc-notes à la main se mit à interpeller les familles désignées à partir. Des soldats l'encerclaient, brandissant leurs armes, et essayèrent de maintenir l'ordre et de contrôler la foule. Mais les gens s'agglutinaient de plus en plus près, serrés les uns contre les autres. Les femmes et les enfants criaient. Les hommes demandaient. *Et nous alors ? Qu'en est-il de ma femme et de mes enfants ? S'il vous plaît, je vous donne tout l'ar-*

Le pilote fit tomber le hayon de l'immense coque. La foule se précipita en avant, se faisaient trébucher mutuellement, poussaient et criaient, en essayant de maîtriser les soldats. De centaines d'entre eux grimpèrent la passerelle. Le pilote se dépêcha de retourner à la cabine de pilotage et mit les moteurs en marche, ce qui fit échoir des dizaines d'entre eux sur le tarmac comme des pierres projetées d'une colline. De centaines d'autres se pressèrent et se frayèrent un chemin vers la passerelle. D'une manière ou d'une autre, le pilote et les soldats réussirent à repousser la masse et à fermer le hayon. Les moteurs rugissaient tandis que l'avion se précipitait sur la piste, vacillant et s'efforçant de décoller puis il gagna de l'altitude afin d'éviter la crête de la montagne.

Le silence s'installa. On commença l'attente, les yeux pleins d'espoir levés vers le ciel. Il y aurait sûrement d'autres avions. Mais seul un avion bimoteur Piper, atterrit brièvement pour emmener les femmes et les enfants de deux colonels. Ensuite deux C-47 délabrés emportèrent une centaine d'autres. La foule en colère était déchainée, rivalisait les soldats et tenta de monter par les portes latérales.

Le premier C-47 fut immédiatement comblé, surpassant sa capacité et chose surprenante, on parvint à fermer les portes, puis on retira le gros bout de métal qui claquait contre le sol. La foule se retourna et bondit vers le deuxième avion, à l'instar d'oiseaux en vol qui, avec un battement harmonieux de leurs ailes, changent de direction. Pardessus la masse de têtes hochées et les bras enchevêtrés qui griffaient, j'aperçus Blong de l'autre côté qui forçait sa femme et ses quatre enfants dans l'avion. J'eus la gorge serrée, avec un mélange de bonheur et le désir qu'ils s'échappent. Quelques minutes plus tard, il était à mes côtés, les larmes coulaient sur son visage. Il leur fit au revoir de la main comme si sa femme pouvait le voir à travers le corps métallique de l'avion. Les portes se fermèrent et l'avion roula jusqu'au bout de la piste. Il démarra à toute vitesse puis s'arrêta. Les portes s'ouvrirent et des douzaines de personnes furent expulsées comme des oisillons forcés à quitter leur nid. Je frémis lorsque l'avion prit son envol, traînant le ventre sur la piste puis il se hissa au-dessus du sommet de la montagne. Blong sanglotait, scrutant le ciel des yeux, jusqu'à ce que le bourdonnement des moteurs s'atténue. Je ne trouvai pas de mots pour le réconforter. Nous savions tous les deux qu'il ne reverrait sans doute plus jamais sa famille.

Tout au long de la journée, de petits avions emmenèrent les plus chanceux d'entre nous en Thaïlande, puis le ciel tomba silencieux. Blong confirma toutes mes craintes. Il n'y aurait plus de vols. Même si j'étais rentré chez moi pour chercher ma famille, nous ne serions pas arrivés à temps. Nous n'aurions pu faire partie des évacués.

Mon inquiétude s'amplifia d'heure en heure due aux rumeurs récentes qui circulaient au sujet des mouvements du Pathet Lao et des troupes vietnamiennes. Puis la nouvelle arriva. Lors d'une dernière opération secrète, la CIA avait mené le général Vang Pao en sûreté de la Thaïlande. Sa vie était en danger imminent. On ne lui avait pas laissé de choix. On l'avait transféré par la porte arrière d'un bâtiment de bureaux dans un hélicoptère qui l'attendait, caché dans une colline au-dessus de la ville. Personne ne devait l'apprendre. La fin était si proche.

En pleine panique, des familles rassemblées entamèrent un exode massif à pied, en direction de Vientiane et la frontière thaïlandaise. Des milliers d'autres personnes arrivèrent des montagnes et s'engagèrent dans la base. On aurait dit une immense colonie de fourmis qui se dispersait dans le paysage.

Oncle Boua et moi partîmes immédiatement pour notre village contre la marée des gens qui arrivent—d'hommes et de femmes, jeunes et vieux, qui portaient leurs enfants, des couvertures, des casseroles, des paniers de riz, des bijoux, des vêtements, tout ce qu'ils pouvaient porter. La plupart d'entre eux marchèrent sur le sentier de terre, pliés sous le poids de lourdes charges et tenant la mains de leurs enfants en pleurs. D'autres, avec chaque pas, devinrent de plus en plus agités, jetèrent leurs effets personnels au le bord de la route et en courant presque, dépassèrent ceux plus lents qu'eux.

En rentrant chez nous, Oncle Boua et moi parlâmes longuement de notre départ. Oncle avait du mal à croire que les évènements prendraient une tournure aussi grave qu'on le disait. Il ajouta que pour en faire un exemple, le Pathet Lao châtierait quelques officiers hmong afin de faire naître la peur dans nos cœurs et pour nous dissuader de tout désir de résistance. Cependant la vie continuait. Dans un pays aussi déchiré par la guerre, nous allions dévouer toute notre énergie à tout reconstruire. Mais il était trop vieux pour tout recommencer. Que ferait la Thaïlande avec autant de Hmong qui fuyaient leur frontière ? Les américains nous accepteraient-ils ? Nous avions trop de questions sans réponses. Il resterait et prendrait ses risques. Je ne partageais pas son optimisme, mais osais espérer qu'il avait raison.

Nous arrivâmes à la maison pour constater que les rumeurs et la peur, en passant par Muang Cha jusqu'à notre village nous y avaient précédés. Mon plus jeune frère Shone, ma cousine Shoua, et leurs épouses et enfants se préparaient à partir pour la Thaïlande avec plusieurs membres de la famille Yang. Oncle Boua me pria de les accompagner si cependant j'étais persuadé que c'était la meilleure décision. Yer et moi en parlâmes pendant la nuit. Oncle Boua était l'aîné de notre famille, celui qui m'avait élevé dès l'âge de six ans. Je ne pouvais pas l'abandonner, ni ma tante Nhia. C'était mon devoir. Mon frère Tong insista qu'il resterait aussi.

La semaine suivante, une émission de Voice of America, signala que le Pathet Lao avait ouvert le feu sur dix mille Hmong qui tentèrent de franchir le pont Hin Heup en route pour Vientiane. Les soldats les avaient abattus avec des mitraillettes, des roquettes, et des baïonnettes. Des centaines de personnes étaient mortes. Radio Pathet Lao relatait une histoire différente, rapportant que des soldats courageux avaient sauvé les Hmong de l'emprise des dirigeants de la CIA qui les forçaient à l'exil. Le présentateur encourageait tous les soldats à suivre des près les activités d'espionnage menées par les traîtres réactionnaires afin de détruire l'ennemi américain. Nous savions qu'ils faisaient allusion aux Hmong.

Encore dix jours s'écoulèrent. Un agriculteur de passage nous informa que les troupes communistes avaient pris le contrôle de Long Chieng et que les anciens soldats étaient en voie de disparition. Tous les gens devaient suivre des cours de rééducation. Le soir-là, Tong et moi allâmes chez Oncle Boua pour discuter de ces dernières nouvelles, et le prier instamment de revenir sur sa décision. Prenant des taffes sur sa pipe, ses yeux s'assombrirent, emplis de tristesse. Ses épaules s'affaissèrent, le doute le rongeait et lui dérobait toute résistance. J'attendis sa réponse avec patience. Après un long silence, il s'ajusta dans sa chaise et hocha la tête. Il fallait quand même que nous nous préparions à partir.

Il fallait que j'efface toute trace de mon implication dans les forces spéciales au cas où les soldats du Pathet Lao viendraient dans notre village. Il fallait leur faire croire que je n'étais rien d'autre qu'un simple agriculteur. A l'heure où l'aube s'étendait sur la montagne, je pliai mon uniforme militaire pour en faire un petit baluchon, j'alignai les plis de mon pantalon, lissai les rubans sur la poche de ma chemise et plaçai ma casquette par-dessus. Je les enveloppai dans un morceau de tissu de chanvre que j'attachai avec de la ficelle, puis je fit de même avec mon fusil. Les garçons et Yer me regardèrent en silence. Lorsque je me levai pour partir, Fong et Fue demandèrent de m'accompagner. Cependant, pour cette dernière mission, il fallait que je sois seul. Muni de mes colis et d'une pelle, je grimpai la colline pendant une vingtaine de minutes, puis j'entamai les bois. Mes jambes s'alourdirent à chaque pas. Une légère brume recouvrait encore le sol et refroidissait l'air du matin. Je m'arrêtai pour creuser un fossé sous un acacia couvert de fleurs blanches. La transpiration me coulait dans le dos. Avec ma pelle je séparai les fougères et la mousse emmêlés. Lorsque le fossé atteint deux pieds de profondeur, je m'agenouillai et j'y plaçai les paquets délicatement. De mes mains, je recouvrai le trou, des pétales blanches tombèrent, m'effleurant les joues comme de douces larmes. Une fois de plus, je pensai aux hommes qui étaient morts et au courage et au dévouement de ceux qui s'étaient battus. Voici l'héritage que je laissais, celui de la peur et du repli alors que j'avais été si fier. Je venais d'enterrer tout espoir pour mon pays.

Yer et moi partîmes pour Muang Cha plus tard dans la matinée. Nous avions besoin de fournitures pour notre marche à la Thaïlande, une lampe de poche et des piles, une nouvelle faux et davantage de riz et de sel pour sécher le poisson et le porc. Nous aurions pu nous en sortir, mais j'espérai en savoir plus sur les mouvements de troupes Pathet Lao. Nous nous dirigeâmes vers le sud-ouest en direction de la frontière thaïlandaise en dessous de Pakse, évitant les villes et des villages. La marche devait durer au moins trois semaines, peut-être davantage au cas où nous devions nous cacher en cours de route. Il n'y avait pas moyen de prédire le degré de difficulté qui nous attendait, ni l'ampleur de la portée de l'ennemi.

Mais le voyage à Muang Cha bouleversa tout. Si seulement je n'avais pas insisté à y aller. Si seulement nous étions partis cet après-midi avec toutes nos possessions. Si seulement nous avions pris la fuite pendant que la frontière était encore relativement facile à franchir. Si seulement.

Chapitre 2
YER

Toujours la guerre au Laos. Elle commença bien avant ma naissance. Les anciens du village en racontent les histoires. Des étrangers venus de près ou de loin s'infiltrèrent: les thaïlandais, les birman, les khmer, puis les français et les japonais. Ils voulaient tous saisir le territoire. Et puis, les rebelles vietnamiennes traversèrent la frontière et causèrent davantage de problèmes. Je n'ai jamais compris. Qu'est-ce qui les y avait poussé ? Depuis mon enfance, les conflits naissent et s'effacent comme les phases de la lune, ne laissant que de petits changements à peine remarqués. Tout commença avec des rumeurs. Nous entendîmes d'un villageois de passage qu'on se battait dans une autre province. Après un certain temps, le conflit se rapprocha, à tel point que nous ne pûmes l'ignorer.

Nous habitions dans les montagnes de la province de Xieng Khouang, au coeur du nord du Laos. C'était un bel endroit avec des ruisseaux et des forêts verdoyantes. Du sommet de notre village, par un temps clair, je pouvais voir la Plaine des Jarres avec ses pierres anciennes en forme de bocaux, dont certaines dépassaient la taille de deux hommes. La vallée était entourée de villages lao et de rizières inondées. Plus loin se trouvaient les maisons et le temple bouddhiste de la ville de Xieng Khounag. Nous avions construit nos villages hmong sur des pentes abruptes, avions travaillé nos champs et élevé nos animaux. Seule notre terre importait.

Juste après mon mariage avec Pao, la guerre avait éclaté à nouveau, et avait envahi nos vies. Les combats commencèrent à l'est de la frontière vietnamienne et se répandirent lentement d'une ville à l'autre. Le jeune soldat Vang Pao passa par les villages, demandant aux Hmong d'arrêter les communistes avant qu'ils ne nous dérobent notre liberté. Pao avait hésité à les joindre, espérant une chance à la paix. Mais après l'occupation de la Plaine des Jarres par les troupes du Pathet Lao et du Nord-Vietnam, Pao et les autres hommes de notre famille en eurent assez. Ils rejoignirent les forces spéciales. Après la récolte du riz le douzième mois, mon mari partit s'entraîner en Thaïlande, je n'avais que dix-sept ans.

Au début, la vie continua comme si de rien n'était. Je partageai une maison avec ma belle-mère et la plus jeune sœur de Pao, Sri, qui n'était pas encore mariée. Je n'étais donc pas seule. Avec nos cousins, nos tantes et notre vieil oncle Mang, nous marchions jusqu'aux champs pour planter, désherber et récolter. Le soir, nous discutions et rions en préparant le dîner, puis faisions de la couture près du feu. Je me sentais à l'aise dans les routines, avec la satisfaction de travailler le sol et de voir les minuscules pousses se transformer en plantes fortes et florissantes. Après les longues heures de travail, j'étais fatiguée, les muscles endoloris, mais comblée. Le rythme des saisons tempérait ma solitude et mes inquiétudes à propos de Pao.

Un vendredi sur deux, Sri et moi marchions pendant deux heures et demie jusqu'au marché de Xieng Khouang. Là, nous échangions nos légumes et chiffon brodé contre du sel, de la soie, du fil, ou des outils en métal. Je gardais un œil vigilant sur le Pathet Lao et les soldats vietnamiens. Ils se comportaient de manière amicale, mais leurs faux sourires et leurs belles paroles ne me dupaient pas. Ils promettaient de libérer notre peuple du gouvernement laotien corrompu. Je devais garder le sourire et faire semblant d'être d'accord, mais au fond de moi-même, je les haïssais, sachant qu'une de leurs balles pourrait prendre la vie de mon mari.

Quand Pao rentrait chez nous pour de courtes visites, c'étaient nos moments de bonheur. Il ne pouvait révéler ce qu'il faisait, mais je savais qu'il se battait dans la jungle. Pas très loin. Une saison passa, puis une autre, et nous célébrâmes deux nouvelles années. Enfin, nous fûmes bénis avec notre premier enfant, Fong.

À la fin de l'année suivante, je me suis rarement rendue en ville. C'était trop dangereux. Des avions américains verts, bondés rugissaient au-dessus de nos têtes, et lançaient des bombes le long de la Plaine des Jarres. Les explosions résonnaient à travers la vallée et les collines comme un tonnerre. De gros nuages emplissaient le ciel de fumée et de l'odeur de métal en combustion. Je m'inquiétais pour les villageois de Loa dans la vallée pris dans le parcours des bombes.

Les troupes communistes se répandirent dans les montagnes comme de la moutarde sauvage qui se propage dans le champ, nous dérobant de notre alimentation à la récolte. Nous avions entendu dire que les soldats recherchaient les familles des forces spéciales.

Un matin d'octobre, des soldats du Pathet Lao entrèrent dans notre village alors que je donnais à manger aux cochons et aux poulets. Deux d'entre eux étaient lao. L'un était Hmong. De Sam Nuea, dit-il. Il était petit et gros, avec de grandes oreilles décollées et un nez plat et large. Ses yeux se plissèrent quand il me regarda avec un mélange de haine et de convoitise. Je me demandais ce qui nous avait porté jusque là, avec les Hmong qui combattaient les Hmong. Il dût ressentir ma peur lorsque je pris Fong et le serrai contre moi. L'homme passa le doigt sur la gâchette de son arme tout en parlant. *Il fait si chaud maintenant. Quel âge a votre bébé ? Comment sont vos champs ? Où est votre mari aujourd'hui ?* Mes jambes tremblaient. Mais ma toute petite belle-mère est venue à mon secours, se redressant, elle me redonna la force. Pour la première fois de ma vie, je mentit en disant: il s'est rendu dans un autre village pour acheter une vache. Il devrait être de retour demain. Les autres femmes elles aussi, offrirent des excuses à propos de leurs maris et de leurs fils. Les soldats lao entrèrent dans nos maisons sans y être invités et saccagèrent tous nos biens. J'arrivai à peine à respirer. Enfin ils s'apprêtèrent à partir. Le soldat hmong déclara le sourire au coin de la lèvre. *Nous gagnons la bataille, ma sœur. Seuls ceux qui se rallient à la cause du peuple seront épargnés.*

Ils revinrent le deuxième mois de la nouvelle année. Nous travaillions dans les champs, à couper les bourgeons des pavots à opium et récoltions la sève épaisse et laiteuse. Fong, âgé de presque un an, été attaché dans mon dos. Il sautillait et donnait des coups de pied, babillant des mots indistincts dans mon oreille. Sri me parlait toujours de Chor, le garçon du village voisin. Il la courtisait depuis qu'ils s'étaient rencontrés à la fête du nouvel an. Chor enverrait ses négociateurs de mariage dès que Pao serait de retour à la maison.

Gia, le fils de Tante Nhia, seulement âgé de cinq ans, courut dans les bois pour se soulager. Nous entendîmes un bruit sec, comme si une hache s'abattait sur une bûche. Gia revint au champ en criant qu'il y avait des soldats dans un ravin. Ils s'étaient frayés un chemin dans la colline. L'un d'eux lui avait tiré dessus. Je lâchai mon couteau qui tomba sur le sol et je courus dans la forêt avec les autres. Nous courûmes à travers les arbres pour atteindre le pic rocheux. J'eu mal aux côtes. Je pensai que mes poumons allaient éclater. Ce n'est que quand nous arrivâmes au milieu de l'épais bosquet de bambous que nous nous arrêtâmes pour nous y dissimuler. Je tint Fong contre ma poitrine pour calmer ses pleurs. Ce jour-là, nous eûmes de la chance. Ils ne nous avaient pas trouvés.

Deux mois passèrent. Cette fois, ils nous prirent au dépourvu alors que nous faisions la dernière récolte de maïs. Les soldats coururent à travers le champ en criant et en tirant des coups de feu. Je pensai entendre quelqu'un rire. Une fois de plus, nous nous réfugiâmes parmi les arbres. Sri s'accrocha à mon bras, le tira de plus en plus fort jusqu'à ce que je m'arrête. Elle tomba lentement, d'abord sur les genoux, puis du côté. Une balle l'avait traversé à la taille, laissant une grande tache rouge dans le dos. Le sang coula sur le sol recouvert de mousse. De mes mains tremblantes je lui caressai la joue, le visage en larmes. Elle me demanda de dire au revoir à Chor. Ma belle-mère s'effondra à côté de nous, elle gémit et se balança d'avant en arrière.

La fumée dériva à travers les arbres. Les soldats avaient mis le feu à notre champ. Finalement, lorsque nous pensions être hors de danger, nous ramenâmes Sri au village pour l'enterrer. Nous trouvâmes nos maisons incendiées et le riz et les animaux avaient disparus. Désormais, le temps et les saisons se confondèrent. Il fallait fuir pour survivre. S'enfuir. De plus en plus loin. Se cacher dans la jungle.

Nous marchâmes toute la nuit et la moitié de la journée suivante. Nous étions quatorze femmes, dix enfants et Oncle Mang. J'y avais mit tout mon effort pour convaincre ma belle-mère de venir. Elle voulut mourir là, à côté de sa benjamine. Mais je la tint par le bras et la guidai le long du chemin.

Sur une autre montagne plus élevée, au fond des bois, nous construisîmes de petits abris, en essayant de placer des poteaux de bambou contre les arbres et les recouvrir de chaume. Je pense que nous y sommes restés six mois, peut-être plus. Nous arrivâmes à ne planter qu'un petit potager et à chercher de la nourriture en forêt. D'une manière ou d'une autre, nos maris réussirent à nous trouver et nous apportèrent tout ce qu'ils avaient pu transporter. A l'occasion, on nous envoya de petits avions qui bourdonnaient au-dessus de nos têtes, virevoltaient à basse altitude, et jetaient des sacs de riz et des paniers pleins des poules qui flottaient dans de grands parapluies en soie. Les pilotes américains nous faisaient signe de la main.

Le Pathet Lao nous poursuivait toujours. Les soldats nous sur-prirent un soir de juin, lorsque nous avions fini de cueillir des champignons et ramassé du bois de chauffage. Mon ventre était rond avec l'attente de notre deuxième bébé. Je portai Fong atta-ché dans le dos. Les balles volèrent et sifflèrent de tous les côtés. Ma tête était vide, je ne pouvais plus penser, je pris le bras de ma belle-mère et la traînai pendant un long moment. Nous courûmes à travers la colline boisée et gravîmes une colline qui menait au ruisseau, où nous nous accroupîmes dans l'eau, nous cachant dans l'herbe haute. De ma main, je couvris la bouche de Fong, mais il semblait trop fatigué pour crier, et me regarda de ses yeux écar-quillés. J'entendis les soldats arriver et perçus leur sueur aigrie par l'ail et les piments forts. Lorsqu'ils s'avancèrent à travers la brous-saille, leurs pas résonnèrent comme les galops de chevaux en fu-rie. J'étais sûre qu'ils entendraient mon cœur battre la chamade. Quelques minutes ou peut-être une heure plus tard, ils s'efforcèrent à travers l'herbe haute. Fong s'était endormi sur mon épaule. Ma belle-mère s'était assise dans le ruisseau, les yeux fermés, comme si elle dérivait dans un autre monde. L'eau glacée me faisait mal aux jambes. Les hommes abandonnèrent enfin et nous lançant de gros mots, ils descendirent la colline. Ce jour là, ils tuèrent ma belle-sœur, l'épouse de Tong, ainsi que tante Kee et sa fille Gao.

L'année suivante, des avions américains survolèrent nos camps jour et nuit, d'heure en heure, comme jamais auparavant. Des milliers de bombes s'abattirent sur chaque Plaine de Jarres et sur les collines environnantes. Le ciel devint si épais de fumée que nous en eûmes le souffle coupé. La nuit portait une étrange lueur jaune-rouge dû aux explosions et aux incendies. La terre était devenue une mosaïque géante parsemée de fosses qui imitaient la surface de la lune. On avait détruit notre terre féconde.

Par une après-midi ensoleillée en juillet, nous plantâmes des haricots jaunes, des ignames et du taro dans une petite clairière près de nos cabanes. Un avion monomoteur passa, puis fit demi-tour. Je levai les yeux, espérant voir un parachute avec des sacs de riz. Oncle Mang s'essuya la sueur du front de sa manche et fit signe au pilote. L'avion plongea, envoyant une rasade de balles qui dansèrent à travers la terre comme des sauterelles. Les yeux d'Oncle Mang s'écarquillèrent, le bras toujours levé, la main en l'air. Du sang jaillit de son cou et de sa poitrine. Il s'effondra, puis prit son dernier souffle.

Il n'y avait plus d'étendue sans danger. Les bombes américaines continuèrent à tomber. Elles ne faisaient aucune distinction entre les agriculteurs et les soldats, les amis ou les ennemis. J'eu du mal à comprendre. Les villageois laotiens se réfugièrent dans les montagnes pour se mettre à l'abri dans les grottes ou creusèrent des tranchées dans les bois. Des milliers d'entre eux moururent. Pas le temps d'enterrer les morts. Il ne restait plus rien de leurs maisons, de leurs animaux, ou de leurs champs. Tout avait éclaté en mille morceaux.

Avec d'autres familles, nous nous mîmes à l'abri dans une grande grotte pour fuir l'aberration. Nous étions presque en novembre, période de la récolte du riz. Mais il n'y avait pas de riz. Nous ne pouvions plus cultiver du tout. Je me sentis comme une plante déracinée qu'on avait arrachée d'un semblant de vie normale. Beaucoup ne réussirent à survivre, tués par les bombes, la fièvre ou la faim. Un matin, ma belle-mère ne se réveilla point. Je compris alors que ses âmes n'avaient plus voulu vivre dans ce monde.

Pao réapparut une nuit de décembre, après une absence de deux mois. Lorsque je l'aperçus, je ne pus m'arrêter de pleurer. Je ne m'étais jamais plainte au cours des années et des séparations, je ne lui avais jamais parlé de mon effroi ni de ma souffrance. Il conduit tous ceux d'entre nous encore en vie à Long Chieng. Les Forces spéciales venaient de récupérer la base du Pathet Lao après une longue et sanglante bataille. Nous vivions dans une petite hutte près de la piste d'air. Je ne dormais jamais plus d'une heure ou deux d'affilée, dans la crainte de ce qui pourrait arriver.

C'étaient mes bébés, qui m'avaient empêché d'abandonner - Fong, si costaud et courageux, et le petit Fue, un enfant débordant de joie et d'amour. Je les gardai à côté de moi, Fue attaché dans mon dos et Fong à ma taille par une corde autour de son poignet. Je ne les laissais jamais jouer au delà de quelques mètres de là où je travaillais. En grandissant, ils aidèrent à ramasser des fourmis et des larves dans la forêt. Ils apprirent très vite à rester silencieux quand nous devions nous cacher dans les arbres. Il n'y avait jamais assez de nourriture. J'évitais de manger tous les jours pour ne pas avoir faim. Je priai nos ancêtres et sacrifiai des offrandes tous les matins. Je sais que c'était mon père, parti dans l'autre monde depuis longtemps, qui nous surveillait et nous protégeait.

Encore cinq années s'écoulèrent avant la fin de la guerre. Un mois plus tard, ma toute jolie, première fille Nou est née. Nous nous installâmes dans un nouveau village pour deux annees heureux. Jusqu'à ce que le Pathet Lao reprenne le contrôle du pays. Le soir même quand Oncle Boua finalement accepta de partir, mon mari me serra contre lui au lit et me caressa les cheveux. Il m'e murmura à l'oreille, de sa voix apaisante et rassurante que nous pourrions rester en Thaïlande jusqu'à ce que la situation s'améliore. Sans doute, les communistes ne tiendraient pas longtemps. Les gens finiraient par démasquer leurs mensonges. Nous reviendrions.

Je ne pouvais m'imaginer vivre dans un autre endroit. Maintenant, nous n'aurions plus l'opportunité de retourner à nos champs. Nous ne ferions plus la récolte de tous les plants que j'avais cultivés avec grand amour. C'était notre terre. La terre fertile, les forêts, les ruisseaux. C'était la source même de notre être.

Le lendemain matin, je rassemblai des vêtements, de la literie, des bijoux en argent et des sacs de riz pour le voyage. J'emballai tout ce que je croyais pouvoir porter.

Pao voulait aller à Muang Cha dans l'après-midi. Je laissai les enfants avec Tante Nhia et j''accompagnai Pao sur la route très fréquentée qui menait à la ville. J' étudiai les moindres détails de la forêt - les fougères et les vignes grimpantes, ainsi que les orchidées au parfum embaumant. Des étourneaux et des geais aux plumes bleu vif chantaient dans les branches. De gros coléoptères se précipitèrent dans la poussière jaunâtre sous l'humus des feuilles et des aiguilles. Des fleurs violettes et blanches tombaient des ébéniers en cascades. Tant de beauté qu'il fallait abandonner.

Quand nous nous apprêtâmes à quitter la forêt et à traverser la vaste vallée, le soleil était déjà haut au ciel. Nous traversâmes un champ de maïs qui venait de mûrir, mais aucun agriculteur n'était en vue. La chaleur était intense. La poussière montait du sol avec le moindre mouvement, me chatouilla le nez et enduisit mes cheveux. Des nuages vaporeux flottaient dans le ciel, mais la pluie tant attendue ne tint pas sa promesse. L'après midi était plongé dans calme étrange. La route, généralement jonchée d'enfants et de villageois, restait vide. Nous sommes tombés sur une valise abandonnée, à moitié remplie de vêtements. Plus loin nous trouvâmes deux couvertures. Une photo d'un jeune couple. Trois cuillères. Un plat en fer blanc. Tous éparpillés aux abords de la route. Des rangées de maisons en bois étaient abandonnées. On avait dépouillé les jardins, à présent nus et laissé ouvert les cages à poules. Un cochon, en liberté, errait dans une cour. Un coq chanta quelque part dans les arbres là-haut dans la colline .

C'était un village fantôme. Tout le monde s'était enfui. Si seulement nous avions fui comme je l'avais voulu. Mais juste à ce moment là, un jeune soldat vietnamien apparut de par derrière un arbuste d'hibiscus. Il nous demanda de nous arrêter.

"*Ku Thi*," dit-il, s'adressant à Pao comme à un petit frère. Il avait le visage étroit comme celui d'un oiseau. Un fusil pendait à son épaule. "Vous habitez à Muang Cha ?" Il parlait en lao avec un fort accent que je comprenais à peine.

"Nous avons marché de notre village, là-bas." Pao lui indiqua la direction opposée de notre maison. "Nous allons au marché."

Le soldat acquiesça. "Vous pouvez aller voir vos camarades pour une discours. Je vous accompagne."

"C'est très intéressant, j'en suis sûr," déclara Pao. "Mais nous devons rentrer à la maison pour nos enfants. C'est à une demi-journée de marche."

Les muscles autour des yeux du soldat se rétractèrent. "Ne t'inquiète pas. Vas-y pour quelques heures, puis reviens. Demain, amène les autres de ton village avec toi. Chacun doit rendre les armes. Nous sommes tous frères maintenant. Plus besoin de nous battre."

C'est à ce moment là que je compris que nous n'avions plus aucun espoir.

L'homme nous escorta sur la route déserte et poussiéreuse qui menait au centre-ville. Près d'une cinquante de personnes envahirent la place publique et se pressèrent dans les rues latérales. Ils étaient tous hmong, à l'exception de trois couples chinois qui tenaient des stands au marché. Je reconnut les familles que nous avions rencontrées à Long Chieng, puis à Muang Cha. Ma cousine Bla et son mari s'accroupirent sur le sol à une courte distance de nous. La foule resta silencieuse. Il y avait des soldats vietnamiens et le Pathet Lao debout dans tous les coins, en alerte avec leurs armes à feu. La peur flotte sur l'air chaud et stagnant.

Un soldat hmong du Pathet Lao s'avança et monta sur une plate-forme faite de caissons retournés. Son uniforme ne montrait aucune trace d'échelons. C'était un petit homme maigre à la peau patinée, couleur noix de bétel, un fermier devenu dirigeant communiste. Il se mit debout devant un microphone et avança la lèvre inférieure comme pour soigneusement réfléchir à ce qu'il allait dire.

"Camarades," cria-t-il dans le micro, ce qui déclencha un détonation qui me transperça les oreilles. "Nous sommes ici pour célébrer la grande révolution démocratique nationale, une nouvelle ère d'égalité, de paix, et de liberté. Vous êtes libérés de l'emprise du colonialisme américain. Pauvres ouvriers, les exploiteurs capitalistes ont tenté de vous voler de l'or et de l'argent. Ce sont tous des diables, des diables je vous dis ! Il prit une profonde respiration :"Ceux qui ont suivi Vang Pao et ces sangsues américaines ont eu tort. Comment pouvez-vous être aussi stupides ?" Sa voix résonna à travers le haut-parleur. La sueur coula de son visage et forma une auréole aux aisselles de sa chemise et sur sa poitrine. Le discours continua pendant plus d'une heure, dénonçant les américains et les ministres marionnettes du Royaume Lao.

Pao ne bougea pas. Son visage était relâché, sans émotion. La femme à côté de moi écoutait avec des yeux écarquillés se mordant la lèvre inférieure. Son mari curait le résidu de terre de sous ses ongles sans jamais lever les yeux. Un autre homme alluma une cigarette, le regard figé au sol, les muscles de son cou se contractèrent, son visage rougit. Nous dûmes subir l'humiliation du sermon exaspéré du président. Un oiseau mynah atterrit sur le toit voisin, pencha la tête d'un côté et nous observa d'un œil jaune, méfiant.

Un deuxième homme, Lao, prononça un discours que le premier orateur traduisit en hmong. Il y dénonça les américains et ceux qui s'étaient battus avec eux. Il répéta sans cesse ces propos. En fin d'après midi, la chaleur fut lourde et l'air vicié dû à la multitude de personnes entassés, je m'évanouis presque. J'eus des crampes aux jambes et j'avais mal au postérieur à force d'être assise au sol dur. Je me languit d'un verre d'eau.

Finalement, un soldat vietnamien s'approcha de la plate-forme. L'homme hmong traduisit ses paroles en lao. "Dans notre grande nouvelle communauté socialiste, tout le monde travaillera au diapason, on partagera la terre et les fruits de notre travail. Vous aussi pouvez en faire partie. Mais vous devez d'abord remettre vos armes et admettre vos erreurs, renoncer aux actes répréhensibles. L'autocritique est la voie du pardon et de la liberté." L'homme étudia attentivement les visages devant lui. "Qui parmi vous est prêt à renoncer à vos actes déplorables et à prendre un nouveau départ ? Agissez maintenant."

Un grand silence s'ensuit. Les gens fixaient le sol ou les soldats qui nous entouraient. Un homme à la droite de Pao respira profondément et se leva. Deux autres hommes se levèrent, puis trois autres, et deux autres. Ils étaient huit à avancer. Ils inclinèrent la tête et présentèrent leurs excuses d'une voix basse et tremblante. L'orateur les félicita d'avoir fait le bon choix. Quatre soldats s'avancèrent et les emmenèrent.

"Vous voyez, il n'y a rien à craindre. Alors, y en a-t-il encore d'autres ?" le soldat demanda. Quelque part dans la foule, un homme éclata de rire, mais personne ne réagit. L'orateur attendit très longtemps, ce qui rendit le silence plus terrifiant que ses paroles.

Il dévisagea plusieurs hommes devant lui, comme pour estimer leur culpabilité. L'un d'eux s'essuya les mains pleines de sueur sur son pantalon et tout le monde bougea. Un soldat hmong observait Pao.

Enfin, l'orateur sourit. "Réfléchissez à ce que vous avez entendu aujourd'hui et prenez un nouveau départ." Sa voix résonna comme du métal froid qui glisse sur la peau.

Au bout de presque trois heures, les discours prirent fin et nous nous levâmes pour partir. J'étais raide et vacillai. Le soldat vietnamien qui nous avait menés à la réunion était réapparu. J'ai failli étouffer. Il rappela à Pao qu'il devait rassembler le reste des nos villageois le lendemain.

Nous étions en route vers la périphérie de la ville quand Pao aperçut son ami Chai. Il nous accompagna en parlant à Pao précipitamment. Les soldats étaient arrivés à Muang Cha la semaine d'avant, dit il. Beaucoup avaient fui ce jour-là. La veille, au début de la nuit, des soldats avaient emmené cinq hommes qui faisaient partie des forces spéciales. Deux institutrices, une infirmière et trois commerçants avaient également disparu. Les Pathet Lao avait déclaré qu'ils avaient été envoyés dans des camps d'éducation spécialisés afin d'apprendre de nouvelles méthodes. On avait retrouvé un des hommes dans les bois près de la ville, une balle dans la tête.

Pendant que nous escaladâmes dans la forêt, je regardai en arrière dans le peur de trouver des soldats qui nous auraient suivi. Parfois, je cru entendre des bruits de pas ou des brindilles craquer. Nous parlâmes à peine en cours de cette longue route à la maison. J'essayai de penser aux tâches que j'avais à accomplir en dernière minute. J'eus hâte que le matin vienne.

La nuit tomba même avant notre arrivée au village, mais la pleine lune nous jeta un coup d'œil à travers les nuages épars afin de nous guider. Pao alla immédiatement raconter aux autres ce qui s'était passé à Muang Cha. Il nous fallait quitter le village le plus tôt possible.

Je pris une lampe de poche avec moi pour aller dans le petit jardin derrière la maison et je cueillis des haricots verts et des ignames pour le voyage. Mes yeux se remplirent de larmes lorsque je tirais quelques mauvaises herbes autour d'une plante de piment rouge. J'avais retourné la terre de mes propres mains, et pleurait déjà mon jardin et nos champs. C'était le fruit de mon labeur que j'abandonnais. Comme des petits orphelins.

Ni Pao ni moi pûmes dormir cette nuit-là. Nous nous tînmes dans les bras comme liés par une corde de peur. Avant que le coq ne chante, je fis feu et mis une casserole d'eau à chauffer. Je préparai de la soupe au poulet et du riz pour le petit-déjeuner. Les enfants se réveillèrent comme s'ils avaient perçu notre alarme. Pao emmena les garçons chercher des œufs dans la cage aux poules que nous pourrions faire bouillir et emballer avec les restes du riz pour un repas plus tard dans la journée.

Je sortis pour collecter quelques épis de maïs dans le panier en bambou près de la maison où nous les avions entreposés. Nou trottait derrière moi. L'aube avait transformé le ciel en un gris bleu pâle. Je dressai les oreilles au bruissement qui s'éleva des arbres. Avant que je ne puisse m'écrier, une douzaine de soldats du Pathet Lao assaillirent le village comme des esprits maléfiques. Je saisis Nou et regardai Pao. Les garçons se tenaient derrière lui. Mon corps tremblait au point que je ne pouvais plus tenir Nou. Elle commença à pleurer pendant qu'Oncle Boua et les autres membres de notre famille se rassemblèrent.

Le soldat hmong qui avait prononcé le discours la veille examina les quelques six familles réunies et sourit. "Camarades, nous sommes ici pour poser quelques questions à d'anciens soldats et pour récupérer vos armes. Nous savons que vous avez combattu contre la révolution. Il est temps de vous racheter et d'apprendre à réformer vos pensées."

Oncle Boua s'avança. "Vous vous trompez. Nous ne sommes que des agriculteurs."

Le soldat se renfrogna et tira un morceau de papier de sa poche. "Où est Ly Pao ?"

Personne ne bougea. Comment pouvaient-ils connaître le nom de mon mari ? Ils n'avaient pas le droit de me le prendre. Pas maintenant. Le soldat cligna des yeux. Nou tira mes cheveux et se mit à crier. J'aperçus alors que je l'avais griffée avec mes ongles quand j'avais serré son minuscule bras.

"Et qu'en est-il de Ly Tong et Ly Boua ?" le soldat continua. Silence. Le soldat se dirigea lentement vers Pao et le regarda dans les yeux, puis se tourna vers Fong. "Et quel est le nom de ton père ?"

demanda-t-il.

"Je ne te le dirai pas," dit Fong, d'une voix forte et claire.

Le soldat l'attrapa par le bras. "On verra bien."

Pao leva les mains. "Arrêtez ! Laissez le garçon tranquille. C'est moi, Pao." Un petit cri s'échappa de mes lèvres.

Tong, Oncle Boua, et les autres hommes s'avancèrent pour protéger leurs familles. Les soldats fouillèrent nos maisons et détruisirent les paniers que nous avions préparés pour le voyage. Ils alignèrent Pao et les autres hommes pour leur ligoter les mains avec une corde. Ils les emmenèrent sur le sentier, dans la lueur pâle du matin. Pao disparut au coin, dans les arbres, comme le soleil disparaît le soir, pardessus la montagne.

Chapitre 3
PAO

Cette nuit-là, de violents assauts de mortiers, les coups de feu, et le sang qui marqua l'eau et perturba son flot naturel, suscitèrent la colère des esprits du Mékong. En plein éveil, le fleuve fit appel à tout son pouvoir et à toute sa puissance contre l'affliction des hommes, pour punir les âmes malchanceuses en les avalant tout entiers.

Je n'eus le temps de réfléchir. Tout se déploya trop vite. Je ne pus que saisir ma femme et mon enfant et courir en aval. L'eau grondait dans mes oreilles et inondait mon visage jusqu'à ce que je puisse respirer à la surface. Combien de temps s'était écoulé lorsqu'un tourbillon, lancé par un tronc d'arbre mort, s'éleva du fond de le fleuve et nous propulsa vers la rive thaïlandaise ? Les eaux ralentirent à mesure que nous nous rapprochâmes. J'attrapai une branche et tirai avec toute la force qui me restait. Tout par la grâce, deux hommes surgirent des bas-fonds pour nous aider. L'un d'eux tint le radeau immobile pendant que je confiai Nou à l'autre homme. Yer et moi luttâmes pour atteindre la rive et le courant emporta le radeau dans la nuit. Nous nous effondrâmes, tremblants violemment. Le ciel tonitruait et la pluie s'abattait sur nous.

Au début, je fus trop abasourdi pour comprendre tout ce qui

s'était passé. Au loin, on entendit les vagues crépitements des coups de feu et je me jetai sur Nou. Cependant, les hommes nous dirent que les balles ne pouvaient nous atteindre. Le fleuve était trop large. Je m'accrochai tout de même à Nou. Je ne leur faisais pas confiance.

Les hommes partirent pour aider les autres qui sortaient de l'eau ou dévalaient la côte rocheuse comme des ivrognes égarés. Je plaçai Nou à côté de sa mère et je me levai pour chercher mes garçons. Mes bras et mes jambes me semblèrent lourds et j'eus des picotements dans les mains. La peur m'envahit et s'enroula autour de mon coeur comme une vigne grimpante. Le temps restait suspendu et je me sentis détaché de cette terre. Je me répétai maintes fois que les garçons aller réapparaître. Ils devaient être en sécurité. Mais seuls mon oncle Boua, mon neveu Gia, Yang Chor et ses trois fils s'assemblèrent autour de moi.

Oncle Boua baissa la tête et se mit à pleurer. Il s'écria que ses garçons, Nao et Blong, et sa fille Lia étaient tombés à l'eau et avaient disparus. Les larmes coulèrent sur son visage et je le regardai impuissant, incapable de parler.

J'eus du mal à reprendre mon souffle, ma pensée fut envahie par les images de nos derniers moments ensemble—nous étions montés sur les radeaux, puis le projecteur de son poids écrasant s'est abattu sur nous, Fue avait crié, puis était tombé, Fong s'était accroché fortement. Puis ce fut les ténèbres. On n'entendit plus que le rugissement de le fleuve et les balles de tir qui nous dépassèrent. L'eau nous a emportés. J'avais voulu les attraper, mais je n'ai pas pu.

Yer inspecta ses vêtements, surprise de les trouver mouillés. Puis, brusquement, elle releva la tête. Elle scruta l'étendue grise, puis se leva d'un bond. Elle appela ses fils d'une voix plaintive.

Une douleur paralysante s'empara de ma poitrine et je crus avoir un malaise. J'étais conscient de la vérité, mais je laissai échapper des mensonges de mes lèvres. Je touchai son épaule. "Ils seront bientôt là."

Elle se retourna et me frappa le bras. "Tu dois les trouver. Retourne. Vite." Elle se mit à sangloter.

Yang Moua titubait le long de l'eau, serrant son jeune fils et hurlant le nom de son mari et de sa fille aînée. Nou s'grippa à ma jambe et y enfouis sa tête comme pour étouffer les cris. Le courant vigoureux de le fleuve résonnait autour de nous.

J'avais simplement voulu garder ma famille sauve. Mais je les avais abandonnés. J'aurais dû me rendre compte qu'il était trop dangereux de traverser le fleuve. Nous aurions dû rester dans les montagnes jusqu'à ce que les moussons passent et que le fleuve se calme. J'aurais dû trouver un passage où aucun soldat ne guettait. J'avais exposé mes fils à la visée des tireurs. C'était ma faute. Mes garçons avaient péri dans le fleuve.

Les hommes annoncèrent qu'ils venaient du village voisin et pointèrent aux lumières vacillantes sur la colline, à un demi kilomètre. Ils étaient descendus dans le fleuve lorsque la fusillade avait commencé. Presque tous les soirs, des familles comme la nôtre échouaient sur la rive. Ils nous proposèrent de les rejoindre la nuit et offrirent de nous aider à trouver le chemin au camp de réfugiés au matin.

Mais Yer s'y opposa. Elle pataugeait dans le fleuve qui lui arrivait aux genoux, cherchant toujours. Je soulevai Nou en tentant de rassembler toutes mes forces. Moi aussi j'eus envie de pleurer, d'écrier au ciel de nous épargner cette épreuve. Je devais rester fort. La jupe de Yer se plissa, s'imbiba d'eau, et faillit l'entrainer au fond. Je tirai sur son bras et la força à revenir en lui tendant

Nou. "Tu dois aller avec ces hommes. Nou a si froid, je vais trouver..." Ma voix se brisa, j'avais une boule dans la gorge, je ne pu continuer.

Oncle Boua vint à mes côtés, il s'essuya les yeux avec sa manche. "J'irai avec vous." Nous fûmes confus d' essayer de décider s'il fallait rester ou partir avec les hommes thaïlandais. Nous n'étions plus qu'à quatre. Yang Chor et Yang Yee acceptèrent de chercher sur la rive au nord, pendant que l'Oncle Boua et moi nous nous dirigeâmes vers le sud.

La nuit passa comme dans un rêve. Nous marchions de l'avant, même si nous trébuchions sur des pierres qui longeaient la rive plate. Là où le fleuve s'incurvait, elles cédèrent la place à une rive boueuse et escarpée. Nous glissâmes maintes fois, et attrapâmes de grands roseaux pour éviter de tomber. Puis la berge s'élargit et s'aplatit. La pluie se transforma en bruine et les nuages commencèrent à se dissiper. Je surveillais le rivage de l'autre côté de l'eau, encore incertain du danger que représentaient les soldats en patrouille. Les grenouilles croassaient dans les herbes épaisses qui poussaient jusqu'aux bords des rizières. Le frouement doux d'un hibou flottait dans un paume de figues. Pendant un court instant mon coeur battit avec espoir: était-ce peut-être un signe que juste un peu plus loin, les garçons m'attendaient ? Il nous arriva d'appeler le nom de nos enfants, mais la plupart du temps nous restâmes silencieux. Je scrutai les ombres pendant que les nuages s'installaient autour de la lune. Mes yeux me jouaient des tours, je croyais voir la forme d'une personne bouger ou allongée dans la boue et les rochers. Mais il n'en n'était rien. Le fleuve avait passé par là et l'avait balayé au passage des moussons en y déposant des branches cassées et des couches de terre dévalées des collines. Tout avait été englouti.

Après un long moment, nous nous arrêtâmes pour nous reposer, nous nous accroupîmes. Nous devrions retourner. Il était inutile de continuer. Quelque part en aval, demain ou le surlendemain, les corps de nos enfants happés par une branche ou échoués sur le rivage, seraient découverts par un pêcheur, un agriculteur, ou une femme en train de laver son linge. Mais nous ne les reverrions plus jamais.

L'aube s'était répandue sur les cimes des arbres de l'autre côté de le fleuve au Laos, peignant le ciel d'un bleu-gris qui vira au magenta. Les nuages se séparèrent et firent place aux traînées oranges, couleur papaye blet, qui rebondirent sur les eaux tumultueuses puis dénudèrent les ombres. Des lotus rose pâle, encore fermés se balançaient au bord du rivage, ouvrant lentement leurs pétales comme pour s'offrir à la journée. L'air ne reflétait ni les coups de feu ni les obus, mais seulement les trilles des oiseaux noirs et jaunes sur les branches d'un frangipanier. Je laissai échapper un faible gémissement, frappé par la contradiction de cette beauté. Mes chers garçons. Enfin je donnai libre cours mes larmes et je priai pour que leurs âmes trouvent un moyen de rentrer chez nous dans notre village, là où mon cœur demeurerait toujours.

Nous eûmes du mal à retrouver notre chemin au village, mais le pêcheur qui jetait son filet du rivage nous indiqua une petite colline non loin de là. Les familles qui nous avaient aidé vivaient dans des maisons en bois perchées sur de hauts poteaux. Je trouvai Yer assise sur le sol, pressant ses genoux contre sa poitrine. Elle se berçait et pleurait. Elle me regarda puis détourna son regard et je ne pu supporter l'idée de l'avoir tant déçue. Nou était agenouillée à côté d'un grand pot de riz et de légumes verts, et mangeait d'un grand bol. Elle tourna ses yeux énormes vers moi. Je ne dis rien. Je n'avais rien à dire. Au lieu de cela, je pris la nourriture que m'offrit la thaïlandaise et je mangeai avec appétit.

Je dormis quelque temps. Lorsque je me réveillai au milieu de la matinée, le fils d'un des villageois apparut avec un policier thaïlandais. C'était un homme, gros et volumineux, aux cheveux qui rebiquent. Pendant quarante-cinq minutes, notre groupe de quatorze personnes traina derrière le policier en vêtements déchirés et boueux, pour nous rendre dans son petit bureau de la ville de Nong Khai. Sous le ciel gris et turbulent, j'essayai de comprendre tout ce que nous avions perdu. Yer, l'air hébétée, avait les yeux fixés à terre. Lorsque je touchais son épaule, elle se leva d'un bond et s'éloigna.

Le policier nous posa quelques questions sur notre évasion et griffonna le tout sur un bloc-notes. Enfin, il passa un coup de fil. Nous attendîmes dans la pièce exiguë, assis sur les bancs et au sol. Au dehors, la pluie avait commencé à tomber et tambourinait en cadence sur le toit en tôle. Yer et Yang Moua étaient assis l'un à côté de l'autre et se tenaient la main. Nou grimpa sur mes genoux et plusieurs minutes plus tard me demanda en me murmurant dans l'oreille, où étaient Fue et Fong. Ma gorge se serra. Finalement, avec beaucoup de précaution, je lui dis d'une voix qui se voulait aussi douce que possible, qu'ils étaient allés au paradis pour être avec nos ancêtres. Son petit front se plissa en un étroit sillon au-dessus du nez. Mais elle persista: quand vont-ils revenir ? Je dus lui dire la terrible vérité. Jamais. Elle cligna des yeux plusieurs fois et se mit à gémir, puis elle courut se blottir dans les bras de sa mère.

Un bus blanc et vert arriva pour nous emmener au camp qui portait le nom de la ville, à vingt kilomètres. Trente-cinq autres Hmong qui avaient traversé le fleuve la nuit précédente étaient assis dans le bus et nous fixèrent de leurs regards vides pendant que nous montions à bord. Ils s'agitèrent dans leur siège et détournèrent leurs regards vers la fenêtre comme s'ils ne supportaient pas de voir leur propre désespoir se refléter dans nos visages. Oncle Boua reconnut l'un des hommes plus âgé qu'il avait rencontré pendant la guerre, mais ils n'échangèrent que quelques mots. Pendant trente minutes, nous fîmes le chemin le long de la route défoncée et boueuse en silence, en rebondissant sur des nids de poule et passant à côté d'agriculteurs thaïlandais qui travaillaient dans les rizières.

Une clôture barbelée entourait le camp de Nong Khai. Trois soldats thaïlandais se tenaient au seuil de la porte, montant la garde et brandissaient leurs fusils. Lorsque nous franchîmes l'enceinte, je ne savais plus si je devais avoir peur ou non. Les fonctionnaires expliquèrent que les gardes étaient là pour nous protéger, afin que personne en dehors ne puisse prendre avantage de nous. À travers les barbelés, j'e vis le fermier thaïlandais que nous venions de passer mener son buffle d'eau dans les champs. Il ne nous regarda pas, comme si nous étions invisibles.

Une ville de fortune composée de longs hangars en bambou s'étendait sur plusieurs collines. Dans un bureau de la place centrale, un responsable thaïlandais nous posa maintes questions et prit nos déclarations. Il remplit des formulaires, nous attribua notre immatriculation du camp, nous donna des cartes de rationnement et désigna un espace dans l'une des casernes. Nous allions habiter avec Oncle Boua et mon cousin Gia. Nous traversâmes la place, glacés par la pluie et la boue, en passant devant un temple bouddhiste, un hôpital, un terrain de football au gazon éparse et des huttes en bambou où les marchands vendaient des légumes et des produits de première nécessité. Dans les allées étroites et encombrées, des centaines de réfugiés sortirent de leur chambre.

Nous longeâmes le sentier glissant en passant par les baraques as-
signées aux familles de la plaine Lao, qui étaient arrivées en premier et composaient la majorité des réfugiés, puis nous gravîmes
la colline pour atteindre la section hmong à l'arrière du camp.

Enfin, nous trouvâmes notre chambre dans un bâtiment, qui
regroupait près de soixante familles. Les murs du fond et les murs
arrières étaient en bambou, il n'y avait pas de paroi avant. D'épais
bâtons de bambou soutenaient le toit de chaume. Jeunes et vieux,
grands-mères, tantes, oncles, parents, frères et cousins s'aggluti-
nèrent dans les minuscules espaces attenantes, séparés uniquement par des couvertures suspendues à une corde ou à des nattes
de bambou fragiles. Yer tourna en rond, puis récupéra la natte de
couchage à l'arrière de la pièce, puis la plaça sur l'emplacement
surélevé. Deux tabourets et deux seaux en plastique avaient été
posées à côté du feu, à l'avant de la pièce. Tout y avait l'odeur des
égouts, de la maladie, et de la moisissure.

Nos voisins se réunirent pour demander des nouvelles du Laos.
Une jeune femme qui tenait un bébé vint informer Yer où trouver
les camions qui venaient une fois par semaine pour livrer les rations. Elle cliqua sa langue plusieurs fois. "Tout ce qu'ils nous don-
nent, c'est du riz sale et un peu de sauce de poisson. Parfois un peu
de viande avariée."

Nou se cacha derrière la jupe de sa mère et écouta, détaillant
tous ces visages inconnus qui bondaient la pièce, elle passa d'un
visage à l'autre.

Une femme âgée aux cheveux sales et emmêlés se berçait et se
frottait constamment les mains. À trois reprises, elle répéta l'horaire du remplissage des seaux avec de l'eau. "Je t'emmènerai au
marché pour acheter des bols et des casseroles. Je sais où on peut
les trouver à meilleur prix. Je sais. Je sais."

Un flot de plaintes suivit, d'autres femmes se plaignirent des re-gorgements, de la nourriture de pauvre qualité et des marchants thaïlandais grossiers qui demandaient trop d'argent pour leurs marchandises.

Un homme de grande taille avec une énorme mâchoire carrée nous coinça l'Oncle Boua et moi. "On ne peut pas faire confiance aux gardes thaïlandais, ils volent et essaient d'obtenir des pots-de-vin si vous voulez sortir du camp pour aller travailler." Il se dé-tourna de Yer et souleva sa chemise pour montrer deux cicatrices profondes, rouges et encore fraiches, qui s'étendaient sur sa poi-trine. "Il y a deux semaines," murmura-t-il, "j'ai dû me battre contre un soldat. Il violait une fille de quatorze ans du bâtiment voisin." Il s'assit par terre et secoua la tête. "Il ne faut pas tourner le dos."

Je pouvais lire la détresse sur le visage de Yer, elle croisa les bras et s'éloigna doucement des femmes qui bavardaient. Finalement, les voisins retournèrent à leurs places. Yer commença à déballer le petit paquet de haillons usés et humides, ainsi que l'unique cou-verture qu'elle avait transporté sur notre radeau, de l'autre côté de le fleuve attaché à son dos. Au bout d'un moment, elle s'arrêta, paralysée, à la main elle tenait une chemise qui avait appartenue à Fue. Elle s'effondra parterre, en sanglots. Nou plaça ses bras autour de sa mère et susurra des mots doux dans son oreille pour l'apaiser. Je ne pu rester. Je dus partir.

Au fil des semaines, la pluie tomba, fouettant l'avant du bâti-ment et inondant nos biens. Le sommeil m'échappait. Je restai éveillé pendant des heures, écoutant le vieux grand-père à côté de nous ronfler et gémir dans son sommeil quand il se retournait. Les bébés toussaient et pleuraient. Deux chambres plus loin, une femme se réveillait en hurlant chaque nuit. Yer se réfugiait dans le coin le plus éloigné de la nappe de couchage, et se roulait en boule, ce qui exposait sa colonne vertébrale qui ressemblait aux fils barbelés. Ses sanglots ondulaient autour de moi et la faisaient trembler, mais quand j'essayais de lui tendre la main, elle me repoussait. Les rats se précipitaient dans les chevrons. Je berçai Nou dans le creux de mon bras. Les moustiques bourdonnaient sans fin dans l'air visqueux et fétide.

Mon cœur souffrait d'une culpabilité accablante de ne pas avoir pu sauver mes garçons, une culpabilité qui croissait chaque jour. Yer me lançait des regards glacials et accusateurs. Je voulais me cacher dans un coin et pleurer. Je ne pu même pas offrir une sépulture adéquate à mes enfants. Je craignais que leurs âmes ne soient forcées de dériver entre deux mondes sans jamais arriver au ciel. Oncle Boua et moi avions fait de notre mieux. Nous avions brûlé de l'encens et allumé des bougies pour éclairer leur chemin vers le ciel, laissé de la nourriture pour leur voyage et fait des offrandes à nos ancêtres pour les y aider. Yer se tenait à l'écart, son visage enflé de larmes. Nos mots semblaient la dépasser.

Il n'y avait pas de confort. Oncle Boua s'enferma dans un silence de mort, marchant pendant des heures dans le camp, tête baissée, et semblait dériver entre les deux mondes. Il ne prêtait plus aucune attention à son propre fils. Pauvre Gia, âgé de treize ans, il s'était enfui avec une bande de voyous, allait parfois à l'école de fortune, et s'attirait parfois des ennuis.

Quant à Yer, j'avais l'impression de vivre avec un fantôme. Elle ne me remarquait, ni m'entendait. Elle faisait les courses, cuisinait, et remplissait les seaux d'eau. Elle lavait nos vêtements. Mais elle ne disait jamais un mot. Une après-midi, je l'ai trouvée avec Nou à l'entrée du camp, attendant les bus avec de nouveaux réfugiés. Elle tendit le cou pour étudier les visages à chaque fois qu'un garçon en descendit. Moi aussi je me suis mis à chercher, sans vraiment y croire. Chaque jour, elle semblait plus distante. Cela me rappelait les scènes de films français que je regardais quand j'étais étudiant à Vientiane, où l'écran s'assombrissait lentement jusque dans l'obscurité. Je ne trouvais aucun moyen de l'atteindre. Parfois, la nuit, je l'entendais murmurer les noms des garçons et elle tendait la main dans le noir. Il était bien possible que les fantômes de nos garçons aient fait signe à leur mère de les rejoindre. J'étais terrifié. Il se pouvait bien que je me réveille un matin pour découvrir qu'elle avait répondu à leur appel. J'offrit un baci pour la protéger, en attachant des ficelles à son poignet pour que son âme reste en sécurité avec son corps. Elle n'y prêta aucune attention.

Chaque matin, je me forçais à sortir et à rencontrer les responsables du camp pour prendre les nouvelles, apprendre quelque chose qui nous donnerait de l'espoir, et qui me permettrait d'assurer un avenir pour ma famille. Une fois par semaine, on me donnait la permission de quitter la camp et d'aller travailler pour les agriculteurs thaïlandais dans les champs voisins. Peu importait le peu que je gagnais. Quand je m'occupais, je pouvais chasser l'angoisse de mon esprit, même si ce n'était que pour quelques heures.

Seul Nou m'apportait des moments de soulagement. Quand je retournais chez nous en fin d'après-midi, elle accourait dans mes bras, touchant ma joue avec la sienne. Comme ça, je lui disais en français, lui montrant l'autre joue. La nuit, je jouais à des jeux avec elle pour lui apprendre à compter sur les doigts et à prononcer des mots en lao et en français.

Je pouvais à peine supporter de la regarder avec sa mère cherchant désespérément à attirer son attention. Elle était aux petits soins avec Yer et s'occupait d'elle, lui brossait les cheveux et l'aidait à s'habiller. Alors que les semaines s'écoulaient et que Yer se retirait dans son propre monde, Nou essayait de combler le vide. Quand sa mère oubliait de le faire, d'une manière ou d'une autre, elle transportait les seaux d'eau lourds un par un des réservoirs. Elle ramassait du bois pour le feu et avait du mal à préparer le riz et les légumes pour nos repas. Yer, allongée à l'arrière de la natte de couchage, était perdue pour nous. Nou la couvrait soigneusement d'une couverture.

En septembre, après deux longs mois, je reçut enfin une bonne nouvelle. Les autorités thaïlandaises avaient retrouvé mon frère Shone et ma cousine Soua dans un autre camp de réfugiés appelé Ban Vinai. Nous pourrions nous y installer bientôt pour être avec eux. J'étais vraiment soulagé. Quand ils avaient quitté notre village trois ans auparavant, j'avais eu peur que nous ne nous reverrions plus jamais. Shone était le cadet de la famille, né quand j'avais six ans, deux mois seulement après la mort de notre père. Notre mère était convaincue qu'il était l'âme réincarnée de notre père. J'avais pris soin de lui et je lui avais appris à chasser et à pêcher. C'était un enfant facile et joyeux qui devint un homme facile et agréable. Je ne l'ai jamais entendu parler en mal de quelqu'un. Et Soua, ma meilleure amie depuis l'enfance, m'avait donné le courage de demander Yer en mariage. Dire que pendant tout ce temps, ils avaient été à Ban Vinai.

Une après-midi, je me suis esquivé dans un coin tranquille sur une colline, à la lisière du camp, où un épais peuplement de bambous formait un abri et me donnait l'illusion d'un espace privé. De temps en temps, je m'y réfugiais quand je ne pouvais plus continuer cette supercherie, lorsque le vernis de mon courage était sur le point de s'écailler. Seul dans ce lieu, j'étais incapable de cacher mon chagrin. J'avais apporté un carnet et un stylo pour écrire à Shone de notre arrivée imminente à Ban Vinai. Des nuages épars traversèrent le ciel bleu, profond. La couverture morose de la mousson se levait enfin. Je m'installai sur une souche d'arbre et à travers la clôture de barbelés e regardai le fleuve du Mékong qui flottait au loin, comme un ruban érugineux. Les eaux s'étaient calmées et s'étaient refoulées. En se retirant des berges, elles déposèrent une traînée de branches cassées, de roches, et une nouvelle couche de boue. Quatre pêcheurs avaient attaché leurs longs bateaux étroits aux arbres, le long du rivage. Ils sautèrent dans l'eau et jetèrent les filets dans le fleuve. Non loin de là, Vientiane et le gouvernement communiste renforçaient leur emprise sur le Laos. La vie que nous avions connue n'existait plus.

Je respirai profondément, ne sachant par où commencer. Comment expliquer brièvement à Shone les trois dernières années, les pertes subies dans notre famille et le terrible sort pour l'Oncle Boua et Yer. Lentement, je rédigeai un bref compte-rendu, pris une pause, puis énonçai les noms de ceux qui étaient passés dans l'au-delà—notre frère Tong, Tante Nhia, la fille d'Oncle Boua et ses deux fils, notre cousin Chao et mes garçons Fong et Fue. Je traçai les lettres, et soudainement la réalité de leur mort me parut difficile à accepter. Ma main se mit à trembler, les lettres ne furent plus qu'un gribouillis et les larmes déformèrent l'encre en tâches bleues. La tête dans la main, je sanglotai. J'ai n'avais jamais pleuré autant de ma vie. Mes larmes jaillissaient et j'en fut épuisé. Puis, cette peur qui me pesait s'atténua. Nous irions rejoindre notre famille. Nous allions recommencer à zéro.

Deux semaines plus tard, nous montâmes dans un bus en direction de Ban Vinai avec cinq autres familles hmong. Nous roulâmes sur des routes cahoteuses, devant les petits villages et des rizières aux tiges vert-doré qui se balançaient dans la brise, presque prête pour la récolte. Plusieurs agriculteurs s'arrêtèrent de travailler, s'appuyant sur leurs houes pour nous regarder de dessous leurs chapeaux de bambou. Le conducteur s'arrêta afin de permettre à un homme et ses oies de traverser la route. Puis il ralentit à maintes reprises pour éviter des nids-de-poule géants. Alors que nous nous éloignons du camp de Nong Khai, quelques agriculteurs sourirent et nous firent signe de la main. Je devins impatient au point de vouloir crier au conducteur de se dépêcher. Après près de trois heures, nous montâmes une colline escarpée et nous prîmes un virage. Une ville immense, beaucoup plus grande que Nong Khai, s'étendait aux quatre coins dans les collines perdues.

Des poteaux de bambou, serrés les uns contre les autres, se déployaient de part et d'autre de la porte en bois qui marquait l'entrée de Ban Vinai. Une clôture de barbelés délimitait le camp. Le conducteur s'arrêta pour parler aux gardes puis continua sur la route principale. Les bâtiments et la structure ressemblaient beaucoup à Nong Khai. A droite, des dizaines de longs hangars en bois s'alignaient le long de monticules entrecoupés par de petits appentis au toit de chaume, qu'on avait intercalés à l'avant et sur les côtés. À gauche, deux femmes vendaient des légumes, des sodas, des bonbons, des piles, des lampes de poche, et des rouleaux de tissu provenant d'une petite hutte au toit de chaume. Un homme marchait entre les immeubles, portant deux seaux d'eau en plastique sur une perche en bambou qui reposait sur son épaule. Une femme avec un bébé attaché au dos attrapa deux garçons à moitié vêtus et les fit descendre du bus. Une autre femme suspendait son linge à une corde attachée entre deux bananiers. Tout le monde s'arrêta pour étudier nos visages à travers les fenêtres du bus.

Peut-être qu'eux aussi cherchaient des membres de famille qui avaient disparus.

L'autobus prit un virage sur une grande place en face d'un terrain où des dizaines de garçons et d'hommes tapaient dans des ballons de football. Nous nous arrêtâmes devant deux bureaux en bois à un étage, et au toit plat. Le premier affichait une enseigne peinte Ministère de l'Intérieur Thaïlandais (MIT), sur le second on pouvait lire Haut Commissariat des Nations Unies pour les Réfugiés (HCR). Six soldats thaïlandais défilèrent devant les bâtiments, l'air ennuyé et fatigué. Notre famille se rassembla telle une bande de canards puis on nous fit signe de la main. Je repérai ma cousine Chor, que je n'avais pas vue depuis cinq ans, et des jeunes enfants qui étaient encore bébés quand ils étaient partis. Mon coeur palpitait.

Pour la première fois depuis notre arrivée en Thaïlande, Yer changea d'humeur avec un court instant de reconnaissance. La douleur qu'elle reflétait sur son visage sembla s'adoucir. Nous descendîmes du bus, les femmes s'embrassèrent et les hommes se tapèrent dans le dos, retenant leurs larmes. Nou se cacha derrière ma jambe, les yeux rivés au sol. Elle ne voulait pas lever la tête, ni parler. Lorsque les responsables nous appelèrent pour nous installer dans le camp, la plupart des membres de la famille s'en allèrent pour préparer un repas de bienvenue. Mais Shone s'assit sur un banc à l'extérieur du bâtiment et alluma une cigarette. Il dit qu'il nous attendrait.

Dans le bureau du ministère de l'Intérieur, une file de Hmong attendait patiemment afin de parler avec une demi-douzaine de fonctionnaires stressés. Un Thaïlandais du MIT, une Néerlandaise qui représentait le HCR, et un jeune traducteur nous conduisirent dans un coin au fond du bâtiment où nous nous assîmes à une table en bois. Nous leur parlâmes en thaï et en lao, traduits en anglais pour la femme néerlandaise. Visiblement ébahie, Nou fixa les cheveux blonds de la femme dont les yeux bleus, la peau pâle et le long nez tubéreux présentaient un divertissement qu'elle n'avait jamais vu auparavant.

Je remis nos papiers de Nong Khai à un responsable thaïlandais d'âge moyen avec des cheveux soigneusement coupés et une chemise blanche impeccable et parfaitement repassée. Je me sentais gêné avec mes vêtements en lambeaux. Son visage resta neutre, et il posa les mêmes questions qu'on nous avait posées à maintes reprises à Nong Khai. Nous lui fournîmes exactement les mêmes réponses indiquées sur les papiers qu'il tenait en main. Il commença par mon oncle, puis se tourna vers moi. La Néerlandaise prit des notes détaillées sur du papier jaune. Elle réclama parfois des clarifications et le traducteur acquiesçait chaque fois que je répondais, comme pour m'encourager à donner la bonne réponse. *Quand êtes-vous arrivés en Thaïlande ? Comment y êtes-vous arrivés ? Pourquoi avez-vous quitté le Laos ? Avec qui vous êtes-vous battu pendant la guerre ? Où était le camp de prison où vous étiez détenu ? Combien de temps y étiez-vous ? Vous ont-ils accusé d'un crime ? Combien d'autres prisonniers y avait-il ? Comment vous ont-ils traité ? Où êtes-vous né ? Quel âge avez-vous ? Est-ce votre femme ? Avez-vous d'autres femmes ? Combien d'enfants avez-vous et quel âge ont-ils ? Combien d'années d'études avez-vous faites ? Avez-vous de la famille ici ou dans un autre pays ? Avez-vous l'intention de demander une réintégration dans un autre pays ? Quelles compétences avez-vous pour trouver du travail ?* Pendant plus d'une heure, nous rapportâmes les mêmes histoires. Ma colère et ma frustration montèrent, mais je restai calme et poli. Tout dépendait de ces personnes. La voix du responsable thaïlandais s'exaspéra, comme si j'essayais de le duper avec mes réponses. Cela me rappela les interrogatoires interminables que j'avais subis ainsi et toutes les fois qu'on m'avait passé à tabac dans le camp de prisonniers au Laos.

Finalement, l'homme signa les formulaires une fois de plus, vérifiant notre statut de réfugié et nous délégua au traducteur. Le jeune homme se passa la langue sur les lèvres à plusieurs reprises pendant qu'il pointait vers la carte du camp avec son stylo. *A présent, près de mille personnes viennent ici chaque mois, donc il y a beaucoup de monde. Ici, vous devez vivre ensemble, au centre numéro 3, quartier numéro 2, bâtiment 5, chambre 6. C'est dans les même parages que votre famille. Le marché central ouvre tôt chaque matin. L'eau est disponible dans les réservoirs de chaque centre matin et soir. Les camions restaurant viennent deux fois par semaine. Vérifiez en l'horaire. Vous ne pouvez pas quitter le camp sans la permission de ce bureau.* Il mit nos papiers en ordre et déclina les instructions d'une manière monotone, comme s'il récitait des tables de multiplication, qu'il avait soigneusement mémorisées et répétées au quotidien. La situation semblait ironique et me donna envie de rire, car Ban Vinai signifie village de discipline.

Il nous assigna des numéros de camp, nous donna des cartes de rationnement alimentaires américaines, puis, un à un, à la craie, il inscrit les numéros sur un petit tableau noir. Il prit des photos de nous l'ardoise en main devant nous.

Après une heure, nous sortîmes du bureau. Shone fit les cent pas, une cigarette allumée à la main. Je m'aperçut à quel point il paraissait plus âgé, bien au delà de ses vingt-sept ans, plutôt comme un homme d'âge mur. Des rides encadraient ses yeux et sa bouche. Sa peau était devenue tachée et foncée, son corps maigre. La lassitude marquait le creux de ses épaules. Avant, il n'avait jamais aimé fumer, mais maintenant le tabac avait terni ses dents et ses doigts.

Il vérifia notre numéro d'immeuble et sourit. "Grand frère, je vais te montrer le chemin."

Shone s'arrêta brièvement pour informer sa femme Kia de l'emplacement de notre nouveau logement, puis nous conduisit à notre chambre qui se trouvait seulement à deux bâtiments de là. Les baraquements longs et étroits étaient semblables à celles de Nong Khai, mais affichaient plutôt des poteaux en bois, des lattes et des toits en tôle. Nous avions une pièce de trois mètres sur trois et demi près de l'extrémité du bâtiment, avec vue sur nos voisins et la passerelle avant. Il y avait aussi un même genre de plate-forme pour dormir, qui occupait à moitié le fond de la pièce. Une rallonge avait été installée au toit de chaume qui couvrait la fosse à cuisson et le gril en métal. L'odeur d'urine, de sueur, et d'aliments cuits envahissait l'air. Un bébé gémit à l'autre bout du bâtiment et de petits enfants passèrent devant, s'arrêtant brièvement pour jeter un coup d'œil sur les nouveaux arrivants. Yer soupira et semblait bouleversée, comme si ce lieu était pire que l'emplacement immonde que nous occupions à Nong Khai.

"Bienvenue au château royal," dit Shone avec un petit rire moqueur. "Il y a plus d'une centaine de voisins qui partagent votre demeure. Je vais vous façonner des écrans de bambou que vous pourrez installer."

Au moins quinze personnes, jeunes et vieux, se rassemblèrent à notre gauche. Des couvertures et des vêtements étaient éparpillés sur leur plateforme de couchage. Un homme âgé, à l'œil rouge qui suintait, nous souhaita la bienvenue en acquiesçant de la tête. Une jeune femme, assise sur un tabouret en train d'allaiter son bébé, nous fit signe de la main. Un petit garçon entra et fixa Nou du regard.

Kia arriva avec du bois sous un bras et une grande mousti-quaire sous l'autre. Elle laissa tomber le bois sur le sol et tendit le filet à Shone, montrant la plateforme de la tête. Il y grimpa immédiatement pour y déposer les nattes de couchage.

Dans notre village, Yer et moi avions toujours ri de la manière dont la petite Kia, une boule de feu, avait pris la charge de son domicile tandis que Shone lui souriait et acquiesçait. Peu de maris hmong permettaient à leurs femmes de les traiter de cette façon. Je ne savais pas trop pourquoi, mais j'étais content de voir qu'ils n'avaient pas changés.

Kia se tourna vers Yer. "Plus tard, je t'aiderai à déballer." Elle s'affaira et rangea le bois. "Apporte ce seau, Yer, nous devons aller aux réservoirs d'eau pendant que les pompes sont encore ouvertes. Tu pourras faire la vaisselle et je vais t'indiquer les latrines. Elles puent tellement et la plupart du temps, elles débordent et l'eau s'écoule au bas de la route." Elle secoua la tête.

Yer me regarda et comme par miracle un petit sourire apparut sur ses lèvres. C'était un acte éphémère, presque involontaire, dont elle semblait être inconsciente. J'avais passé de nombreuses heures à prier pour que son angoisse disparaisse. Ce n'était qu'un petit signe, mais il me donna de l'espoir.

Kia se pencha vers Nou, qui s'était cachée derrière la jupe de sa mère. "Je me rappelle quand tu étais bébé. Viens rencontrer tes cousins, ma Mee et Tou, et Blia et Ger." Elle se redressa. "Venez tous. Nous allons bientôt manger."

La fête continua tard dans la nuit et jusqu'à l'aube. Quatorze membres de la famille s'étaient réunis dans l'allée devant la pièce partagée par les familles de Shone et de Soua. Kia et sa cousine Yer préparèrent un repas spécial en y ajoutant deux poulets frais et des légumes supplémentaires achetés au marché pour compléter les rations de riz. Les autres hommes et moi mangeâmes les plats de riz, de poulet, de feuilles de moutarde, de courge et de piments forts. Une fois que nous avions fini, les femmes et les enfants se rassemblèrent autour des assiettes et mangèrent les restes. J'étais si soulagé de voir Yer bavarder avec les autres et sourire à l'occasion. Peut-être il était possible de reprendre un semblant de vie normale.

Soua me fit un clin d'œil et fit apparaitre une bouteille de whisky. Sa tête était presque chauve et il lui manquait les deux dents inférieures, mais son sourire chaleureux se répandait comme autrefois. Après trois ans de malnutrition, de coups reçus et de travaux forcés dans le camp de prisonniers au Laos, j'avais moi aussi les cheveux épars et la moitié de mes dents étaient tombées.

Yer partit avec les autres femmes pour faire la vaisselle. Ils seraient de retour avec les enfants pour bavarder. Nous nous installâmes près du feu, sur des tabourets bas. Deux amis de Soua s'arrêtèrent pour prendre un verre et discuter. Tout le monde voulait des nouvelles du Laos.

Je hochai la tête, il n'y avait que de mauvaises nouvelles à rapporter. "J'en sais peu, vraiment que des rumeurs. Une fois que j'ai échappé du camp de prisonniers, nous sommes partis tout de suite."

Soua fronça les sourcils. "Où étais-tu détenu ?"

"Xieng Khouang, près de Phonesavanh. Mais il ne reste que peu là-bas. Toute la vallée a été détruite par les bombes américaines—les villages, les champs, même les animaux." Je pris une autre gorgée de whisky, la chaleur se dispersa de ma gorge à mon ventre et me délia la langue. "Des groupes de Hmong se battent à nouveau dans les collines voisines."

Mon cousin Chor, âgé de dix-huit ans, se pencha en avant. "La résistance est forte dans le camp. Le soutien vient des Hmong en Amérique, et de nombreux combattants font la navette pour traverser le fleuve."

Shone haussa les épaules. "Ils se battent dans de petites batailles, mais ça ne sert à rien."

Parfois, en prison, nous entendions des explosions." Je pris une bonne rasade du whisky. "Des centaines d'agriculteurs meurent à cause des bombs non explosées de la guerre. Ils essaient de reconstruire leurs villages et de planter des champs puis trouvent ces petites bombies, de la taille d'une pêche. Un jour, un prisonnier de mon équipe de travail enfonça sa houe dans le sol et boom ! Plus de bras. Il est mort sur le coup. Après cela, je creusais avec grand soin." Je fermai les yeux hanté par cette image. La tête me tournait.

"C'est ce que nous avons entendu aussi," déclara Soua.

Chor me voua une expression desireux. "Dis-moi, cousin aîné, comment as-tu échappé de la prison ?"

Je replongeai dans les souvenirs de ce terrible jour. "Tong et moi étions en train d'arracher les mauvaises herbes dans les champs. De l'autre côté, les gardes s'étaient assis pour fumer et parler. Nous prîmes la décision de partir en courant, d'atteindre le couvert d'arbres au bord de la clairière." Je revoyais Tong courir à travers les rangées de hautes feuilles de moutarde, à moins d'un mètre et demi, lorsque des coups de feu retentirent.

"Tong fut tué," murmurai-je. Je fermai les yeux. Je le voyais tomber à terre, le visage figé, les yeux écarquillés. Il ne respirait plus, aucune chance de dire au revoir. Combien de fois je m'étais reproché de pas m'être arrêté. J'aurais dû le porter avec moi. Mais les coups de feu retentissaient autour de moi et il n'y avait pas de temps…je continuai à courir. Pour ma femme et mes enfants, je devais continuer à courir.

Shone se racla la gorge et parla à voix basse. "Oncle Boua, on a besoin de toi. Il y a beaucoup de maladies et d'esprits désespérés dans ce camp, et pas assez de shaman qui peuvent nous aider."

Oncle Boua acquiesça, mais me regarda avec une expression de gêne. Avant de quitter Nong Khai, il avait organisé une cérémonie de guérison pour un tout petit bébé, invoquant son esprit familier, son neng, pour le guider dans l'autre monde afin de négocier avec les mauvais esprits pour sauver les âmes du bébé. Plus tard, il m'avait raconté qu'il avait eu du mal à trouver sa voie, comme si son neng restait sourd à son appel. Enfin, il entra en transe et réussit à mener son cheval de l'autre côté, mais cette fois ci, il sentit que ses pouvoirs étaient trop faibles. Le bébé décéda le lendemain.

"Pao, je sais qu'il y a un poste de traducteur à pourvoir pour la clinique médicale française," déclara Soua. "Je t'emmènerai parler à Dr. Renard demain."

"Peu de Hmong vont à la clinique," dit Shone. Ils ne consultent le médecin que lorsqu'ils sont très malades et doivent aller à l'hôpital. Nous avons eu une épidémie de choléra il y a plusieurs mois et la tuberculose se propage. Trop de morts. "

Soua soupira. "Il y a peu d'emplois, pas d'argent, rien à faire. Parfois, nous travaillons dans les champs, mais les thaïlandais ne nous payent presque rien et les gardes en volent la moitié avant notre retour." Il croisa les bras. "Ma femme gagne plus que moi avec sa couture, sinon nous n'aurions aucune chance de survivre."

"Les thaïlandais étaient gentils avec nous, mais maintenant, il y en a trop tous les jours. Ils ont peur, " Shone déclara. "Les journaux thaïlandais disent que nous allons ruiner le pays s'ils nous laissent rester. Ils veulent que les américains et d'autres pays accueillent davantage de personnes. Ils menacent de nous renvoyer au Laos.

"Est-ce que beaucoup de personnes sont partis dans d'autres pays ?" je demandai.

Shone sucé dans ses dents. "De plus en plus, surtout aux États-Unis, en Australie ou en France. Personne ne veut y aller. Nous continuons à rentrer chez nous."

"La résistance enverra tous ceux du Pathet Laos dans leurs tombes. Le Laos sera libre," dit Chor, tout fière comme un coq qui se pavane.

Que connaissait Chor du combat ? Il avait été petit enfant, puis étudiant à Vientiane pendant la guerre. Seulement quelqu'un qui avait échappé à leur brutalité et aux combats sans fin pouvait faire preuve d'un tel enthousiasme. Je ne me battrais plus. J'avais déjà fait trop de sacrifices.

Shone haussa les épaules. "Qui sait combien de temps on a avant la chute du gouvernement communiste. Je suis prêt à envisager la possibilité d'un nouveau départ."

Oncle Boua fronça les sourcils. "Iriez vous ?"

"Oui." La réponse fut rapide et déterminée. "Nous sommes dans ce camp depuis trois ans. Quel genre de vie avons nous ? Je me sens inutile." Il alluma une autre cigarette et en souffla lentement la fumée. "Tu te souviens du pilote Danny ?"

"Oui, bien sûr," dis-je. Shone avait travaillé sur la piste d'atterrissage de Long Chieng pendant la guerre, approvisionnant les avions et chargeant et déchargeant les fournitures. Il s'était lié d'amitié avec de nombreux pilotes américains.

"Il m'a donné son adresse aux Etats-Unis et m'avait dit de lui écrire si j'avais besoin de aide. Je lui ai écrit et il est prêt à parrainer ma famille et celle de Soua." Il s'arrêta pour discerner ma réaction. "Nous pourrons peut-être partir lorsque les documents seront là."

La nouvelle me donna des frissons. Je venais juste de retrouver ma famille et ils parlaient déjà de partir. J'avais survécu chaque jour dans l'univers temporaire de ces camps. Après toutes nos souffrances, ne nous restait-il pas d'autre choix que de quitter notre pays et d'abandonner à jamais tout ce qui nous était familier et cher ? Je me demandai comment Shone était tombé dans un tel désespoir.

Son visage s'adoucit. "Une fois que nous serons installés, nous vous parrainerons."

Je ne pouvais penser à notre futur si lointain.

Chapitre 4
YER

De la boue. Tout ce dont je me souvenais de Nong Khai c'était les couches de boue rouge collantes. Elles alourdissaient mes pieds et éclaboussaient mes jambes. Elle recouvraient le bord de mon sarong. Elle empâtait même mes pensées. Je ne pouvais plus rien voir. J'eus du mal a savoir comment le temps a passé. Quand Pao me parlait, ses mots flottaient sans cesse au-dessus de moi, sans jamais me toucher. Je vivais dans un monde à part. Mon cœur faisait des bonds chaque fois qu'un garçon courait dans un coin. Mes seules pensées allaient à Fong et Fue. Je voyais leurs visages dans les nuages. J'entendais leurs pas dans la pluie battante. Leurs voix m'appelaient à travers les chants des oiseaux bulbul. Et parfois, lorsque le vent soufflait dans une certaine direction, je percevais l'odeur chaude de leur peau.

Oncle Boua et Pao assistèrent aux cérémonies funéraires en essayant de guider nos êtres chers vers leurs ancêtres. Je ne pu les écouter. Au moment même, je ne voulais pas que Fong et Fue me quittent et voyagent dans l'au-delà. Je voulais les garder un peu plus longtemps dans mon cœur. Chaque jour, je leur demandais de ne pas oublier leur mère qui les aimait plus que les dieux aiment les cieux.

Je ne fus pas surprise quand ils m'apparurent dans un rêve. Les mots qu'ils murmurèrent étaient aussi doux que le miel. *Mère, nous sommes saufs. Ne pleure pas. Nous restons toujours avec toi. Nous attendrons que tu sois heureuse pour rejoindre nos ancêtres. Viens avec nous maintenant.* Dans le rêve, ils étaient plus jeunes, peut-être entre six et huit ans. Ensemble, nous nous promenâmes dans les montagnes, près de notre dernier village au Laos. La forêt était paisible et silencieuse, avec la douceur des aiguilles de pin et des minuscules orchidées roses. Les tisserands dorés et les martins-pêcheurs pépiaient bruyamment et résonnaient à travers les arbres. Une brume légère tourbillonnait ludiquement, au milieu des rayons de soleil et filait à travers les branches. Nous chantâmes en cherchant des champignons sous les fougères et les vignes et cueillîmes des pousses de bambou et des racines de gingembre sauvage. Fue fut vite ennuyé et commença à courir après les abeilles astucieuses. Nous nous arrêtâmes sous un arbre d'agar pour manger des boulettes de riz. Fue se blottit contre moi et me pria de lui raconter l'histoire de l'orphelin et du singe. Mais dès que j'entamai le récit, leurs formes s'estompèrent. J'essayai d'attraper leurs mains, mais je ne touchai que les nuages du néant.

Je fit le même rêve plusieurs nuits de suite. Parfois, ils étaient plus âgés. Parfois plus jeunes. Nous marchions toujours dans la forêt. Nous étions toujours heureux. Juste avant de me réveiller chaque matin, je savourai le parfum des feuilles de menthe qui poussaient au milieu des arbustes. Toutes sèches, elles s'effritaient sous mes doigts. J'entendit le rire et le bavardage de mes garçons. Si seulement nous pouvions rester ainsi à jamais. Mais les coqs chantaient, les chiens aboyaient. L'aube s'immisçait encore dans notre espace humide. Pao et les autres s'agitaient sur les nattes et me réveillaient. Puis la douleur s'abattait, comme une lourde pierre posée sur ma poitrine. La vérité m'éblouit. Mes précieux garçons avaient bien été engloutis par le fleuve. J'eus l'impression qu'on m'étouffait sous la masse de couettes épaisses et que je ne pouvais plus respirer.

Je repoussai la tâche fastidieuse de vivre. J'étais souvent surprise de voir Nou, qui se plaçait au dessus de moi, son petit visage tendu par l'inquiétude, pour me poser des questions et m'offrir de l'aide. Je lui en voulais d'être là, avec sa façon de me ramener à la réalité. Pao essayait de m'attirer à lui et me priait de partager mon chagrin. Je ne le blâmais pas pour ce qui était arrivé. Tout ce que je voulais, c'était qu'on me laisse tranquille. Qu'on me laisse franchir dans l'autre monde, plus heureux, où mes garçons me réconfortaient.

Lorsque Pao annonça que nous déménagerions à Ban Vinai, j'étais terrifiée. Et si l'esprit des garçons restait ici ? Et si ils ne pouvaient pas me trouver dans ce nouveau camp ? Mais cette nuit-là, dans un rêve, ils promirent de m'accompagner n'importe où. *Nous serons toujours avec toi, mère. Ne t'inquiète pas.* Notre amour était sans limites.

Quand nous partîmes pour Ban Vinai, la saison sèche était arrivée. Les pluies avaient cessé. La boue s'était transformée, et résorbait les tourbillons épais et agités de poussière rouge. Une belle couche en couvrait le camp. Les plis de mon visage se remplirent de terre et j'avais la gorge sèche.

La vie s'améliora à petits pas. La réunion avec notre famille était une occasion de joie. Je trouvai le réconfort en leur simple compagnie et les pertes que nous avions tous subies. Je n'étais pas seule. Nous avions tous éprouvé du chagrin. Je réalisai que j'avais été indifférente à la douleur de mon oncle Boua qui pleurait la mort de Tante Nhia et de ses trois enfants. Notre première nuit à

Ban Vinai, nous apprîmes le sort des parents de Chor. Le Pathet Lao avait tiré sur eux alors qu'ils tentaient de fuir leur village. Mon cousin Yer et Soua avaient perdu leur petit Chia, âgé de trois ans seulement. Il était tombé malade avec de la fièvre et avait succombé lors de leur fuite hors du Laos.

Nou, fut hésitante et timide au début, puis cessa de s'accrocher à moi et, petit à petit elle s'engagea doucement à jouer avec ses jeunes cousins. Ma cousine Yer et moi profitâmes de l'après-midi pour laisser les enfants avec Kia pour nous esquiver. Nous escaladâmes le sentier de terre jusqu'à la colline au bord du camp. De gros nuages de poussière se formèrent sous nos pieds. Le soleil brûlant s'abattait sur nous. Nous nous assîmes sur les feuilles d'un énorme banian, tombées à terre, dont les branches en forme d' ombrelle nous abritèrent du soleil. En bas, le camp aride s'étendait devant nous. Il avait l'air si pitoyable comparé à nos montagnes verdoyantes du Laos. Des bâtiments jaunes et bruns s'érigeaient çà et là dans les terrains plats et les collines ondulées, et se confondaient avec la couleur rouille de la terre. Seuls quelques arbustes et fruits tressés poussaient auprès des baraquements. Yer dit que de plus en plus d'arbres avaient été coupés pour en faire du bois de chauffage. Près du ruisseau qui serpentait à travers le camp, de petits potagers avaient été plantés par les quelques chanceux qui revendiquaient la terre.

"Là-bas, c'est l'hôpital," dit ma cousine en le montrant du doigt. "Le marché thaïlandais se trouve près de la porte d'entrée. Parfois, ils nous laissent sortir le matin pour faire nos courses. Leurs prix sont moins chers que ceux des vendeurs qui entrent dans le camp." Elle fit une pause et laissa échapper un profond soupir. "Et là, au centre 5 se trouve l'église catholique. Le prêtre est français. Il a passé quelque temps au Laos il y a de nombreuses années et parle le hmong." Elle jouait avec l'ourlet de son sarong. "Je lui ai parlé de Chia une fois." Sa voix hésita.

Une fois de plus, un nuage me recouvrit. Un petit sanglot s'échappa de mes lèvres. Yer s'appuya contre moi et ses yeux aussi se remplirent de larmes. Nous restâmes assises ensemble en silence pendant longtemps.

Yer et moi partagions la même vie, ainsi que le même nom. La fille aînée de mon plus jeune oncle, elle était née un mois après moi. En grandissant, nous avions été les meilleurs amies et les pires ennemis, deux esprits opposés comme le blanc et le jaune d'œuf, qui vivent séparés dans un espace commun. Nous passions nos journées à nous chamailler et essayions de nous surpasser mutuellement en couture ou en cuisine. Quand je cueillait quatre pêches de l'arbre dans la cour, elle en cueillait six. Et pourtant, le destin nous avait gardées ensemble. Nous nous sommes mariées et avons déménagé ensemble dans le village de nos maris. Les jalousies et les compétitions continuèrent de manière moins visible, affectant notre travail dans les champs et lorsque nous prenions soin de nos enfants. Mais nous nous entre-aidâmes toujours pendant les années difficiles de guerre. Parfois elle était l'origine de mon irritation, mais je ne pouvais imaginer vivre sans elle.

Yer s'essuya les joues avec sa manche et me caressa le bras. "Nos garçons vivront dans nos cœurs, chère cousine, mais tu as la petite Nou à élever." Elle posa une main sur son abdomen.

Pour la première fois, je remarquai son ventre légèrement arrondi, d'une nouvelle vie qui s'y formait. Nous n'avions jamais parlé de nos grossesses par timidité et de peur de voir les mauvais esprits nuire au bébé. Je me demandai quelle idée elle avait eu de concevoir un enfant dans ce lieu désolant. Je ne pouvais m'imaginer m'occuper d'un autre enfant pour le moment. Une brise parfumée de fleurs de frangipanier et de papaye mûre s'éleva de la vallée en dehors du camp. Les branches du banian se balancèrent doucement et les feuilles firent vibrer l'air. L'air chaud caressa mes joues et pénétra mon corps. Je ne pu voir mes garçons, mais je sentis leur présence. Ils voulaient me rassurer. Ils étaient proches et se portaient bien.

Chaque matin, une file de fourgons entrait par la porte principale et se frayait un chemin par la rue principale pour convoyer les aides humanitaires étrangères. C'étaient les "long-nez" comme nous les appelions. J'avais rencontré des missionnaires français à Xieng Khouang et des missionnaires américains à Long Chieng. Pourtant, ces personnes à la peau claire, aux yeux saillants, et aux corps larges et gigantesques, me donnaient la frousse. Je frissonnai à la vue de leurs poils épais qui tapissaient les bras des hommes et pointaient du col de leur chemise. Les agences humanitaires géraient les écoles du camp, les cliniques médicales et l'hôpital. Ils offraient conseils et assistance, et maintes autres services que j'avais du mal à retenir.

Un matin, je laissai Nou avec cousine Yer et je suivis Kia au centre de dons. Nous fouillâmes dans les bacs de vêtements mis au rebut, à la recherche des meilleures articles.

Kia souleva une blouse bleue avec une petite tache rouge au bas. "C'est bien pour Nou." Je fis une grimace, mais elle me la tendit tout de même. "Tu pourra laver la tache." Puis elle puisa dans un autre tas.

Je choisis un t-shirt vert délavé à l'effigie d'une tortue pensant, dans un moment de confusion, qu'il irait parfaitement à Fue. Puis je secouai la tête, je me rappelai de la réalité et je le redéposai. Je fermai les yeux tout à coup, me rappelant le rêve de la nuit précédente. Les garçons et moi étions dans un champ en train de cueillir des épis de maïs mûrs aux tiges dorées. Le soleil brillait chaudement sur mon dos. Les garçons chantaient des chansons drôles d'un pic qui tambourine les arbres. Ce geste infantile me fit sourire. Fue s'enfuit pour se cacher, puis nous pria de le retrouver. Nous arrivâmes à la dernière rangée. Il était là, accroupi derrière une plante de cardamome. Il se mit à rire et jeta les gousses à l'odeur âcre et douce à Fong. Fong rit à son tour et lui donna la chasse. Puis, ils disparurent hors de ma vue. Les nuages se dissipèrent et éclaircirent le ciel. J'appelai les garçons, mais il n'y eut pas de réponse. Le son d'un coup de fusil éclata à travers les arbres.

Je me réveillai en sursaut, le cœur battant. Pao, couché à côté de moi, me regardait, l'expression pensive, incertaine. Pour la première fois depuis notre arrivée en Thaïlande, je me blottis dans ses bras ouverts. J'enfouis ma tête dans le creux de son épaule et je pleurai. Il me serra fort et me caressa la tête, et je sentis son souffle chaud sur mon cou.

Kia posa sa main sur mon épaule et me guida vers une autre corbeille de vêtements pour hommes. "Regarde ces pantalons pour Pao. Ils feront l'affaire. Bientôt, tu auras le temps de coudre de bien meilleurs vêtements."

Je hochai la tête et fouillait parmi les vêtements. Je pensais que, plus tard, j'irai a l'arbre banian pour y attendre la brise.

Kia et moi parcourûmes le marché central avec ses stands de nouilles, ceux qui vendaient des boissons, des bonbons, des œufs, des légumes et des fruits. D'autres vendeurs offraient des lanternes et des lampes de poche, des piles, des ciseaux, des couteaux, des outils et des chaudrons. Deux femmes thaïlandaises nous appelèrent pour approcher leur stand, et nous tendirent des longueurs de tissue en coton aux tons violets, verts et bleus. Au marché de

Xieng Khouang au Laos, j'avais échangé nos légumes et nos œufs pour des articles dont nous avions besoin. Ici tout s'achetait avec le baht thaïlandais. Kia entama les négociations avec un vendeur pour la marmite que j'avais choisie. Elle s'éloigna trois fois de son stand, forçant l'homme à la poursuivre. Il finit par secouer la tête et à accepter son offre.

Nous choisîmes des haricots longs, des poivrons, du gingembre et de la coriandre pour faire les repas de tous les jours. A chaque fois, Kia se plaignit des prix lorsqu'elle leur tendit les pièces. "Nous devons nous dépêcher," dit-elle enfin. "Les camions-nourriture seront bientôt ici.

Nous nous précipitâmes vers la colline pour récupérer nos paniers. Cousine Yer et les enfants nous rejoignirent. Lorsque nous y arrivâmes, une longue file de femmes et d'enfants serpentait dans la rue ainsi qu' autour de deux bâtiments. Le soleil du midi était chaud. J'essuyai la sueur de mon visage et de mon cou. Nou voulut que je la tienne. Mais je n'ai pas pu.

Les camions arrivèrent avec trente minutes de retard et les travailleurs commencèrent la distribution. Après un bon bout de chemin, nous attendîmes notre tour. De plus en plus de personnes se rassemblèrent et se retrouvèrent au fond de la file. Le bavardage des femmes s'éleva comme un bourdonnement et rebondit contre les bâtiments. Nou et les autres enfants s'engouffrèrent dans les rues en criant. J'observai les petits garçons, si pleins d'espoir et de joie, me rappelant de Fong et Fue quand ils étaient petits.

Une mère passa avec un bébé qui pleurait doucement sur son épaule. Il semblait trop faible pour lever la tête. Il n'avait que la peau sur les os, le nez qui coule, et les yeux énormes. Je fus surprise de voir Nou apparaître à mes côtés. Je la pris dans mes bras et je la serrai contre moi.

Enfin, nous arrivâmes en tête de la file. Le jeune travailleur thaïlandais se renfrogna et distribua la nourriture sans dire un mot. Il inspecta mes cartes de rationnement puis il mesura un grand bol de riz pour chaque personne dans notre ménage. Un autre travailleur me donna une poignée de poissons séchés et un petit récipient de sauce de poisson. Ces maigres portions devaient suffire pour deux semaines. Je regardai ce petit tas de riz dans mon panier composé de grains sales et cassés. On avait dû les ramasser au sol après la récolte. On nous avait donné ce que personne ne mangerait.

Nous remontâmes la colline en passant devant les latrines qui débordaient, laissant s'écouler un flux de déchets le long du sentier. Je dû me couvrir la bouche et le nez à cause de la puanteur.

"Ils nous traitent comme des chiens," s'écria Kia. "Certaines personnes sont si désespérées qu'elles font bouillir de mauvaises herbes et du pâturage. Je vois des personnes âgées trop faibles pour marcher et des enfants en bas âge, le ventre gonflé et les bras et jambes comme des tiges d'allumettes. Nous devons lutter pour chaque grain de riz."

"Et les jardins, alors ?" Je demandai.

Yer ajusta son panier sur le dos. "Tous les lotissements le long du ruisseau sont déjà pris. Quand une famille part, il est parfois possible de prendre une petite parcelle. Je regarde chaque semaine."

"Nous devons gagner de l'argent pour acheter de la nourriture," déclara Kia.

Je hochai la tête. "Pao aura une réponse demain pour le poste de traducteur."

"Nous sommes plus chanceux que la plupart des personnes.

Mais Soua cherche encore un moyen de faire de l'argent," déclara Yer. "Kia et moi gagnons de l'argent avec notre couture. Nous te montrerons comment faire."

Après le déjeuner, nous nous assîmes sur des tabourets devant leur chambre avec des morceaux de tissu et du fil en coton aux couleurs arc-en-ciel. Kia déplia une courtepointe. "Elles racontent des histoires du hmong—le tissu histoire. Les étrangers en raffolent."

La couture ressemblait à un dessin. Kia avait utilisé des appliques inversées, des points simples, et des points de croix pour créer une scène. Des familles hmong dansaient sur le tissu bleu, vêtues d'habits traditionnels pour la célébration du nouvel an. Des jeunes hommes en pantalons noirs et chemises blanches avec des écharpes et des gilets aux motifs lumineux en rouge, vert, jaune et bleu étaient assemblés en une file. Des femmes vêtues en jupes et vestes colorées se tenaient en face d'eux et lançaient une balle noire dans ce jeu de cour appelé pov bov. Dans un autre coin, deux taureaux se donnaient des coups de fourche sous les acclamations du peuple. Un homme faisait un bond en l'air, puis déposait un geej en bambou. On chassait des enfants à travers un champ ouvert. Seul le motif de dents de tigre en bordure maintenait une forme de couture traditionnelle.

"Et le paj ntaub ?" Je demandai. Depuis des siècles, les femmes hmong fabriquaient des tissus fleuris aux motifs de plantes et d'animaux qui représentaient notre vie quotidienne. Une femme qualifiée dans cet art était très prisée. Nous en fîmes la confection de nos meilleurs vêtements, des courtepointes et de costumes de cérémonie pour mettre en valeur ces motifs.

"Ils achètent ceux-là aussi, mais ils préfèrent le tissu histoire." Yer haussa les épaules. "Qui sait pourquoi ? Nous en vendons sur le marché thaïlandais en dehors du camp ou les travailleurs humanitaires les emportent à Bangkok. Elles nous rapportent un bon prix." Elle montra une pièce à moitié finie qui racontait l'histoire de l'origine des clans hmong.

Je passai mes doigts sur les couleurs jaunes et les bleus vifs. "Comment as-tu eu cette idée ? Ils sont merveilleux."

Kia sourit. "Il y a des hommes qui cousent aussi." Cette nouvelle étonnante me laissa bouche bée. "Ils n'ont rien d'autre à faire."

"Tant de problèmes," dit Yer en enfilant son aiguille. "Les hommes sont déprimés et s'ennuient. On boit beaucoup et on fume de l'opium. Surveille tes affaires de près, sinon on te les vole." Elle secoua la tête lentement.

"Pour le moment, nous devons travailler," déclara Kia et elle me tendit un bout de papier et un crayon. "Trace une image. Comme ça tu sauras ce qu'il faut coudre."

Tout cela me parut étrange. Tandis que je me demandais ce que je devais dessiner, nous perçûmes des voix en colère qui semblaient venir de l'autre bout du bâtiment. La querelle s'intensifia. Je regardai Kia en levant les sourcils.

"C'est la femme de Sia. Ils se disputent tout le temps. Il boit trop et il la traite mal," déclara Kia.

Yer se pencha en avant. "Tout le monde sait que Sia vend de l'opium du Laos en contrebande. Il se croit si malin avec sa moto. Il dépense de l'argent à tort et à travers alors qu'il y en a qui ont faim." Elle claqua de la langue. "Ils disent qu'il a une autre femme au Centre 4. Quel homme stupide. Comme s'il n'avait pas assez de problèmes chez lui."

Je me penchai de nouveau sur mon papier, à la recherche d'une idée. Une brise flottait entre les bâtiments et envoyait des tourbillons de poussière autour de nos pieds. Je fermai les yeux et sentis la chaleur sur mes joues. Fong et Fue dansaient devant moi. Ils n'étaient pas perdus. Ils étaient là. *Mère, raconte-nous l'histoire de l'orphelin et des singes.* Je m'assis, surprise de sentir la main de Kia sur la mienne. Ses yeux m'interrogeaient. Un petit frisson me parcourut le dos. Je souris et entamai mon dessin.

Chapitre 5
NOU

J'aimais bien Ban Vinai. La remise avec les courants d'air qui nous servait de maison, les dizaines de personnes qui s'y entassaient, rien de tout cela ne me dérangeait. Je pouvais jouer avec mes cousins et acheter des friandises au marché. Un ou deux soirs par semaine, nous mangions avec toute la famille et Oncle Soua nous racontait des blagues stupides qui me faisaient rire jusqu'à perdre haleine. Mieux encore, ma mère m'est revenue petit à petit.

À Ban Vinai, elle a lentement émergé comme une nouvelle lune qui, chaque nuit, gagna en densité et luminosité. Elle me brossait et me tressait les cheveux à nouveau, ajustait mes vêtements, et se plaignait tout le temps qu'ils étaient sales. Elle disait que le camp était nauséabond et bruyant et empli de mauvais esprits. Ses propos me faisaient sourire. Le matin, nous nous arrêtions au marché et ramassions du bois de chauffage. Elle me montra comment nettoyer et couper les légumes pour la soupe et préparer le riz à la vapeur, comme si elle avait oublié que j'avais cuisiné de nombreux repas au cours des derniers mois. Nous lavions le linge et le suspendions pour le sécher. Elle me donnait des bains dans les bacs près du puits, me frottait les cheveux et la peau jusqu'à qu'elle soit irritée. Certains jours, elle s'accroupissait subitement à côté de moi, comme si elle était surprise de me trouver là, et me serrait dans ses bras à me couper le souffle.

Cependant, son humeur changeait sans appel. D'un jour à l'autre, je ne savais jamais quand elle allait se dérober à nouveau. Elle éclatait en sanglots sans prévenir, puis ses larmes séchaient aussi vite. Elle se laissait distraire par le vent et souriait quand la poussière tourbillonnait dans la pièce. Un matin, je rentrai en courant pour lui parler d'un chiot brun et blanc que j'avais vu jouer sous un manguier en dehors de la clôture du camp. Ma voix sembla se perdre. Elle s'assit sur un tabouret, appuyée contre le poteau et regarda au loin. Une autre fois, je l'ai trouvée tenant la fronde de mon cousin Ger, qu'il avait laissée dans notre chambre. Elle la caressait et murmurait tout bas. Une fois, elle me gronda parce que je ne lui avais pas rappelé d'acheter des piles au marché que Père lui avait demandé de ramener. Je ne comprenais pas pourquoi elle avait mis le seau en plastique rempli d'eau sur le feu au lieu de la marmite. Je lui secouai le bras jusqu'à ce qu'elle réalise ce qu'elle était en train de faire. Parfois, quand la fumée montait du feu, elle passait doucement la main à travers ce brouillard gris.

Seul Père était resté assuré dans ma vie. Il trouvait toujours le temps de jouer un jeu avec moi, de me raconter une histoire ou simplement de m'écouter. Mais son emploi du temps était chargé et il était souvent absent. Cinq jours par semaine, il servait d'interprète aux médecins français de la clinique. Le soir, il rencontrait souvent le conseil du Centre 3, pour régler les problèmes entre voisins.

Lorsque Père, l'Oncle Boua et Gia rentraient le soir, Mère payait plus d'attention et participait à nouveau aux conversations qui accompagnaient nos repas. Mais je pense que c'étaient mes tantes qui l'aidèrent le plus. Ils l'occupaient avec leurs activités et la ramenaient dans le cercle de famille. Presque tous les après-midi,

Maman cousait des courtepointes ou des vêtements. Les jours s'écoulèrent rapidement entourée de mes cousins - Ger, qui avait six ans, Blia et les jumeaux, Mee et Tou, tous âgés de cinq ans. Nous courions dans le camp et j'essayai de me faire une place dans leur cercle restreint. Je les enviai: frères et soeurs et cousins qui vivaient tous ensemble. Je n'avais que mon cousin Gia, un adolescent avec peu de patience pour une jeune fille.

Par une chaude après-midi, quelques semaines avant mon sixième anniversaire, nous rejoignîmes mes tantes et mes cousins, comme d'habitude. Maman déroula son tissu et rangea soigneusement ses ciseaux, ses aiguilles et son fil sur un tapis. Je m' assis à côté de Blia et Mee, en regardant les garçons jouer un jeu avec des pierres qu'ils avaient ramassés sur la rive du courant et qu'ils lançaient. Je ne compris l'intérêt du jeu, car Ger changea les règles à chaque fois que c'était son tour.

Tante Yer mit sa main dans un bocal et en retira une pièce de monnaie pour moi et chacun de mes cousins: "C'est pour une gâterie," dit-elle en souriant. Elle s'abaissa doucement sur un tabouret en tenant son ventre qui grandissait. Elle semblait plus lourde ces temps-ci et son visage était plus rond qu'avant.

"Je veux des bonbons au citron," Blia dit en sautillant. "Viens."

Les garçons n'étaient pas prêts à abandonner le jeu et donnèrent leurs pièces à Blia et Mee en leur demandant de ramener des bâtonnets de canne à sucre. Je savourai déjà les morceaux de mangue séchés, à la fois sucrés et acidulés.

Maman se tint le dos et s'étira. Pour la première fois, je remarquai un bourrelet sur son ventre. Je courus à ses côtés et lui murmurai ma question. Est ce que j'allais avoir une nouvelle soeur ou un nouveau frère ? Elle sourit et acquiesça.

J'applaudit et je sautai de joie. Mee me tira par le bras et m'entraina vers l'appentis au bout du bâtiment voisin où une vieille grand-mère avec un grand sourire édenté vendait des sucreries et des boissons. J'étais tellement excitée par la nouvelle de maman que je manquai d'impatience. C'était comment d'avoir un frère ou une soeur, et de porter un tout petit bébé ?

Quand nous retournâmes, les garçons avaient fini leur jeu. Ger attrapa sa fonde et partit. En tant qu'aîné, il était le chef incontesté.

"Rappelez-vous de rester ensemble et de ne pas quitter le centre," nous lança Tante Kia.

Nous en fîmes la promesse, sachant très bien que nos aventures nous mèneraient bien au-delà. Nous sillonnâmes le chemin défoncé en montant la colline devant un groupe d'hommes qui jouaient aux cartes et fumaient. Aux puits, deux femmes lavaient leurs bambins dans des baignoires en bambou. Une équipe de nettoyage bénévole parcourait le chemin munie de balais et de bacs à poussière à longues manches et ramassait les déchets. Nous nous arrêtâmes un moment pour regarder l'homme du bâtiment 12 qui faisait un qeej. Il coupa et ponça six tubes de bambou de différentes tailles et les attacha pour former un arc, puis les glissa latéralement par les trous d'un coffre à vent en bois. Enfin, il fixa l'embout en métal. L'instrument était plus long que moi.

Ger me donna une tape sur le bras. "Je parie que tu ne peux pas m'attraper." Je le poursuivi ainsi que les autres à travers les bananiers et les cordes avec du linge qui séchait. Ger s'arrêta à hauteur des latrines à l'arrière du bâtiment 14 et sourit lorsqu'un homme y entra. Lui et Tou enlevèrent leurs sandales en caoutchouc et les lancèrent contre la paroi de la latrine.

"Vous allez causer des ennuis," dis-je,

"Qu'est-ce que t'en sais ?" Ger se moqua. L'homme à l'intérieur se mit à crier et menaça qu'il attraperait le coupable et le corrigerait. Sur ce, Ger et Tou récupérèrent rapidement leurs sandales et nous courûmes au devant des deux bâtiments voisins. Ger finit par ralentir, riant et haletant.

"Que fait-on maintenant ?" Blia demanda.

"Je veux jouer au football," déclara Ger.

"On ne te laissera pas." Du fait de mon expérience, je sus, que les garçons plus âgés diraient à Ger et à Tou qu'ils étaient trop petits et puis ils les chasseraient.

Ger me regarda. "Bien sûr que si !" Nous continuâmes à travers les bâtiments jusqu'au terrain au centre du camp. Les garçons plus âgés, qui venaient juste de sortir de l'école, couraient sur la pelouse en donnant des coups de pied dans les ballons de foot. Peu de temps après on me donna raison. Ger grogna et s'éloigna en trainant le pied dans la terre. Il me jeta un coup d'œil accusateur, comme si c'était ma faute.

Blia suggéra l'emplacement derrière l'école, aux abords du centre 1. Les responsables du camp avaient désigné un bosquet de capoquiers, de palmiers et de bambous qu'on ne pouvait couper pour du bois de chauffage. C'était comme une forêt secrète qui offrait tant de possibilités, Ger jeta une pierre sur une branche et deux colombes s'envolèrent, agitant les ailes hâtivement. Ger et Tou attrapèrent des bâtons, puis prétendant que c'étaient des épées, ils se tapèrent dessus avec grand fracas. Blia, Mee, et moi nous nous assîmes pour faire des cages en brins d'herbe tissés. Nous nous en servions pour capturer des criquets et des coléoptères, qui finissaient toujours par s'échapper.

"Tu as de la chance," dit Mee en tordant les brins d'herbe. "J'aimerais que ma mère ait un bébé."

"Notre bébé sera le premier," Blia dit avec satisfaction.

Je haussai les épaules. "Je m'en fiche."

Blia et Mee s'ennuyèrent et vinrent rejoindre Ger et Tou pour une partie de cache-cache. Je restai assise pour penser au bébé. Un soupçon d'appréhension vint s'immiscer dans mon bonheur. Mère allait-elle prêter toute son attention à ce nouveau petit ? Aurait-elle du temps pour moi ?

Soudain, je vis Ger au-dessus de moi, qui pointait son bâton dans mon visage. Il plissa les yeux. "Pan !"

Trois mois après mon anniversaire, tout changea. Un matin en juin, par une chaleur étouffante, je mis le nouveau chemisier blanc et le sarong à rayures bleues et vertes que Mère m'avait fait. Elle me brossa les cheveux, les lissa, les noua en une longue tresse qu'elle attacha avec un ruban bleu.

"Tu dois être présentable pour le premier jour d'école," elle chantonna. Il lui était difficile de se lever avec son gros ventre. Dans quelques mois, mon frère ou ma sœur arriverait. Tante Yer avait accouché d'un bébé mort-né après sept mois de grossesse. Mère dit que nous ne devions jamais en parler, car cela rendait tante trop triste. Je m'inquiétais chaque jour pour notre bébé.

Nous rentrâmes chez nous à pied. A notre arrivée, Tante Yer tapota l'estomac de Mère avec un faible sourire.

Ger me lança un regard menaçant et sortit le pan de sa nouvelle chemise de son short bleu marine. Son visage était propre et ses cheveux plaqués à l'eau. Tou, Blia, et Mee étaient assis sur la natte, les jambes ballantes et mangeaient de la soupe aux nouilles dans des bols.

Ger piétina le sol. "Je ne veux pas aller à l'école."

"Bien sûr que si," dit Tante Yer, en remettant sa chemise dans le short.

"Moi je veux y aller," dit Blia. "Puis-je aller à sa place ?"

Tante Yer se mit à rire. "Pas encore, petit. L'année prochaine."

"Je pourrais t'aider avec tes études," je suis proposée, fière de mon statut de fille aînée et la première à aller à l'école.

Le visage de Bia s'assombrit. "Je n'ai pas besoin de ton aide. Je peux apprendre tout seul."

Mee et Tou crièrent au revoir, mais Blia nous tourna le dos. Nous nous mîmes en route en direction de la place centrale. Les soldats marchaient d'un pas saccadé devant les bureaux du camp. Ger commença à les imiter, paradant avec les jambes et les bras raides jusqu'à ce que Tante l'attrape par la main et l'entraîne. De l'autre côté de la route principale, en face du terrain de foot, se trouvaient trois bâtiments scolaires en bois qui formaient un U. Mère me fit un câlin avant que je joigne les rangées d'étudiants qui faisaient la queue devant nous.

La saison de la mousson avait commencé, mais ce jour là, le soleil brillait et l'air était chaud et humide, même à huit heures du matin. Alors que j'attendais, les filles devant moi se parlaient en murmures, et lissaient leurs chemises en riant. Les soldats de l'autre côté de la rue se tenaient au garde-à-vous et la musique commença à retentir du haut-parleur. Le principal, un homme âgé qui portait un pantalon kaki et une chemise en soie orange, releva le drapeau thaïlandais à rayures rouges, blanches et bleues. Nous entrâmes dans les classes en file.

La salle de classe était légèrement plus grande que notre espace dans les baraquements aux murs plaqués en bois sur trois côtés. Une porte ouverte à gauche menait à l'avant, et à droite la lumière passait à travers des fenêtres ouvertes au-dessus d'un demi-mur en bambou. De petits étourneaux chantaient dans les buissons de lauriers-roses comme pour nous souhaiter la bienvenue en classe. En face du tableau, sur le mur avant, s'alignaient cinq rangées de longues tables étroites et des bancs en bois. Ona vait tracé une série de lignes sinueuses à la craie blanche sur le tableau. J'en eu la chair de poule. Bientôt, je saurais lire ces marques mystérieuses.

Je comptai vingt étudiants, douze garçons et huit filles. Ger se laissa tomber sur un banc au fond avec les autres garçons. Je choisis une place dans la première rangée à côté d'une fille au visage large et plat et aux yeux écarquillés. Elle me sourit, révélant un trou béant où ses deux dents supérieures manquaient. Mes jambes ballaient du banc, trop courtes pour atteindre le sol poussiéreux et sale. Pleine d'émotion, je posais mes mains moites sur mon ventre qui grouillait.

La prof laotienne sourit et se posa devant nous. "Sabai dee," dit-elle.

Copiant les autres étudiants, je joignis mes mains sous mon menton et baissai la tête en signe de nop. "Sabai dee," je murmurai.

La prof réciproqua à nouveau notre salutation, puis nous adressa d'abord en lao, puis en hmong. "Je suis votre professeur, Madame Khamvongsa. Dans ma classe, vous apprendrez à lire et à écrire en lao et à faire de l'arithmétique de base. Après la pause du matin, M. Boonruang vous enseignera le thaï. Quand j'énoncerai votre nom, veuillez lever la main." Elle commença à faire l'appel.

Je retins mon souffle, terrifiée à l'idée de pouvoir manquer mon nom. Mon cœur tressaillit quand elle m'appela Ly Nou et ma main se leva promptement. Ly Ger, annonça-t-elle, je me retournai pour voir mon cousin replié sur son siège, les bras croisés à hauteur de la taille. Il refusa de regarder ou de répondre. Elle appela à nouveau son nom.

"Ger, réponds au professeur," dis-je.

"Il ne faut pas parler," déclara Mme Khanvongsa.

Je me retournai pour l'affronter. "Mais c'est mon cousin Ly Ger."

Elle fronça les sourcils. "Merci. Je vais m'en occuper."

Je m'affalai sur la table, le visage brûlant. Mon tout premier jour, et j'avais déjà fait une gaffe.

Ger s'enfuit de l'école pendant la récrée du matin et fit de même le lendemain. Pendant les deux semaines suivantes, Tante Yer resta en dehors de l'école pendant les recrées jusqu'à ce qu'il accepte enfin son destin. Je ne comprenais pas son dégoût pour l'école. J'adorais le son de l'alphabet et tracer les arabesques de chaque lettre. Je devins la chouchou de Mme Khamvongsa. Chaque matin je distribuais les papiers et les crayons et nettoyait le tableau après les cours.

Père m'acheta un nouveau bloc de papier et deux crayons et m'aida à pratiquer le soir. Il fut rayonnant de joie quand, quelques mois plus tard, un soir après le diner, je lui lu une histoire toute simple. Encouragée par son enthousiasme, je me précipitai pour voir mes cousins, le livre à la main.

Je trouvai Ger et Tou au fond de leur bâtiment, visant des pierres avec leurs frondes sur un tas de sandales empilées au-dessus d'une souche d'arbre. Blia et Mee étaient assis tout près et dessinaient des images dans la poussière avec un bâton. "Je peux vous lire une histoire. Voulez-vous l'entendre ?"

Mee leva les yeux, son visage brillait avec intérêt. Mais Blia pris la parole en premier: "Je me fiche de ton histoire."

Ger me jeta un coup d'œil. "Arrête de te vanter. Tu n'es pas si intelligente." Il avait du mal à apprendre ses lettres parce qu'il ne faisait pas attention. Ca le rendait fou quand la prof faisait appel à moi et que je répondais correctement,

"C'est une belle histoire. Vous allez l'aimer," je tentai une deuxième fois.

Ger se leva et me poussa brutalement. "Vas-t-en. Nous ne voulons pas de toi, ni de ton histoire stupide."

Je les fixai des yeux, abasourdie par leur hostilité. C'étaient mes cousins, les amis avec qui je jouais tous les jours. Tout ce que je voulais, c'était de faire partie de leur groupe, d'être acceptée. Qu'est-ce que j'avais fait pour que Ger soit si méchant ? Et les autres suivaient son exemple. Même Mee garda le silence et ne me regarda pas.

"Je te déteste, Ger. Je ne te parlerai plus jamais," j'ai pleuré.

Je courus le long du sentier à travers trois bâtiments et me réfugiai sous un figuier près d'un petit hangar. Je m' effondrai sur le sol en chaudes larmes qui me coulaient sur les joues. J'eus le souffle court, presque coupé. Je froissai le papier avec mon histoire et je la jetai dans la poussière. Ger avait essayé de m'humilier. Je me jurai de ne plus jamais jouer avec aucun d'entre eux.

Et je ne revit plus Ger jusqu'au jour de ses funérailles.

Deux jours plus tard, alors que maman préparait le dîner, Tante Kia s'est précipita dans notre chambre en se lamentant et en agitant les bras. Mère tenta de la calmer mais les mots jaillirent comme des étincelles et brûlèrent ma peau. Ger et Tou étaient entrain de jouer au bout du bâtiment lorsque leur voisin Sia, ivre, avait débarqué au coin de la rue sur sa moto rugissante. Elle avait projeté Ger à vingt mètres dans les airs. Il avait atterri sur la souche de l'arbre. J'étouffais. Il était mort avant que Tante Yer puisse arriver.

Oncle Boua dirigea le service funéraire de Ger pendant les trois jours qui suivirent. Les cérémonies s'étendirent comme un long rêve et je ne réussis pas à me réveiller. La pluie fouettait le toit et le vent la souffla à travers la pièce. Ger était étendu sur un catafalque en bambou, vêtu de son manteau funéraire, de son chapeau et de ses souliers en chanvre, que Mère et Tante Kia avaient préparés pendant toute la nuit. Tante Kia avait placé des oreillers brodés sous sa tête et enroulé des bandes de tissu blanc autour de ses jambes. Son visage pâle de cire ne montrait aucune tristesse, aucune colère. Je détournai le regard.

La pièce froide et humide sentait l'encens brûlé, la fumée qui tourbillonnait dans les combles transporta son âme dans l'autre monde. J'avais appris à apprécier Oncle Soua à cause de ses blagues et de son rire facile, mais dès lors, il s'effondrait par terre et pleurait comme un enfant. Tante Yer pleurait à côté de lui et se berçait. Mère et Tante Kia essayèrent de les réconforter versant leurs propres larmes. La pauvre Blia se recroquevilla sur la natte, refusa de parler ou de laisser son frère partir.

Oncle Boua chanta à Ger et lui parla pour reconduire son esprit dans notre village du Laos, où il était né et où l'on avait gardé son placenta sous le poteau principal de la maison. Pour quitter ce monde il devait rejoindre son placenta. Père battait le tambour d'un rythme régulier. Le joueur de *qeej* souffla sur son anche et accompagna Ger dans chaque étape de son parcours. Ce n'est que des années plus tard que j'appris le nom de ces morceaux—celui qui montre le chemin par ses chants, la musique anche du dernier souffle, celui qui aide la personne à monter sur le cheval pour le parcours au ceux, et celui qui élevait le corps pour l'acheminer au monde des esprits avant son enterrement.

Frissonnant, Mee et moi nous nous agenouillâmes au coin de la pièce. Je gardai les yeux baissés et essayai de me concentrer pour réciter des bénédictions à mon cousin. Imitant Père, je lui transmis de bons vœux pour sa vie dans l'au-delà, mais une horrible culpabilité m'envahit et m'agrippa la poitrine. Mes propos coléreux avaient-ils causé le décès de Ger ? Père dit que les mauvais esprits qui habitaient dans notre camp dérobèrent les âmes de Ger. Il fut trop tard pour prolonger sa vie sur sa vie-papiers.

Chor aida Oncle Shone à couper la gorge d'un coq et sa mère en prépara le foie pour servir de nourriture spirituelle à Ger. Oncle plaça le coq mort à la tête de Ger afin que son esprit puisse le guider vers ses ancêtres. Père me fit signe. Mee et moi nous nous levâmes et, à tour de rôle, plaçâmes des mangues et des boulettes de riz pour que Ger puisse manger pendant son parcours. Nous ajoutâmes de l'argent-esprits pour aider Ger à franchir les portes du ciel. Mon cadeau pour lui fut une pierre rouge qui m'était chère et que j'avais trouvée près du ruisseau. Tou lui offrit son meilleur lance-pierre et Mee lui présenta une nouvelle paire de sandales en plastique et trois élastiques. D'autres poules furent sacrifiées en plus des repas que nous préparâmes pour nos ancêtres. Plus tard, il nous fallait manger cette préparation.

L'après-midi du troisième jour, Chor et son père placèrent Ger dans son cercueil. Mère et Tante Kia durent soutenir Tante Yer pendant que la procession gravissait la colline jusqu'au cimetière. La pluie tombait et nos pieds glissaient sur la boue rouge. En route, nous déposâmes des paquets de nourriture pour empêcher les âmes de Ger de rentrer chez elles et pour permettre à d'autres âmes de l'accompagner dans l'au-delà.

Mes genoux vacillaient lorsqu'ils abaissèrent son cercueil dans la terre. Je donnai libre champs aux larmes que j'avais retenues. Je tombai parterre et je murmurai ces derniers mots, "Soit heureux, s'il te plaît."

Il s'ensuivit des cauchemars. Un oiseau noir géant avec le visage de Ger descendait du ciel et m'attrapait dans un champ où j'étais assise, nue. Nous montions de plus en plus haut dans les airs au-dessus des nuages puis il me lâchait. Je tourbillonnais hors contrôle vers la terre sans rien pour me retenir. D'autres nuits, je me retrouvais plongée dans une rivière, cherchant Père dont la main s'éloignait de moi. Ger était dans l'eau et me tirait dans les profondeurs. Je me réveillais en criant à l'aide.

Chapitre 6
PAO

En septembre, nous reçûmes les documents finals de Danny en Amérique. Il avait obtenu l'autorisation de parrainer les familles de Shone et de Soua et il leur avait trouvé un emploi et un logement. L'équipe d'immigration américaine interrogea les deux familles qui se préparèrent à partir pour un endroit appelé Minneapolis. Shone dit qu'il ne connaissait rien de ce village, mais que si Danny y vivait, ce devait être un lieu favorable.

A nouveau notre famille allait être séparée, pourtant cette fois ci, au bout du monde. Ils avaient passé plus de quatre ans dans le camp sans aucun avenir. Peut-être qu'un nouveau départ leur offrirait l'opportunité d' une vie meilleure. L'Amérique était une terre où chacun avait sa chance.

A la fin du mois d'août, la naissance de notre deuxième fille, Moa nous apporta de la joie. Notre beau nouveau bébé ravit notre famille, en particulier Nou. Yer redevint joyeuse et composée. Cependant, elle fut inquiète de la façon dont elle se débrouillerait sans l'influence de Kia et de Yer. Son nuage de chagrin, bien qu'à l'écart, tintait encore nos vies. La nuit, elle parlait souvent dans son sommeil et le matin son attention faiblissait. Elle paraissait avoir oublié que Fong et Fue étaient morts. Une fois, elle me demanda de lui donner plus d'argent pour acheter un poulet pour les garçons. Ils ont très faim, dit-elle. Je la regardai perplexe. Elle détourna le regard et se mit à tripoter les boutons de son chemisier.

Par un frais matin d'octobre, alors que le brouillard couvrait encore la terre, nous vîmes notre famille monter dans l'autobus pour se rendre au Centre de Traitement Nikhom, ou *l'autobus à l'Amérique*. D'autres personnes aussi montèrent les marches et s'y installèrent tandis que leurs familles, restées sous les fenêtres du bus, offraient leurs bons voeux. Nous voulûmes prolonger le moment du départ, nous prîmes donc notre temps pour faire nos adieux sachant que leur absence pouvait durer toute la vie.

Shone me surprit avec un gros câlin. "Dès que nous serons installés...je ferai le nécessaire pour vous parrainer."

"Je prie pour que vous trouviez du succès et du bonheur," je dis. "Nous vous écrirons souvent."

Le conducteur les pria de se dépêcher. Notre famille se précipita dans le bus en se pencha par la fenêtre pour nous toucher une dernière fois. Yer tenait Moa contre sa poitrine et sanglotait. Nou fit un signe de la main à ses trois jeunes cousins et le bus disparut sur la route poussiéreuse.

Je m'assis avec Nou au bord de la natte, l'aidant à pratiquer cinq nouveaux mots français. Elle continuait à exceller à l'école et je l'avais inscrite au cours de français privé l'après-midi.

Elle enroula ses mèches autour de ses doigts et étudia le premier mot. "Von," dit-elle.

"C'est *bon*," je la corrigeai. "Il faut à peine prononcer le 'n'. On ne l'entend presque pas." Je me pinçai le nez pour exagérer le son. Elle se pinça le nez aussi et répéta le mot encore et encore avec moi, imitant la forme de mes lèvres, jusqu'à ce qu'elle y arrive. "Oui c'est ça."

La mine grave de son petit visage céda la place au sourire, chose rare ces derniers temps. Depuis le départ de notre famille, l'ambiance dans notre maison était restée taciturne. La vie semblait trop calme, trop solitaire. Auparavant même, la mort de Ger nous avait assaillis et avait fragilisé le caractère joyeux de Nou, lui causant de terribles cauchemars. Je craignis qu'un mauvais esprit, ou peut-être l'esprit de Ger, ne tourmente son âme.

"Tant de travail pour une petite fille," dit Yer en nous observant depuis son tabouret près du feu. Elle allaitait Moa et remuait la soupe pour le dîner.

"Elle aime ça," je dis en souriant à Nou. J'espérai que l'apprentissage du français atténuerait sa peine d'être séparée de ces cousins. Mais je me faisais plaisir aussi en revivant mon propre rêve, celui d'apprendre cette belle langue sophistiquée qui m'avait bien servie pendant la guerre. Avec ses slogans interminables, le Pathet Lao avait déclaré que la langue française était l'outil d'une bourgeoisie élitiste d'exploiteurs coloniaux. Pour moi, c'était la langue de possibilités, la promesse d'un monde plus répandu.

Nou pencha la tête de côté. "Je veux apprendre, maman."

Yer claqua de la langue. "A quoi bon ?"

Je fronçai les sourcils avec impatience. "C'est important l'éducation." Peu m'importait que Nou était une fille, même si j'avais des doutes parfois. Aurais-je eu le même but pour l'éducation de mes garçons s'ils étaient encore en vie ?

Yer se leva et tapota le genou de Nou. "Tu dois remplir les seaux d'eau avant la fermeture des pompes." Nou laissa échapper un soupir puis posa le papier qui contenait le nouveau vocabulaire.

"Je t'accompagne," je dis. "Nous allons pratiquer les deux derniers mots en marchant.”

À notre retour, Oncle Boua et Gia arrivèrent à la maison. Ils avaient passé la journée à travailler sur une ferme voisine pour gagner quelques sous. L’argent se faisait rare et était en voie de disparition. Chaque mois, les rations devenaient de plus en plus austères et le coût des aliments sur le marché augmentait. Chor avait emménagé avec nous lorsque la famille partit en Amérique, nous avions donc une bouche en plus à nourrir. Malgré cela, j’étais plus chanceux que beaucoup d’entre nous d’avoir un bon travail. Avec mon salaire, les revenus de Yer pour la couture, et les contributions irrégulières des autres, nous avions moins souffert que les autres dans le camp.

Cela me fit de la peine de voir tant d’hommes languir sans travail, pris au piège et incapables de subvenir aux besoins de leurs familles. Trop d’entre eux avaient faim. Trop de personnes étaient tombées malades et étaient décédées.

Chor entra quand Yer servait de la soupe et du riz. Nous le vîmes rarement ces derniers temps. Lorsqu’il était dans le camp, il ne restait que pour manger. Il partait avec ses amis pour trouver de petits boulots ou participer à des activités dont je préférais ignorer la nature. Ils passaient leurs soirées à boire, à jouer, et à rêver de filles. Certaines nuits, il ne rentrait pas du tout. Maintenant que la saison sèche était arrivée, il disparaissait au Laos pendant des semaines pour se battre avec la résistance.

“Qu’as-tu fait toute la journée ?” Oncle Boua lui demanda d’un ton irrité.

Chor haussa les épaules. “J’avais des choses à faire.”

Gia ouvrit de grands yeux et attendit sa réponse. “Quel genre de choses ?”

“Des affaires importantes.” Chor fit un clin d’œil à Gia. “Mais c'est un secret." Chor s'esquivait souvent hors du camp pour rencontrer des personnes douteuses qui livraient des armes à feu et des munitions financées par les partisans du camp ou par le général Vang Pao et ses partisans en Amérique. Fort probablement, ils vendaient aussi des drogues pour financer leurs activités.

À quatorze ans, Gia avait trouvé en son cousin aîné une personnage intrigant, un héros courageux et inconscient du danger. Oncle Boua et moi avions peur qu'il n'essaie de suivre Chor lors d'une de ses escapades.

De retour de ses missions au Laos, Chor annonça quelques petites victoires—une route défoncée, des câbles électriques coupés, une attaque contre quatre soldats du Pathet Lao, mais ces escarmouches n'avaient guère changé la situation. La nouvelle s'empirait sans cesse. On avait presque écrasé les forces hmong à Xieng Khouang. De plus en plus de rebelles furent entraînés loin dans les forêts ou de l'autre côté du fleuve, en direction de la Thaïlande et les pertes continuaient à augmenter. C'était inutile et insensé. Néanmoins, je donnai tout argent qui me restait à cette cause. Je ne pouvais tourner le dos à mon propre peuple.

Chor finit sa soupe et se leva pour partir. "Mes amis attendent."

"J'allais presque oublier que mon cours d'anglais est ce soir," Gia dit et il bondit pour s'échapper avant que son père ne puisse protester.

Oncle laissa échapper un long soupir. "Ces garçons n'ont pas de manières. Ils n'écoutent plus les anciens."

Yer me surprit en prenant la parole. "Ils ont aussi perdu leur mère, un oncle, et Chor son père. Nous ne devons pas être trop durs avec eux."

Je décidai de changer de sujet. "Ils ont convoqué les responsables du camp pour une réunion spéciale ce soir. Tu veux venir, Oncle ?"

"Que s'est-il passé ?"

Je m'assis pendant que Yer et Nou débarrassaient la vaisselle et sortirent pour la laver. "Le MOI a déclaré que les nouveaux arrivants du Laos ont fui à cause des inondations et des récoltes ruinées et non à cause du Pathet Lao. Ils ont menacé de renvoyer plusieurs milliers de personnes afin de les rapatrier. Nous devons convenir comment les en dissuader." La population à Ban Vinai avait presque triplé au cours des dix-huit mois, en dépit des milliers de personnes qui partaient pour se réinsérer dans d'autres pays. Les Thaïlandais s'inquiétaient de plus en plus que cet influx pouvait détruire leur économie. La menace récente était sans doute un stratagème qui avait pour but de faire pression sur les États-Unis et d'autres pays afin qu'ils accueillent davantage de réfugiés.

Les épaules relâchés et les yeux affaissés, à demi fermés, Oncle Boua chassa une mouche de son front. "Je suis trop fatigué pour écouter davantage de problèmes." Il était le chef de la famille, mais il me déléguait la plupart des décisions. Le décès de sa femme et de ses enfants ainsi que la vie futile au camp l'avaient vaincu. Il s'occupait encore de ses obligations de chaman, mais oscillait entre deux mondes, perdu dans sa propre réalité.

"Mais, Oncle, ton opinion est très importante. Nous bénéficierions de ta sagesse."

"Rien ne change jamais; rien ne s'améliore. Que pourrais-je y ajouter ?"

Je ne sus que répondre. Entretemps, les autres chefs du camp et moi-même avions du mal à établir un semblant d'autodétermination pour notre peuple. Tout dépendait d'autrui: les responsables humanitaires, les représentants de l'Organisation des Nations

Unies, le gouvernement thaïlandais et, le plus important encore, les agents de l'immigration des pays susceptibles de nous emmener loin d'ci.

Oncle secoua la tête. "Cet endroit est plein d'ogres et d'esprits maléfiques, d'esprits de l'eau, de la terre, et de l'air qu'on a contrariés. Je les sens tous autour de nous. Je n'ai plus la force de lutter contre eux."

Moi aussi je sentais la présence des mauvais esprits et ceux de centaines d'âmes égarées. Tous les chamanes du camp réunis ne pouvaient prévenir les souffrances qu'ils avaient causées.

Début décembre, le camp célébra le Nouvel An hmong en période de la récolte du riz, mais nous ne l'avions pas encore récolté. Pendant quatre jours, nous oubliâmes nos ennuis afin d' honorer nos traditions. On entendait les rires et les bavardages joyeux et enthousiastes à travers le campement pendant que nous nous préparions pour les festivités. L'atmosphère pétillait de joie dans l'attente.

Le premier jour, Yer balaya notre petite pièce pour éliminer les mauvais esprits de l'année précédente et laisser la place aux bons esprits de la nouvelle année. Le Nouvel An fut accueilli avec des prières et des offrandes à nos ancêtres pour qu'ils nous apportent bonne chance et prospérité, grâce aux spécialités à base de viande de porc et de poulet.

Dans l'après-midi du deuxième jour, nous regagnâmes les festivités sur la place centrale. Les familles défilèrent autour de la place et se souhaitèrent bonne chance pour le Nouvel An, tout en affichant fièrement leurs prouesses. Yer, comme les autres femmes, avait passé des mois à coudre de nouveaux vêtements pour chaque membre de notre famille, et avait brodé des motifs de *paj ntaub* colorés sur des gilets, des ceintures, des jupes et des coiffes.

Quand nous nous déplacions, les pièces de monnaie, cousues à nos vestes et à nos gilets, cliquetaient. Au Laos, nous avions coutume d'utiliser des pièces d'argent, mais compte tenu des circonstances, Yer, tout à contre coeur, avait utilisé des pièces en étain. Cela ne nous empêcha pas de porter la plupart de nos colliers en argent sur plusieurs couches, que l'Oncle Boua avait confectionnées au Laos avant de nombreuses années et qui représentait le symbole de notre richesse et de notre statut d'antan.

Nous choisîmes tous nos activités préférées. Gia se rendit au terrain pour jouer au football avec les garçons plus âgés. Nou et Yer décidèrent de regarder les groupes de jeunes femmes qui exécutaient des danses traditionnelles. Elles fléchissaient les genoux, tournaient gracieusement et faisaient des gestes complexes avec les doigts et les poignets, au rythme des violons et des flutes hmong. Nou aimait particulièrement la compétition du qeej. Les hommes rivalisaient afin d'être chacun le meilleur acrobate, ils se pliaient et sautillaient en jouant de leur instruments.

Oncle Boua et moi rejoignîmes une foule d'hommes pour miser sur la course de taureaux. Les taureaux enflammés, incités par leurs propriétaires, reniflèrent et grattèrent la terre, dégageant de grands nuages de poussière. Les bêtes se précipitèrent, puis luttèrent cornes contre cornes afin de vaincre leur adversaire ce qui suscita une masse de cris et d'acclamations.

Comme d'habitude, Chor avait disparu avec ses amis. Tard dans la journée, je l'aperçus qui faisait la queue pour participer au *pov bov*. La fête du Nouvel An annonçait aussi l'arrivée des liaisons amoureuses et la possibilité pour un jeune homme de trouver une femme. Chor venait d'avoir vingt ans quelques mois plus tôt. Il était temps pour lui de se ranger. Il s'empara d'une boule d'étoffe et la lança à une fille, puis à une autre.

Peu de temps après le dernier jour des fêtes, Chor commença à nous parler d'une fille nommée Lia. Elle avait seize ans, un joli visage délicat et des yeux qui reflétaient le soleil. Elle paraissait timide et conventionnelle.

Au cours des prochaines semaines, Chor courtisa Lia tous les jours. Il lui chanta des poèmes d'amour et la nuit joua de la guimbarde devant sa chambre. Cela nous amusait, Yer et moi, de voir que le jeune Chor s'était transformé en taureau amoureux. On dut engager un négociateur de mariage, et Once Boua et moi livrâmes la majorité de la dot à la famille de Lia. Le mois de janvier nous avait apporté la bénédiction d'un mariage ainsi que l'addition d'un nouveau membre à notre famille.

Les mois donnèrent suite aux saisons et bientôt une autre nouvelle année s'était écoulée, notre troisième à Ban Vinai. En février, Oncle Boua nous surprris tous en épousant une veuve qu'il avait rencontrée dans un comité de travailleurs para sociales. Khou, âgée de trente-cinq ans et herboriste, avait perdu son mari et ses deux enfants pendant la guerre. Cela me faisait plaisir de le voir heureux à nouveau, comme il l'avait été jadis.

Un mois après le huitième anniversaire de Nou, Yer donna naissance à notre troisième fille, Houa. A présent nous étions à six adultes et quatre enfants. Nos conditions de vie dans l'espace étroit engendraient souvent des tensions et des frustrations, mais nous arrivions toujours à nous débrouiller.

Shone m'écrivit tous les mois. Il rapporta que Minneapolis était une grande ville pleine de grands bâtiments modernes avec de milliers de personnes et de voitures. Leur maison avait quatre pièces dans un bâtiment où vivaient de nombreuses autres familles. Un mois, il joint une photo de la famille réunie devant un grand bâtiment en briques rouges, vêtu d'un jean bleu et d'un t-shirt à côté d'un arbre qui avait l'air maladif et poussait sur de l'herbe brunie. Plusieurs mois plus tard, une autre photo les montrait enveloppés dans de grosses vestes entourés d'une immensité blanche.

Shone et Soua travaillaient dans un entrepôt, et chargeaient des cartons de papier sur des camions. Ils apprenaient à parler anglais. Avec le travail et les études, Shone m'assura que leur vie serait meilleure bientôt. D'autres Hmong s'étaient installés dans la région, ils ne se sentaient donc pas trop seuls. Ils n'aimaient pas le froid qui durait plusieurs mois, mais ils avaient d'amples victuailles. Parfois, il nous joignait un peu d'argent. Il témoignait toujours de son espoir que nous pourrions les rejoindre un jour, mais cela prendrait du temps. Cependant, c'était ce que je lisais entre les lignes et un manque de détails qui m'inquiétèrent.

Les moussons arrivèrent tard dans l'année, avec une férocité singulière. La pluie incessante et les vents transformèrent le camp en une tourbière boueuse, et notre baraquement s'imprégna d'humidité et de moisissure à cause des fuites. L'eau tourbillonnait et tournoyait le long des sentiers. Le ruisseau devint une rivière en furie, emportant des jardins et des ponts de fortune. Les routes inondées empêchaient le passage des fourgonnettes du personnel bénévole et les camions de livrer les vivres. Bientôt on vit le choléra, le paludisme, la dengue et la tuberculose se propager dans le camp, aussi acharnés que les essaims de moustiques.

J'arrivai à la clinique tôt un matin de juillet et trouvai une file de patients qui faisaient la queue même autour du porche couvert en se blottissant contre le mur. Des pluies torrentielles s'abattirent sur le toit en tôle et s'écoulèrent des gouttières en cascade. Une femme tenait une jeune fille de trois ou quatre ans dans ses bras, molle sur son épaule. Un homme soutenait sa femme et l'aidait à se tenir debout. Elle était trempée de sueur. Lorsque je franchis le seuil de la porte, un bébé commença à tousser d'une toux profonde et grasse.

La petite salle d'attente à l'intérieur débordait de familles. L'infirmière auxiliaire, une Hmong formée par l'armée américaine pendant la guerre, inscrivit les patients et s'enquit de leurs symptômes. Seul le Dr. Renard et deux infirmières étaient de service.

Je me mis debout à l'entrée d'une salle d'examen où un vieil homme était assis sur le lit, le torse nu. Le docteur Renard, le front plissé de rides, tint son stéthoscope par-dessus la poitrine creuse. C'était un homme grand et nerveux avec des yeux bleus foncés et intenses, une masse de cheveux bouclés brun clair, et un nez étroit et proéminent. Il avait rejoint la clinique il y a deux ans à l'âge de vingt-six ans après avoir terminé sa formation médicale. Toujours attentif et prudent dans son traitement des patients, j'avais fini par lui faire confiance pour sa capacité.

Il se tourna vers moi après un moment. "Pao, je suis content que tu sois là. Peux-tu demander à ce monsieur depuis combien de temps il a cette fièvre ?"

Le vieil homme frissonna légèrement et répondit, "Cela fait longtemps, la fièvre va et vient. Mon frère a pratiqué un *hu plig*. J'allais mieux. Mais je ne me sens pas tellement bien maintenant. Mon fils m'a amené ici." De la tête il pointa en direction d'un homme d'âge moyen à l'air anxieux, assis sur une chaise droite dans un coin.

Le Dr. Renard posa des questions sur ses habitudes de sommeil et les fonctions du corps. Il écouta attentivement aux réponses, puis le regarda droit dans les yeux s'adressant directement à lui alors que je traduisis. "Peux-tu me faire une faveur, vieux grand-père ? Je veux que tu ailles à l'hôpital pour une radio des poumons. Ça ne fait pas mal. Nous aurons aussi besoin de prélever du sang pour des tests afin que je puisse décider du meilleur remède pour restaurer ta santé."

L'homme regarda son fils puis se tourna vers moi, il avait l'air d'hésiter. Je le rassurai, "Le médecin est quelqu'un de bien, vous pouvez lui faire confiance." Il haussa les épaules en signe d'approbation.

Le Dr. Renard remplit plusieurs formulaires et les donna à l'homme. "Amène-les à l'hôpital pour les tests. Reviens demain." Il lui donna une tape sur le bras et nous allâmes dans la salle d'examen suivante.

"Je suis sûr que le test sanguin révèlera le paludisme, mais la radiographie sera négative pour la tuberculose," le Dr. Renard dit avec une soupire. "Si seulement ils venaient à la clinique plus tôt.

Beaucoup de Hmong se méfiaient des médecins occidentaux et refusaient d'aller à la clinique ou à l'hôpital. Ils préféraient les herbes traditionnelles ou les petites quantités d'opium pour soigner leurs maladies physiques. Si cela ne s'avérait pas efficace, un chaman était appelé pour déterminer la source du déséquilibre. Oncle Boua avait effectué quatre cérémonies d'appel d'esprits vitaux le mois dernier, mais deux personnes étaient décédées. Un chaman peut soigner un esprit malheureux et restaurer son âme, mais parfois, il est temps de passer dans l'au-delà. La date ne peut-être négociée. Je savais que nous avions besoin de tous les moyens pour lutter contre les maladies et les mauvais esprits qui sévissent sur notre peuple. J'encourageai les familles à donner une chance aux médecins. J'avais vu les miracles qu'ils avaient accomplis avec les antibiotiques, le remplacement liquide, et les médicaments antipaludiques.

Cela me faisait de la peine que la plupart des médecins du camp considéraient nos pratiques traditionnelles hmong de la superstition. Mais le Dr. Renard respectait nos croyances et voulait en savoir davantage sur nos herbes et le rôle du chaman. Nous échangeâmes de longues conversations sur la manière de complémenter les pratiques hmong avec la médecine occidentale.

En fin de journée, la file de patients s'était temporairement restreinte. Le Dr. Renard et moi nous nous précipitâmes dans un restaurant laotien au marché central pour manger quelque chose. Le petit café était principalement bondé avec des travailleurs humanitaires et du personnel du MOI.

Le Dr. Renard s'assit avec lassitude et ajouta du sucre dans son café tandis que le propriétaire nous apporta deux bols de soupe aux nouilles "Il y a eu deux autres cas de choléra hier, une femme et sa fille. Nous devons améliorer les conditions dans le camp. Il n'y a pas d'autre moyen d'arrêter la propagation de cette maladie."

"Le Conseil du Camp s'y dévoue aussi." J'avais assisté à d'innombrables réunions et discussions avec des responsables du camp ainsi que les représentants hmong. Rien ne changeait jamais.

Il leva les yeux et fronça légèrement les sourcils. "J'ai reçu une très bonne offre d'un hôpital près de Paris. Une fois qu'ils trouveront quelqu'un pour remplacer moi à la clinique, je retournerai en France."

Pendant un moment je fus abasourdi. Je savais qu'il partirait éventuellement, mais pas si tôt. "Quand ?" demandais-je.

"Dans quelques mois." Il haussa les épaules. "Je suis déjà resté ici un an de plus que prévu."

"Vous allez nous manquer."

"Vous me manquerez aussi." Il leva sa tasse de café avec ses grandes mains fines et prit une gorgée. "Avez-vous réfléchi à ma suggestion ? Une fois en France, je pourrais parrainer votre réinstallation."

À plusieurs reprises, le Dr. Renard avait offert d'aider ma famille à déménager en France. Cela m'avait comblé de bonheur comme lorsqu'on entend une vieille chanson qui éveille en nous d'agréables souvenirs. Lorsque j'avais terminé mes études au Lycée Pavie à Vientiane, il y a près de vingt ans, je comptais aller à l'université en France, je rêvais de devenir ingénieur et de revenir au Laos afin d'améliorer la vie de mon peuple. Ma mère et Oncle Boua avaient hésité à m'envoyer si loin, mais c'était la guerre qui avait détruit mes espoirs. J'ai dû échanger mes livres contre un uniforme et une arme à feu.

"Ce serait une merveilleuse chance," je concédai finalement. "Mais c'est compliqué avec ma famille."

"Vous parlez couramment le français. Vous n'auriez pas de difficulté à trouver du travail."

Je ne pu exprimer ma confusion et mon angoisse. Notre avenir me préoccupait sans cesse. Cinq ans s'étaient écoulés depuis la prise du pouvoir par le communisme au Laos sans aucun signe que le régime s'effondrerait. Alors que l'économie centralisée échouait et que la pauvreté et le mécontentement augmentaient, les Pathet Lao resserra son emprise. Il nous était impossible de retourner dans notre pays. Impossible de continuer cette demi-vie à Ban Viani où nous étions comme des esprits piégés entre deux mondes.

Pourtant, personne ne voulait admettre la réalité de notre situation. Oncle Boua disait qu'il était trop vieux pour recommencer. Lui et Chor gardaient l'espoir de retourner au Laos. Le Général Vang Pao continuait à envoyer des lettres et des cassettes d'Amérique demandant instamment à notre peuple de rester en Thaïlande et de continuer la lutte. C'était également une question délicate pour Yer. Elle parlait souvent de notre village dans les collines paisibles du Laos, d'un idéal qui n'existait plus depuis plus de vingt ans. Elle maintenait cette vision d'une existence simple, sans guerre, ni persécution ou souffrance. Elle disait que nous serions plus proches de nos garçons, plus près des nuages et du ciel. Même moi je m'adonnais parfois à ces fantasmes. Ils paraissaient si proches que nous croyons presque les toucher. Juste de l'autre côté du Mékong.

Je reçus une lettre de Shone à la fin du mois de septembre. Je la gardai cachée dans ma poche pendant trois jours cherchant un moyen d'aborder le sujet avec ma famille. Un groupe catholique avait aidé Shone à remplir les formulaires administratifs pour parrainer notre rapatriement. Ils avaient convenu d'un travail, d'un logement et d'une aide financière. Les documents achevés devaient arriver d'un moment à l'autre. Le fait de devoir prendre une décision immédiate me donnait le vertige. J'avais entendu dire que l'équipe américaine viendrait le mois suivant pour des entretiens sur l'immigration. Je devais absolument demander de les voir sans faute. Si je n'agissais pas prestement, une autre année s'écoulerait.

Je traversai le camp en essayant de mettre de l'ordre dans mes pensées. Cette situation impossible autour de moi m'affrontait. Un groupe de huit jeunes hommes, âgés d'environ 17 ou 18 ans, jouaient aux dés et lançaient des paris. On entendit les derniers exploits thaïlandais, suivis d'une chanson d'amour sur la perte et la nostalgie du passé détonner des haut-parleurs d'un grand magnétophone. Trois enfants à moitié nus jouaient avec des bâtons dans un ravin boueux rempli d'ordures et d'égouts. Dans les baraquements, d'une pièce après l'autre, des yeux remplis de désespoir me regardèrent. Dans le magasin de photo situé à proximité du centre, une famille hmong, vêtue de leurs plus beaux vêtements et bijoux traditionnels, posait devant un paysage de montagne peint au Laos. C'est tout ce qui nous restait de la vie que nous avions abandonnée, une fresque murale de six pieds de forêt recouverte de brouillard.

Je gravis la colline cherchant un endroit tranquille au bord du camp et je m'assis dans les mauvaises herbes mouillées. Au bas se trouvait l'étendue du campement et au delà de la clôture on avait une vue dégagée sur la campagne Avec les pluies les collines étaient verdoyantes et les arbres chargés de feuilles. Des cascades de bougainvillées pourpres garnissaient une section de la clôture en barbelé, comme pour camoufler notre captivité.

Toutes ces options me laissèrent perplexe. Avant son départ pour la France la semaine précédente, le Dr.Renard m'avait assuré que son offre tenait toujours. Je n'avais qu'à lui écrire. J'aurais tant voulu saisir cette occasion pour réaliser tous mes rêves refoulés, mais il y avait d'autres personnes à considérer.

Je sortis la lettre de Shone de ma poche et la lus une fois de plus. Il communiquait avec instance et enthousiasme qu'il attendait notre arrivée. Mon cher frère et cousin Soua travaillaient depuis plus d'un an et demi pour nous offrir une possibilité. Je ne voulais pas que notre famille reste séparée indéfiniment.

Des nuages blancs, cotonneux traversèrent le ciel et adoptèrent sans cesse des formes indistinctes. Je m'étendit parterre comme un petit enfant et je réussis à distinguer les formes d'un tigre, puis d'une maison. Etait-ce peut-être un rêve éphémère ou les esprits qui me jouaient un tour ? Le soleil forma un cercle autour d'un nuage brumeux, une lueur de lumière argentée s'enroula pour former le trait des visages de mes garçons. Fong et Fue me souriaient à travers les rayons dorés du soleil, puis ils disparurent à l'est, traversèrent le fleuve et rentrèrent au Laos.

Je pris ma décision.

Le lendemain soir, après le dîner, je sortis la lettre. "Il y a de bonnes nouvelles", j'annonçai. Yer leva les yeux de sa couture pendant que je dépliais le papier. "Kia et Shone ont un nouveau bébé. Ils l'ont appelé John." Nou posa son cahier d'école et applaudit. Tout le monde sourit. Lia, à présent enceinte de sept mois, toucha son gros ventre rond.

"C'est quoi comme nom, ça ?" dit Oncle Boua d'un air moqueur.

"Un nom américain. C'est bien," déclara Chor.

"Il y a autre chose, quelque chose d'important dont nous devons discuter." J'étalai le papier à plat sur ma jambe et je pris une profonde respiration. Puis je leur expliquai tout au sujet du groupe religieux et des documents achevés.

Oncle Boua m'observa pendant un moment. "Tu vas y aller ?"

Je fis oui de la tête. "Nous devons y aller, Oncle. S'il te plaît, réfléchis y bien. Je ne veux pas y aller sans toi." Yer et Khou me regardèrent, puis Oncle. Nou s'approcha de moi et posa un bras autour de mes épaules.

"Je ne peux pas recommencer à zéro," dit Oncle en secouant la tête.

"Mais Père, l'Amérique a beaucoup à nous offrir," l'interrompit Gia.

Oncle leva la main. "Nous retournerons au Laos quand le moment sera venu. C'est notre lieu de vie."

Le refus obstiné de mon oncle me déçut. Je n'avais aucune envie de choisir entre les membres de ma famille. Ma loyauté était envers tous.

Chor se pencha plus près. "Je repars la semaine prochaine. Il y aura bientôt une victoire importante. Peut-être que vous devriez attendre jusqu'à l'année prochaine."

"J'ai attendu trois ans. J'aspire à plus pour mes enfants que cette vie dans le camp."

Je ne comprenais pas l'infaillible zèle de Chor. Qu'avaient accompli les combattants de la résistance à part perdre davantage de vies ? Et Gia, avec son admiration grandissante, suivrait sans doute son cousin au combat.

"Quand partirions-nous ?" demanda Yer en fronçant les sourcils.

"Dès que possible. C'est mieux pour nos enfants, Yer. Ils auront une meilleure vie."

Les documents arrivèrent la semaine suivante et je les apportai directement au bureau du MOI. Le greffier avait arrangé notre entretien avec l'équipe américaine la première semaine de novembre. Il me rappela à deux reprises que chaque membre de la famille qui envisageait d'immigrer devait assister à cet entretien.

Au cours des semaines suivantes ma confiance diminua, notre maison était devenue un lieu de silence où affichaient des visages malheureux. Pendant les repas, les conversations se tenaient à la politesse superficielle qu'on réserve aux étrangers. Chor n'arrivait pas à comprendre le point de vue de mes arguments. Il était déterminé à rester de l'autre côté de le fleuve. Un matin, à notre réveil, nous constatâmes qu'il s'était esquivé pour une autre mission, laissant Lia pleurer dans la crainte que son bébé n'ait plus de père même avant sa naissance.

Une fois de plus j'abordai Oncle, mais sa réponse resta idem. Il me demanda de ne plus en parler. Gia me pris à l'écart une après-midi. Il voulait à tout prix aller en Amérique. Sans doute qu'il réussirait-il à convaincre son père l'année prochaine.

Yer ne s'opposa pas à ma décision, mais son anxiété déborda dans nos vies. Un jour, elle reprocha à Nou d'avoir laissé le riz trop longtemps sur le feu, puis le lendemain de ne pas l'avoir cuit suffisamment. Son lait tourna et donna des coliques à Houa qui se mit à pleurer. Certains jours, elle était effacée tandis que d'autres, elle me harcelait de questions interminables. *Comment vais-je apprendre l'anglais ? Que vais-je faire en Amérique ? Est-ce que je pourrais travailler à nouveau dans les champs ? Comment Shone et Soua vont-ils nous trouver quand nous y arriverons ? Quelle est la grandeur de Minneapolis ? Y a-t-il des arbres, des fleurs et des montagnes ? Comment allons-nous tout gérer ? Serons-nous en sécurité ? Reverrons-nous un jour le Laos ?* Même avec la situation piteuse à Ban Vinai, ce monde inconnu semblait l'effrayer davantage. Je ne réussis pas à mettre le doigt sur cette peur excessive qui s'installa dans son cœur. Quelque chose lui pesait, mais restait un mystère pour moi.

Je pensai qu'Oncle et Chor changeraient d'avis. Mais le jour de l'entretien seuls Yer et moi, accompagnés de nos trois filles, nous trouvâmes assis devant les commissaires. On nous accorda une date de départ à la mi-décembre. Nous laissâmes notre famille derrière nous.

PARTIE II

Chapitre 7
NOU

Dans la petite salle d'audience, je suis entourée de mon avocat, du représentant des services sociaux et d'amis qui me soutiennent. Je rassemble mes forces au milieu de cette profusion de mensonges et de malentendus, des luttes et des déceptions qui façonnèrent mon histoire. Personne d'entre nous ne s'attendait à ce genre de déroulement. Cependant, pourquoi suis-je la seule à en porter le fardeau ? Nous sommes tous complices. Je me suis échouée sur un rivage lointain, qui n'est plus à la portée de mon père.

Le juge demande des déclarations liminaires. Père le regarde fixement comme s'il ne savait pas que répondre et attend la permission de se lever. Assis à la table opposée, sa silhouette solitaire suscite en moi un mélange de remords et de pitié. Il ne pouvait sans doute pas se payer un avocat et était trop fier pour demander de l'aide. Je sais que pour témoigner de la vérité et de relater son histoire, il ne fait confiance à personne. Mais plus vraisemblablement, c'est parce qu'il a une confiance absolue en ses propres décisions, et l'assurance que le juge partage son avis quant à son droit paternel indéniable. Son entêtement défie la réalité.

Mon avocat, M. Ross, se met debout et ajuste sa cravate à rayures bleues et grises. Il est grand et séduisant avec des cheveux bruns, grisonnants aux tempes et de grands yeux noisette. Au cours des dernières semaines, je l'ai rencontré à deux reprises dans son bureau. Il a prêté une oreille attentive à mon récit et aux commentaires intercalés de Mme Hernandez du service social, ne l'interrompant que de temps en temps pour obtenir clarification sur les détails. Quand j'ai buté sur mes mots, étouffée par les larmes, il m'a tendu des mouchoirs et a attendu patiemment que je continue. Il a exprimé sa sympathie et a reconnu que l'affaire le troublait. Il s'imaginait que mes parents devaient eux aussi souffrir énormément de la situation.

M. Ross s'éclaircit la gorge. "Votre honneur, je représente Mlle Lee dans sa pétition." Sa voix est grave et, même s'il parle doucement, d'un rythme mesuré et uniforme, elle résonne à travers la chambre silencieuse. Son comportement est déterminé mais peu agressif, et il exprime son inquiétude et le respect pour la gravité de l'affaire devant le juge. Il termine sa déclaration en accentuant certains mots, en les étirant, en les laissant suspendus juste un instant pendant qu'il regarde mon père.

Finalement, Père me vise directement. Le doute est visible dans les lignes de son visage et dans sa mâchoire. Pourtant, ce qui me fait baisser la tête, c'est l'angoisse dans ses yeux, une souffrance profonde qui a pris racine dans le passé, toutes les pertes et les luttes qu'aucun de nous ne peut effacer de la mémoire. Pour la centième fois, je parcours les événements de notre passé, pour essayer de comprendre quand nos relations ont commencé à se fissurer. Je me rappelle avoir été confuse et pleine de ressentiments quand j'ai essayé d'intégrer les deux mondes disparates, sans com-

prendre ce qu'exigeaient mes parents, leur insistance intransi-
geante que j'adhère à leur culture et à leurs règles et pour lesquelles je n'avais aucune place dans ma vie. C'est sur ce parcours
que j'ai trouvé ma propre voix, que j'ai fait le choix de me reconstruire et de tracer mon propre avenir.

Ainsi, Laura est née.

Chapitre 8
PAO

Je me souviens du jour où nous sommes venus en Amérique, comme si c'était hier. Le 29 janvier 1982. Je m'étais dit que cela nous permettrait un nouveau départ dans la vie. Nous avions notre famille. L'Amérique offrait beaucoup d'opportunités et l'espoir d'une meilleure vie pour nos enfants. Je n'avais pas peur de travailler dur. Sans doute, Yer s'en remettrait et retrouverait sa bonne santé comme autrefois. Mes espoirs et mes rêves allaient et venaient avec les vagues d'anxiété et se frayèrent un chemin sinueux dans mon esprit. Peut-être c'est le même pour tous ceux qui viennent en Amérique.

Nous prîmes un vol en provenance de Bangkok. C'était un avion énorme, plus gros que les B-52 américains, qui occupèrent le ciel du Laos pendant la guerre. J'avais déjà été à bord d'hélicoptères et d'avions à hélices, mais jamais rien de tel. Des thaïlandais, des chinois et des occidentaux du monde entier, en vêtements luxueux, étaient assis dans les rangées. Ils levèrent les yeux quand l'hôtesse nous conduisit à nos sièges. Elle indiqua les toilettes, nous montra comment attacher les ceintures de sécurité et abaisser les tables. Plus tard, elle nous apporta de petits plateaux de nourriture et nous restâmes bouche bée quand nous avons vu le film sur un écran plié au plafond.

Les mains de Yer étaient moites et tremblaient lorsqu'elle me tendit Moa. Elle serra la petite Houa si fort qu'elle se mit à pleurer. J'avoue avoir eu un battiment dans l'estomac lorsque l'avion avança sur la piste, et quand la force me repoussa contre le fauteuil. C'était comme si une centaine de chenilles rampaient le long de mon bras et me chatouillaient ma peau. Yer serra les yeux et une larme coula le long de sa joue. Il était difficile de savoir si c'était de peur ou à la pensée d'avoir abandonné notre vie passée. Par le hublot, Nou et moi regardâmes l'avion décoller et flotter à travers de gros nuages dans le ciel bleu éclatant.

Nous passâmes plus d'un mois au centre de traitement Centre Nikhom pour nous accoutumer à nos nouvelles vies. Les autorités préparèrent nos documents avec le nom de notre clan comme nom de famille qu'ils épelèrent phonétiquement. D'une minute à l'autre je devint Pao Lee au lieu de Ly Pao.

Tout le monde devait être en bonne santé pour aller en Amérique—pas de drogues, de tuberculose ni d'autres maladies. Les malades devaient rester à la clinique du centre pour être soignés. Ils nous firent une prise de sang, une analyse d'urine et une radiographie de nos poumons. Ceux qui avaient fumé de l'opium attendaient avec inquiétude, et craignaient d'être renvoyés dans les camps de réfugiés.

M. Marshall, un autre instructeur, nous montra une carte des États-Unis. Nerveux et timide, un membre de chaque famille, d'une épingle marqua la ville où ils allaient bientôt habiter. Très vite, les épingles couvrirent tout le pays. M. Marshall aimait énoncer les faits en pointant à la carte mais le traducteur eut du mal à suivre. *Savez-vous que les États-Unis sont si vastes qu'il faut plus de cinq heures pour aller de New York à San Francisco ? Savez-vous que la Califor-*

nie a la plus grande population du pays ? Savez-vous que les États-Unis comptent cinquante États, dont l'Alaska et Hawaï ? Personne parmi nous ne connaissait ces faits.

Un soir, nous regardâmes un film dans lequel on avait superposé la Statue de la Liberté sur un drapeau américain qui flottait au vent. Une voix d'homme annonça que ce film mettait en relief les villes aux immenses immeubles modernes, aux centaines de voitures, et d'habitants qui grouillent comme des fourmis. Ensuite on passa aux vastes champs de blé à hauteur de poitrine et on aperçut les sommets déchiquetés des arbres. Comme le film était en anglais, personne n'a rien compris.

On nous avertit: *vous devez traverser la route dans les passages piétons et faire attention aux feux rouges et verts; ne vous laissez pas berner par la publicité à la télévision; méfiez-vous des personnes qui pourraient vous dévaliser ou pourraient vous exploiter parce que vous ne parlez pas la langue.* Selon Yer l'Amérique semblait être un mauvais pays. Elle avait entendu des rumeurs à Ban Vinai que les Américains ôtaient les cœurs et d'autres organes des immigrés hmong pour les manger. Je lui dit que c'étaient des balivernes, mais je n'ai pas réussi à la convaincre.

Depuis la fenêtre de l'avion on aperçut les champs verts et bruns qui cédèrent leur place à l'océan bleu. J'entrevit un navire tout minuscule et insignifiant, tel un jouet flottant sur la vaste mer. Le jour se transforma en nuit, puis la nuit apporta l'aube. Nous avions tous dormi par épisodes jusqu'à ce que finalement l'un des enfants se réveille et nous demande toute notre attention. Le nez de Houa coulait. Moa voulait être allaitée. Nou devait à nouveau aller aux toilettes. Je m'étais réveillé en sursaut lorsque l'avion rebondit sur la piste de Los Angeles. Le ciel et la terre formaient un arc-en-ciel de traînées rouges et oranges avec les étoiles qui scintillaient encore au-dessus de nous.

Nous nous pressâmes dans la file d'immigrés à moitié endormie, serrant nos enfants dans les bras, envahis par le bourdonnement de bavardages inutiles et de l'air confiné. Au bout de vingt minutes, nous rejoignîmes un homme plus âgé assis dans une cabine vêtue d'un uniforme kaki. Il était chauve et avait les oreilles décollées. Il étudia nos papiers pendant un certain temps, puis il fit appel à un traducteur thaïlandais. Aucun Hmong ne serait permis d'être si mal poli. Pas un sourire ou signe d'approbation, aucune salutation, aucun égard envers mes réponses. C'était là notre bienvenue en Amérique.

Un employé de la compagnie aérienne nous guida vers le prochain vol. Je n'eus plus le courage d'être assis quatre heures de plus dans ces sièges étroits avec nos enfants qui gigotaient et se plaignaient en montant et en descendant de nos genoux. J'avais hâte d'être à Minneapolis, en sureté avec ma famille. Le ciel s'assombrit et, bientôt, seuls des bandes de brouillard blanc et gris défilèrent devant le hublot, puis la terre s'assombrit. L'avion se mit à basculer et à tourner, comme un calao à la recherche d'un perchoir. Yer me saisit le bras. Je tenais Houa et j'attachai la ceinture de sécurité de Nou. L'avion finit par plonger dans le voile gris. À présent, c'était moi qui avait les mains moites. Nous encerclâmes des champs plats, couverts de blanc et bientôt des arbres et des maisons blanches apparurent. L'avion se glissa sur la large piste grise.

Pendant un moment, Yer soutint mon regard, le sourire fatigué. Une fois de plus, il fallut rassembler les enfants. Etourdis, nous descendîmes de l'avion et sortîmes par la porte. Venant du plafond, des lumières scintillantes nous accueillirent et se reflétèrent contre les murs blancs et le sol étincelant en linoléum. Elles me firent cligner des yeux. L'air était chaud et vicié et dégageait une odeur de café et de sueur. Des gens se rassemblaient, se saluaient et appelaient les passagers qui débarquaient de l'avion, tandis que d'autres se reposaient sur des chaises près de la porte. On entendit une voix grave d'un haut-parleur qui annonça quelque chose que je ne pus comprendre. Dans la foule, je cherchai des visages familiers à m'en tordre le cou à force de regarder pardessus la tête des hommes et des femmes qui se hâtaient le long du couloir. Tout le monde était si grand. Une étrange petite voiture s'arrêta à côté de nous pour récupérer une femme âgée. De plus en plus de passagers passèrent devant nous en traînant leurs sacs et leurs enfants, puis ils disparurent au bout du couloir. Toujours aucun signe de notre famille. Je ne savais pas ce que je ferais s'ils ne venaient pas. Pour la première fois, je dus reconnaître la difficulté de ne pas comprendre une langue et d'être incapable de communiquer mes besoins.

Puis je les vis courir vers nous, enveloppés dans de gros vestons et des cache-nez, repérables dans cette vague de visages blancs. La voilà enfin notre famille ! Blia, Tou, et Mee arrivèrent en premier mais hésitèrent ne sachant que dire ou faire. Puis ce fut Shone et Kia, à bout de souffle qui tenaient bébé John, et enfin Yer et Soua. Ils nous embrassèrent, en larmes et nous parlâmes tous en même temps. Yer éclata en grands sanglots mais rit aussi à la fois. Elle s'accrocha à Kia. Les bébés gémirent. J'étais au bord de larmes de soulagement et de bonheur.

Shone me tira à part et se tourna vers un petit homme rondouillet aux cheveux épars et blonds, aux joues roses et potelées, qui se tenait un peu à l' écart. "Voici M. Martin de l'église Saint-Paul. Il nous a conduits dans le van de l'église pour venir vous rencontrer."

De la manche je m'essuyai les larmes et lui serrai la main. M. Martin inclina la tête en signe de révérence et me salua en hmong.

Chaque fois qu'il souriait, son visage se froissait au point de faire disparaître ses yeux.

C'est drôle de se rappeler des premières impressions, de ce qui m'avait paru être une merveille moderne, à la fois précaire et potentiellement nuisible. M. Martin nous orienta vers d'étranges escaliers comme ceux que nous avions vus à l'aéroport de Bangkok et qui nous effrayaient. Nou cependant y pourchassa ses cousins en rigolant. Yer et moi nous y aventurâmes avec précaution, serrant la rampe. J'eus l'impression de glisser sur une colline boueuse et instable qui pouvait me faire basculer à tout moment. En effet, je tombai sur Shone qui s'était arrêté pour calmer Yer qui à son tour était tombée en arrière, poussant un cri de surprise.

Les valises émergèrent d'une grande bouche en métal et firent la ronde. Au dessus, un tourniquet surmonté d'une lanterne jaune clignotait et bourdonnait faiblement. On s'attroupa tout autour. Les portes de sortie s'ouvrirent toutes seules, laissant entrer l'air froid. Enfin, nos cartons attachés avec une corde apparurent.

Kia nous avait apporté des vestes et des couvertures pour Houa et Moa. Dès que nous sortîmes, l'air glacial nous cingla d'une intense douleur amère. Le froid pénétrait à travers mon pantalon kaki et mes sandales et piquait mon cuir chevelu. Un léger vent tourbillonnait autour de nous et me donna des frissons dans le dos. Mes oreilles et mes mains s'engourdirent. Avec chaque souffle, de petites traînées de brume blanche flottèrent dans l'air. Des nuages sombres ressemblant au bois brûlé brouillaient le ciel de Minnesota et tamisaient la lumière brumeuse. Une couche blanche et grisâtre obscurcit la rue et s'accumula sur les voitures et les branches d'arbres dénudées, parsemées de cendres.

Nou se pencha et saisit une poignée de neige sale, fondante. Elle clignota des yeux pour se protéger du froid. "C'est tout mouillé."

Blia éclata de rire. "C'est *snow*," dit-elle en anglais.

"*Snow*," Nou répéta le son lentement et sourit.

"La verglas est glissant," déclara Kia, et plaça une main sous le coude de Yer pour l'aider à parcourir l'asphalte lisse. Sa veste matelassée semblait façonnée du même matériau que les parachutes américains qui avaient largué les soldats et des vivres au-dessus du Laos. "Nous avons tant de choses à vous dire. Par où commencer ? Mais d'abord vous devez rentrer chez vous et dormir." Les mots portait un son magique. Notre maison. Ici à Minneapolis.

En franchissant la ville, je m'étonnai de n'avoir jamais vu un endroit aussi dépourvu de couleurs, aussi plat et aussi sombre, même pas dans certaines parties du Laos où le napalm avait inciné toute trace de vie. Le crépuscule s'immisça dans l'obscurité, puis soudainement, de grandes lampes attachées à de longs poteaux éclairèrent les rues gelées en cercles ronds. M. Martin s'arrêta devant un bâtiment en briques rouges à trois étages.

"M. Martin vous invite à venir à Saint-Paul bientôt," traduit Soua. "Vous êtes toujours la bienvenue."

J'acquiesçai et prononçai mes premiers mots anglais en Amérique, "Thank you."

Une grande femme aux cheveux bruns attachées avec une écharpe violette sortit d'une voiture. Un manteau de laine foncé pendait de son corps volumineux comme une tente. Elle avait la peau couleur de riches grains de café des plantations françaises au Laos. Elle ajusta son sac à main sur son épaule et serra la main de Shone. Celui-ci me présenta à Mme Robinson des services sociaux. Elle nous offrit un large sourire d'un blanc éclatant et nous souhaita la bienvenue à Minneapolis.

Dans le hall de l'immeuble, une bouffée d'air chaud et sec comme la chaleur d'un puissant feu me cingla le visage. Nous montâmes au premier étage et longeâmes un long couloir avec des portes de part et d'autre. On y sentait l'odeur de vieux aliments mêlé à un soupçon d'urine. Des morceaux de papier, des mégots, des emballages de bonbons et une balle perdue jonchaient le sol de linoléum. On avait griffonné des dessins sur les murs. Deux jeunes garçons trottaient dans le couloir et s'arrêtèrent pour nous examiner, les yeux écartés.

Mme Robinson chassa les garçons d'une voix sévère. Arrivés à la dernière porte, elle nous montra avec quelles clés il fallait déverrouiller le verrou et la serrure. A l'intérieur, elle me montra comment verrouiller à nouveau et accrocher la chaîne. Quel mal devions nous éviter ?

Une forte odeur chimique s'associa à l'air moisi et vicié. A l'aide de la traduction de Shone, elle expliqua que les murs beiges venaient d'être peints quelques jours plus tôt. Le sol était recouvert d'un tapis aux poils longs dont la couleur ressemblait aux tiges de riz qui mûrissent et virent au vert doré. Une petite pièce s'ouvrait sur une cuisine avec deux chaises recouvertes d'un tissu délavé à l'empreinte de fougères vertes, arrangées autour d'une table basse. Elle expliqua que les membres de l'église Saint-Paul avaient donné les meubles.

Dans le coin, à droite de la porte et en face du canapé, une petite télévision en noir et blanc avec des antennes argentées reposait sur un cadre en métal. Blia tourna immédiatement le bouton et Nou, bouche bée, vint rejoindre ses cousins devant l'écran. Aussitôt, Moa insista qu'on l'allonge, bien blottie sur les genoux de Nou.

Mme Robinson sortit une enveloppe de son sac. "Voici de l'argent pour ce dont vous aurez besoin tout de suite et des timbres alimentaires." Elle me sourit à nouveau montrant toutes ses dents et me tendit une brochure en hmong qui détaillait tous les services disponibles du comté et une carte avec son numéro de téléphone. "Lundi, je serai la à quatre heures de l'après-midi, M. Lee, pour vous conduire au travail." Elle jeta un coup d'œil à sa montre. "Je suis sûre que vous voulez dormir à présent, mais si vous avez besoin de quoi que ce soit, appelez moi. Il y a un téléphone public au coin de la rue." Elle parla brièvement à Shone puis partit.

Shone se mit à rire. "Nous sommes responsables de vous communiquer les règles et d'expliquer comment tout fonctionne."

"Toujours des règles de gens là. Ils nous traitent comme des enfants," déclara Kia. "Ici la vie est très différente, mais vous vous y habituerez."

Kia nous montra notre nouvelle maison, et nous expliqua comment tout fonctionnait, tout comme l'hôtesse de l'air dans l'avion. Dans la deuxième chambre, elle se laissa tomber sur un épais matelas légèrement bosselé, recouvert d'un draps à rayures jaunes et d'une couverture de laine beige dont le côté inférieur gauche relevait une grande tâche brune. Yer s'y assit avec incertitude et passa la main sur la couverture. Cousine Yer nous rejoignit et doucement déposa la petite Houa, profondément endormie, dans le berceau à côté du lit. Elle sourit et la couvrit d'une couverture rose.

Kia se dirigea vers la porte et nous fit signe. "Venez voir la salle de bain." Nous nous pressâmes autour de la salle au carrelage bleu, éclairée par une ampoule qui brillait sous un verre dépoli, et regardâmes les luminaires d'un blanc éclatant ainsi que les serviettes vertes légèrement effilochées sur le porte-serviettes. Kia souleva et rabaissa le siège des toilettes puis y jeta un morceau de papier du rouleau. Avec un geste de la poignée, une grosse quantité d'eau s'agita autour du bol et disparut. "Vous voyez ? Il disparaît."

Yer sourit et admit qu'elle et Nou avaient été embarrassées

quant aux toilettes de l'aéroport et de l'avion. Elles ne savaient pas qu'il fallait tirer la chasse d'eau.

Kia ouvrit l'eau dans l'évier, puis la baignoire. "Voilà de l'eau chaude et froide quand vous le voulez."

"Les lumières s'allument et s'éteignent." Kia tendit la main vers l'interrupteur et les fit clignoter plusieurs fois.

Nous la suivîmes à nouveau à la cuisine. Kia ouvrit la porte d'une grande boîte blanche. Une lumière s'alluma et révéla des étagères avec des bols de soupe et de riz. "On y garde les aliments froids pour qu'ils ne se gâtent pas. Je vous ai préparé ce repas si vous avez faim." Elle leva les yeux et sourit. "Regarde, mets tes mains dedans." Yer hésita. "Je ne te joue pas de tour," insista Kia.

Yer enfonça son bras dans la boîte et curieux, je fis de même.

Kia referma la porte et se tourna vers une boite blanche encore plus petite. Son visage devint sérieux. "Ici, vous ne pouvez pas faire de feu parterre, sinon tout le bâtiment risque de brûler. C'est la cuisinière pour faire à manger. Ici, sur cette plaque en métal, tu mets les casseroles, et tu l'allumes comme ça." Elle tourna un bouton et des flammes jaillirent. Yer fit un bond en arrière. "C'est facile une fois que vous savez comment faire." Elle éteignit le feu. "Les poulets ou les cochons vivants ne sont pas permis dans les bâtiments."

"Qu'est-ce qu'on va manger alors ?" demanda Yer.

"Vous pouvez acheter la viande déjà découpée et prête à cuire dans un magasin."

Je fronçai les sourcils. "Qu'en est-il de nos cérémonies ?"

Elle haussa les épaules. "Nous sacrifions les animaux dans le parking."

"Je ne m'habituerai jamais à tout ça," Yer dit en secouant la tête.

"En un rien de temps." Kia tapota le bras de Yer. "Tu as l'air fatiguée, nous allons partir."

Après le départ de la famille, je me retournai lentement pour bien assimiler notre appartement avec des murs en plâtre qui sentaient la peinture et une porte en bois à quatre serrures. C'était notre nouvelle maison. Rien ne ressemblait à notre vie au Laos. Yer regardait la télévision sans aucune réaction, la confusion sur son visage était visible. L'écran argenté et noir scintillait et projetait des ombres sur les murs. De faibles voix résonnaient au plafond. Nou et Moa s'étaient endormies par terre.

Je pris Nou dans mes bras. Son visage était paisible, sa respiration lente et tranquille. Yer commença à tirer sur la ficelle d'une de nos boîtes, comme si elle eut le besoin de l'ouvrir et de trouver quelque chose de familier, quelque chose qui nous appartenait. Je lui dit de laisser tomber et d'aller au lit.

Tout irait mieux le matin après un bon sommeil. Je plaçai Nou au milieu du grand matelas, puis j'installai Moa dans le berceau à côté de Houa. Les bruits de la ville dérivaient à travers les fenêtres. Un klaxon retentit. Un groupe d'hommes criait et semblait se disputer, puis ils se mirent à rire. Une sirène perçante s'approcha puis s'effaça dans la nuit. Une porte claqua quelque part. Les fenêtres tremblèrent. Yer passa un bras autour de Nou et m'agrippa la main. Nous nous endormîmes, tout vêtus, et ne nous réveillâmes point avant le lever du soleil.

Chapitre 9
YER

Son grand supermarché. Kia en parlait depuis une semaine. Cousine Yer resta avec les bébés, comme Pao était allé à la classe d'anglais et Nou était à l'école. Je laissai Moa et Houa devant la télévision, captivées par les dessins animés d'un chien qui chassait sa queue.

Je m'inquiétai d'aller si loin de notre appartement, mais cela semblait important pour Kia et je n'eus la force de la contrarier. J'avais passé une autre nuit blanche entrecoupée de bribes de sommeil agitées et sans rêves. L'épuisement avait sapé toute l'énergie de mes membres. Ici, je ne réussis ni à trouver le rythme du le jour et la nuit dans ce nouveau endoit. Au lieu de coqs qui chantent avant l'aube, un réveil bêlait, tel un bouc en détresse. Je mettais la tête sous la couverture. J'étais incapable de dormir avec les lumières allumées en permanence devant notre fenêtre. Quand nous nous couchions finalement, je n'arrivais pas à calmer mon esprit. J'entendais la chaudière siffler et craquer. Pao ronflait à côté de moi. Les heures passaient. Les sirènes passaient. Nou me donnait des coups de pied dans les jambes et les bras. Les bébés gémissaient. En ces heures d'insomnie, je n'arrivai pas à lutter contre mon désir ardent et mon chagrin qui à nouveau me ramenaient sur terre. Depuis que nous avions quitté Ban Vinai, mes garçons avaient disparu. Les rêves avaient cessé. Pas un seul souffle de vent ne portait leur douce présence. Au début, dans le camp de traitement, je ne m'en étais pas inquiétée. Mais les semaines passèrent. Rien. Je confiai à Pao que mon cœur était brisé parce que j'avais tout laissé derrière moi. Il ne put comprendre. Il dit que nous devions nous efforcer de regarder de l'avant. J'ai dû satisfaire le désir de mon mari. Je n'en eus pas le choix. La panique m'avait engloutie dès notre départ pour l'Amérique. J'avais vu la carte. Fong et Fue ne me trouveraient jamais à l'autre bout du monde. Je voulais juste dormir. Je voulais juste que mes enfants me reviennent. Mais maintenant je ne pouvais plus dormir. Je ne pouvais plus rêver.

Kia enroula son écharpe deux fois autour du cou et m'entraîna au dehors. "Tu peux acheter tout ce que tu veux dans mon magasin. Tu n'as jamais vu autant de choix." Elle eut un sourire éclatant. "Je voulais que tu rencontres mes amis Rosita et Mary, mais elles ne travaillent pas aujourd'hui."

Du mardi au samedi, de bonne heure, Kia ouvrait des cartons d'aliments dans le magasin du supermarché jusqu'à mi-journée. Elle avait appris l'anglais et avait pris ce travail pour gagner de l'argent afin de nous permettre de venir de Thaïlande. Shone l'avait uniquement accepté pour cette raison. A présent, elle ne voulait plus arrêter de travailler. Elle aimait son indépendance et le fait de gagner de l'argent pour la famille.

"Rosita est si drôle, je suis sûre que tu vas l'aimer. Elle vient de Porto Rico. C'est une île dans l'océan quelque part. C'est un peu comme le Laos, chaud et ensoleillé, mais avec de l'eau tout autour."

"Pourquoi est-elle venue ici ?"

"Elle était très pauvre à Porto Rico et son mari buvait beaucoup. Il la frappait. Elle a donc pris ses trois enfants et ils sont venus en Amérique."

"Seule ?"

"Oui. Elle a une tante qui habite à Minneapolis. Maintenant, elle est avec un Vietnamien, Tran. Il est venu ici juste après la guerre."

Je hochai la tête. Cela ne serait jamais arrivé au Laos. Peut-être qu'en Amérique les personnes de races différentes s'épousaient de cette façon.

Kia me tint le bras pendant que nous marchâmes prudemment sur le trottoir verglacé. Le soleil était bas dans le ciel pâle. Le soleil n'était pas le même qu'au Laos, chaud et brillant, mais plutôt jaune fané, presque blanc. C'était peut-être l'air glacial qui ternissait les couleurs ici. C'était comme si des doigts gelés me picotaient les joues avec de minuscules aiguilles. Même avec mes gants, mon bonnet et mon écharpe, je grelotai. Le froid pénétra mes os à travers la semelle de mes chaussures et les chaussettes épaisses.

"Nous devons nous dépêcher ou nous allons rater le bus," dit Kia. "Ce n'est qu'à un pâté de maisons."

Une voiture de police avec les sirènes qui hurlaient, rugit devant nous, faisant clignoter ses feux rouges et jaunes. Les muscles de mon abdomen se contractèrent. Je dus reprendre haleine. Je n'étais pas encore prête à quitter l'appartement sans être accompagnée. Je ne connaissais pas la langue. Je n'avais aucune idée de la valeur de la monnaie, ni des bons alimentaires que nous utilisions pour acheter de la nourriture. Même lorsque Kia ou Yer m'escortaient, le monde extérieur paraissait grand et effrayant. Pendant plusieurs jours, nous nous réunîmes chez notre famille pour le dîner, à parler jusque tard dans la nuit afin d'essayer de rattraper toutes ces années perdues. Ils vivaient dans un appartement à trois pièces dans un immeuble en brique rouge comme le nôtre. En marchant entre les deux pâtés de maison pour rentrer chez nous, je m'accrochai aux enfants et m'approchai de Pao. J'étais convaincue que de mauvais esprits se cachaient dans tous les coins sombres.

Mais ce n'était pas tout. Je me sentais mal à l'aise parmi les bandes de jeunes hommes bruns à la peau mate qui vivaient autour de nous. A quelques reprises, à la base de Long Chieng, j'avais vu des soldats américains avec cette couleur de peau. Ces jeunes me poussaient dans et en dehors de notre immeuble. Ils s'assemblaient dans la rue, fumaient et regardaient tous les passants. Leurs yeux étaient emplis de tant de colère. Les Blancs aussi me faisaient peur-le tatoué au marché du coin et la femme au magasin de rabais avec ses cheveux blancs et ses lunettes scintillantes. Peut-être qu'ils n'étaient pas aussi frustres, mais leur antipathie envers nous ne m'échappa pas. On le percevait dans le timbre de leurs voix. Ils me regardaient, les lèvres serrées. J'aurais voulu être comme le phasme au Laos, l'insecte préféré de Fue qui se confond avec les troncs d'arbres au point de devenir invisible.

Nous attendîmes à l'arrêt de bus, blotties l'une contre l'autre. Sous sa lourde veste, Kia portait un pull, une jupe noire moulante qui lui arrivait au-dessus des genoux et d'épais collants foncés. Ses bottes en cuir noir à hauts talons se fermaient à lacets au devant. Elles la faisaient vaciller et perdre l'équilibre quand elle marchait. Elle s'était fait couper les cheveux à longueur des épaules et hirsutes autour du visage comme les plumes ébouriffées d'un oiseau. De petites croix dorées pendaient de ses lobes. Une autre croix sur une chaîne lui pendait autour du cou. Mais ce qui me surprit le plus, c'était le bleu-vert qu'elle avait badigeonné sur ses paupières et le rouge sur ses lèvres. Pao n'approuvait pas. Il dit qu'elle ressemblait à ces femmes de Ban Vinai, qui dansaient au café le soir et raccompagnaient les hommes la nuit. Il dit que Shone devrait demander à sa femme d'arrêter ça. Je ne ripostai pas. Je savais que Kia voulait juste avoir l'air d'être américaine.

Le bus se rapprocha et s'arrêta avec un crissement. Les portes s'ouvrirent, Kia mit des pièces de monnaie dans une boîte. La conductrice, une grosse femme noire aux cheveux rouge-vif, tendit des billets à Kia et redémarra. J'agrippai un poteau en métal et faillis tomber lorsque le bus fit une embardée vers l'avant. Je sentis le regard des autres sur nous: quatre vieilles femmes, un homme en complet et manteau gris foncé, trois adolescentes qui ricanaient, et une jeune mère avec un bébé emmitouflé dans une couverture rose. Nous nous effondrâmes sur un siège libre. L'air chaud et aigre qui flottait au-dessus de nous, sentait le gaz d'échappement.

De sa main tendue devant moi, Kia essuya la buée de la fenêtre. "C'est l'église Saint-Paul." Elle pointa du doigt. "Regarde la fenêtre du haut. Elle est en verre coloré et quand le soleil brille, c'est très beau. La salle paroissiale est à l'arrière. Le groupe de couture hmong s'y réunit. Yer aime y aller."

Nous passâmes devant un bâtiment en briques ternes au toit en pente raide. Les escaliers menaient à des portes en bois. Une croix en or avait été fixée au mur à gauche. Pao et moi avions appris avec surprise que Kia et Shone se rendaient à l'église catholique St. Paul tous les dimanches. Un certain nombre de familles hmong y allaient.

Kia baissa la tête et tira sur le bord de son gant de laine. "Je commence les cours le mois prochain pour en savoir davantage sur la religion. Je veux être baptisée. Comme ça j'irais au paradis."

Je me demandai de quel paradis elle parlait. Était-ce différent de notre paradis hmong ? Quand nous avions été en présence de nos maris, je n'avais pas posé de questions à Kia ou Shone à propos de l'église. Mais à présent, il était temps de savoir. "Et nos croyances hmong ? Vous ne les pratiquez plus ?"

Elle leva les yeux. "Nous pratiquons les deux. Nous prions le Dieu catholique et nos ancêtres." Elle rit doucement. "Nous avons tous besoin de renforcement."

J'acquiesçai, même si je ne comprenais pas. Peut-être que ça n'avait pas d'importance. S'ils trouvaient du réconfort dans cette église américaine, peut-être que nos ancêtres, les esprits et les dieux du ciel hmong comprenaient.

"Je veux que tu viennes avec moi un dimanche," dit Kia. "Tu vas aimer père McConnell, le prêtre." Je lui fis signe que oui. Mais je savais que Pao ne le permettrait pas. Il avait bien appris à connaitre les prêtres catholiques pendant ses années à l'école de Vientiane et leur mépris des croyances hmong. Il insistait que nous devions garder nos traditions et être fidèles à notre patrimoine.

Le bus s'arrêta tous les quelques pâtés de maisons. Les passagers montèrent et descendirent. J'étudiai les devantures de magasins aux panneaux et images au-dessus des portes et des fenêtres. Parfois, il y avait de grandes enseignes sur les poteaux avec des images de meubles, de voitures ou de bâtiments. L'un d'eux affichait une famille qui souriait devant une grande maison par un jour ensoleillé, sans neige. Les images sur ces panneaux et la publicité à la télévision m'éduquèrent beaucoup sur l'Amérique.

Le bus franchit un large pont en béton avec de nombreuses voies.

"C'est le Mississippi," déclara Kia. "Il est très long comme le Mékong."

Le Mékong. Ce nom me cingla comme un éclair tombant du ciel. Les souvenirs s'embrouillaient dans ma tête. J'avais du mal à savoir où j'étais. Avec les rives couvertes de neige et les petites crêtes argentées sur la berge, cela ne ressemblait en rien au Mékong. J'imaginai mes garçons dans les profondes eaux tourbillonnantes, froides, d'un gris-brun qui coulaient sous le pont. Je devais les sauver. Je devais aller dans l'eau, mais je ne pouvais pas voir d'issue sur le pont. Bientôt, nous serions trop loin. Je fus à bout de souffle et mon cœur battit la chamade. Puis je sentit la main de Kia sur mon bras et j'entendis sa voix comme un écho dans ma tête. Lentement, je revint à la réalité de Minneapolis et à ce fleuve qu'on appelait le Mississippi. Seul mon chagrin ne portait pas de nom.

Kia remua sur son siège et posa une main sur son ventre bombé. "Ce bébé me donne des coups de pied toute la journée et toute la nuit. Je pense bien que c'est un garçon." Elle secoua la tête et soupira. "J'ai quelque chose à te dire. C'est très triste, et Yer ne peut pas se résoudre à t'en parler. Elle a perdu deux bébés cette année et elle ne peut plus en avoir. Les premières semaines elle a été très malade et elle a commencé à saigner." Kia fit une courte pause. "La dernière fois, c'était si grave que Soua l'a emmenée à l'hôpital. Ils l'ont opéré et on lui a enlevé l'utérus. Yer les a suppliés de ne pas le faire, mais ils ont dit qu'elle risquait de mourir autrement. Depuis, ils sont si tristes."

De ma main, je couvris ma bouche. Il n'y avait pas pire pour une femme. Pauvre Yer. Tant de pertes chaque année dans notre famille.

Pour aller au supermarché, nous parcourûmes des rues qui ressemblaient à celles d'un film aux Centre de Traitement Nikhom. Des bâtiments en verre et en métal s'érigeaient des trottoirs. La circulation pleine de voitures et d'autobus avait ralenti au pas de tortue. Des piétons vêtus de gros manteaux, se dépêchaient le long des trottoirs en transportant des colis. Kia dit que c'était le centre-ville. Avec le froid, je vis mon haleine brumeuse sur la vitre. Tout semblait enveloppé par un nuage blanc et gris. Les bâtiments de bureaux succédèrent aux appartements. Puis on aperçut des maisons peintes en vert, jaune et bleu.

Enfin, Kia tira sur la corde au-dessus de nous et fit tinter la cloche. Le bus repartit avec une grosse fumée grise qui nous fit tousser à en étouffer. De sombres nuages coulissaient dans le ciel, masquant le soleil pâle et le rendant inutile. De l'autre côté de la rue, les gens se précipitèrent par les portes vitrées d'un énorme bâtiment carré au toit plat, sans fenêtres.

Kia me traîna à l'intérieur et s'arrêta. "Qu'est-ce que tu en penses ?" Sa voix était pleine d'enthousiasme, comme un enfant qui prépare une surprise spéciale.

J'en fus bouche bée et ne la déçut pas. J'admirai cet énorme espace, ce tourbillon de lumières, ce tumulte bruyant. De hautes étagères, rangées, s'étendaient vastement comme dans une forêt dont on ne peut voir le fond. Les gens se hâtaient dans les allées avec des paniers métalliques sur roulettes et y empilaient des cartons et des canettes. On entendait des voix résonner sur un fond de musique douce. Kia me guida vers des étagères empilées de boîtes de céréales, de biscuits secs et de biscuits. Des boîtes de haricots bruns, de betteraves et de soupes. Des bouteilles de jus. Des bocaux de confiture et de beurre de cacahuète. Bien sûr, je ne connaissais aucun de ces articles. Je louchais sur les étiquettes, essayant d'identifier les images, tandis que Kia nommait les différents produits. Nous nous arrêtâmes aux portes vitrées du congélateur. Kia expliqua la magie des dîners congelés, préparés et prêts à chauffer. Cependant, la section la plus étrange fut le comptoir des viandes avec les petits plateaux de bœuf, de poulet et de poisson, soigneusement emballés dans du plastique transparent. Tout était découpé en formes parfaites, sans mouche, ni poussière.

Une femme âgée aux cheveux argentés et aux boucles d'oreilles noires se tenait derrière une petite table vêtue d'un tablier à rayures bleues et blanches. Elle me parla et de la main indiqua un plateau plein de petites bouchées de viande enfilées sur des bâtons de bois. Des saucisses entières grésillaient dans une casserole plate. Leur arôme me donna faim, mais je ne pouvais pas me permettre d'acheter de tels aliments étranges.

Kia en prit deux et m'en tendit une. "C'est gratuit," dit-elle. "Essaie." Je goûtai du porc, mais très salé.

"Ceux-là sont mieux," dit Kia. Nous avions tourné au coin d'une rangée de stands qui offraient des pommes, des oranges, des bananes, des ignames, des haricots verts, du maïs et des dizaines de fruits et de légumes que je ne connaissais pas. Je soupirai. Pour la première fois, quelque chose ressemblait, même si ce n'était que très peu, aux marchés de Xieng Khouang et de Thaïlande. Kia tira sur un sac de plastique. Nous fîmes une sélection d'oignons, de chou frisé, de poivrons verts et de pommes rouges brillantes. Le marché du coin près de notre appartement avait peu de choix et les produits paraissaient fanés et fatigués. Cela valait bien le long trajet en bus.

A nouveau dehors, la neige tombait en flocons froids et humides qui se posèrent sur mon visage comme de la poudre. Kia me parla du marché et de ses amis.

Je l'écoutai et j'acquiesçai. Tout à coup, je me sentis si fatiguée que j'eus du mal à me tenir debout. Le bus s'arrêta enfin et je m'affaissai dans le siège. Je posai la tête contre la fenêtre froide et je fermai les yeux. L'image du magasin immense m'envahit l'esprit. Même dans cette ville sombre et stérile, on pouvait voir l'abondance de ce pays. Mais quelle importance. Tout ce que je voulais, c'était d'être chez nous, dans notre vraie maison et vivre dans notre village tranquille. Travailler dans nos champs. Je ne comprenais pas comment les autorités américaines avaient permis aux simples paysans des hautes terres du Laos de traverser les océans et les continents pour vivre dans une ville comme celle-ci. Cela ne faisait aucun sens. Rien dans cette nouvelle vie n'avait de sens. Je laissai s'échapper un petit gémissement. Mes garçons ne me retrouveraient plus jamais.

Chapitre 10
NOU

Mme Wilson assise à son bureau, se leva, le dos droit, la tête haute, et regarda la classe avec insistance. De ses yeux perçants elle remarquait tout mouvement. Elle était grande et anguleuse avec des pommettes saillantes, une mâchoire carrée, et des cheveux très courts et bouclés. Sa peau avait la même couleur que le crayon sépia que j'avais trouvé dans le grand panier au fond de la salle. Après trois mois d'école, elle ne m'effrayait plus autant mais me laissait plutôt en admiration. Elle agissait rapidement sur quiconque enfreignait les règles ou perturbait la classe. J'étais choquée par le comportement grossier des étudiants ainsi que leur manque de respect pour les aînés. Aucun enfant au Laos ou en Thaïlande n'aurait osé agir de la sorte. Dès le début, j'au voulu être une bonne élève. Mais tout était difficile sans une langue commune. Elle n'était pas méchante, pourtant sa manière brusque et froide me tint à distance. Certains jours, je percevais une légère impatience dans sa voix et je sentais qu'elle était irritée de m'avoir comme fardeau supplémentaire.

Lorsque Père et Oncle Soua m'avaient inscrit à l'école, le directeur avait suggéré que je commence en deuxième année avec Blia. Père avait demandé à Oncle Soua d'expliquer que j'avais huit ans, un an de plus âgée que Blia et que j'avais déjà terminé le niveau trois à Ban Vinai. J'avais été une excellente élève. Le principal acquiesça. Elle comprenait, mais l'éducation en Amérique était différente. Je devais d'abord apprendre l'anglais. Une fois que je serais apte, ils réévalueraient mon niveau.

Le premier mois, je sombrai dans la confusion, essayant de déchiffrer les images, les gestes et l'expression des visages. Avec les lettres et les chiffres dans les livres et sur le tableau noir je ne voyais que des marques griffonnées, des formes délimitées. Très vite, Blia se lassa d'être mon interprète et à cause de son impatience je me sentais stupide. J'avais hâte de découvrir les codes secrets de mon nouveau monde.

Mlle Swenson m'enseigna à assembler les pièces. Pendant une heure, trois jours par semaine, je suivi son cours d'anglais avec six autres étudiants—deux sœurs du Cuba aux joues roses et aux grands yeux bruns, un garçon maigre et timide du Vietnam, des jumelles identiques du Cambodge qui parlaient toujours en même temps et un garçon grassouillet de Pologne. Mlle Swenson était jeune et jolie avec de longs cheveux d'or et les yeux d'un vert vif comme les feuilles de bananier. Ses gestes étaient chaleureux et accueillants, contrairement à ceux de Mme Wilson. En sa présence, je me sentais capable et en sécurité. Elle nous montra des cartes-éclair avec des images d'animaux et expliqua comment positionner notre langue et nos lèvres pour former les voyelles et les consonnes qui nous paraissaient étranges à entendre. Elle ne s'impatientait jamais, mais répétait les sons avec nous jusqu'à ce que nous les prononcions correctement. Dès que nous étions capable d'enchaîner les lettres pour former des mots et des phrases simples, nous chantions et récitions des comptines. Tout le monde applaudissait lorsque l'un de nous réussissait, et nous pouvions choisir un bonbon, une brillante médaille sur un ruban rouge, de nouveaux crayons, et un cahier ou un livre. C'est ainsi que j'eus mes premiers livres.

Au fil des semaines, je commençai à comprendre davantage de mots et de phrases en regardant la télévision à la maison ou dans la classe de Mme Wilson. Je m'efforçai, mais j'eus tout de même du mal à comprendre. Ce fut épuisant, pourtant peu de temps après mon estomac se dénoua.

"Rangez vos cahiers d'exercices et sortez vos livres de lecture," ordonna Mme Wilson. Dans la salle on entendit des murmures, le frôlement de livres et de papiers qui raclèrent les pupitres.

En jetant un coup d'œil, je vis que Blia avait seulement terminé la moitié de ses problèmes d'addition et avait trois erreurs. Le calcul n'était pas facile pour moi, mais contrairement à Blia, je travaillais dur et réussissais à bien faire. Je proposai de l'aider, mais elle me repoussa avec défi. Elle me surprit en train de regarder et elle ferma son classeur, le jeta dans le casier du pupitre avec nonchalance et tripota le fouillis de papiers froissés et de crayons cassés pour trouver son livre de lecture. Mon pupitre était organisé de façon obsessive. En Thaïlande, nous avions si peu à l'école, un seul manuel par classe, pas de cours d'histoire, de science, d'art ou de musique. Père avait dû acheter mes crayons et mon papier en fonction des ses moyens. A présent, j'appréciai cette richesse qui m'était octroyée - de jolis crayons jaunes que j'affûtais tous les matins, une gomme rose épaisse, ma propre boîte de crayons en douze couleurs, des feuilles de papier lignées et des livres avec des photos glacées. La couverture du livre où en première page à l'intérieur on pouvait lire: Ce livre appartient à, et où j'avais imprimé mon nom au crayon.

Mme Wilson avait décoré les murs avec une immense carte du

monde, des affiches des tribus amérindiennes et nos projets d'art et d'écriture. Du plafond se balançaient des mobiles des planètes, des étoiles, le soleil et la lune qui dansaient, poussés par la brise du conduit de chauffage. Au fond de la classe, trois chevalets contenaient des blocs de papier, de larges pinceaux et des pots de peinture rouge, bleue, jaune, verte et violette. Mme Wilson gardait des paniers de crayons de couleur, de craie et d'autres crayons sur le comptoir, que nous pouvions utiliser avec son autorisation. Le vendredi après-midi, elle jouait du piano et nous chantions des chansons. Les deux meilleurs élèves de la semaine pouvaient l'accompagner avec le tambourin et un triangle brillant. Ce que je préférais, c'étaient les livres sur une étagère qui longeait le mur, sous la fenêtre. Mme Wilson nous permettait de les emprunter pendant les heures de lecture silencieuse. Le mardi, nous allions à la bibliothèque pour explorer les immenses piles de livres d'images, de romans jeunesse, des livres scientifiques, de géographie, de biologie humaine et animale, tant de sujets que j'eus du mal à imaginer. Je pouvais en choisir deux et les emmener à la maison pour la semaine. Au début, je ne pouvais que regarder les images, mais très vite, je réussi à les lire à voix haute à mes petites sœurs.

Comme tout ceux que j'avais rencontré depuis notre arrivée à Minneapolis, ma nouvelle école me ravit et m'intimida à la fois. L'ancien bâtiment en brique avait été construit dans les années 1930. Des éraflures et des taches marquaient le sol en linoléum brun ainsi que les murs beiges, défraîchis. Les salles surpeuplées étaient imprégnées d'une odeur de moisi, de conduites rouillées, de produits de nettoyage, de poussière de blé, de poussière et de sueur qui s'y accumulait depuis trente ans.

Plus de sept cents élèves fréquentaient l'école, âgés de cinq à douze ans, de toutes tailles et de toutes les couleurs et qui parlaient une multitude de langues. Les élèves plus âgés se profilaient tels de féroces guerriers, encombraient les couloirs, poussaient et criaient. Au début, je ne compris ni les insultes ni les railleries qui pullulaient de leur bouche. Cela vint plus tard.

La cloche sonna, et je pu enfin respirer. Mme Wilson nous accompagna en file indienne au réfectoire, pour le déjeuner. Blia et moi courûmes à la rencontre de Tou et Mee, et nous nous plaçâmes tous les quatre dans la file d'attente pour la cafétéria. Près de la moitié des enfants à l'école, avait le droit aux repas gratuits parce que nos parents étaient pauvres. Je n'en avais aucune notion au début. Les repas scolaires offraient une variété de délices culinaires: des sandwichs beurrés et grillés au fromage américain, des hot-dogs, et du beurre de cacahuètes avec confiture de raisin sur du pain de mie moelleux. Le vendredi, il y avait des petits gâteaux avec du glaçage rose, des brownies, ou des biscuits à l'avoine. J'aimais même le pain de viande à la sauce grasse et brune ainsi que et les côtelettes de porc filandreuses aux petits pois. Après toutes les années de privation à Ban Vinai, j'eus du mal à me rassasier. Ce jour-là, ils servaient mon repas préféré des spaghettis, des boulettes de viande, et de la compote de pommes.

Nous portâmes nos plateaux à une des tables longues, et nous nous entassâmes à côté d'un groupe de filles. On entendit des cris, des éclats de rire et parfois des hurlements qui rebondirent contre les murs et le plafond élevé. En ce mois de mai, le soleil brillait à travers les fenêtres. Si on se dépêchait, on pouvait jouer dehors. Tou se bourra de pelletés de nourriture impatient de rejoindre les autres garçons pour une partie de balle aux prisonniers. Blia, Mee et moi préférions nous balancer de la cage à poules avec les jumelles cambodgiennes et deux filles hmong qui étaient en troisième année.

"Nous faisons des additions et des soustractions à six chiffres," déclara Tou la bouchée pleine de spaghettis. Il était calé en maths.

Blia haussa les épaules. "Les maths c'est stupide."

Tou avala et prit une gorgée de lait. "J'ai entendu mon professeur parler à Mme Martin et elle a dit que votre classe était réservée aux élèves qui apprennent lentement. Vous ne faites pas les mêmes exercices que nous."

Lents ! Le mot me cingla comme une gifle sur la joue. Mais je n'étais pas lente. Père n'aurait jamais accepté qu'on me mette dans une classe d'élèves lents. J'avais peut-être mal compris. J'attendis que Mee réfute les dires de Tou, mais elle regarda son assiette, remuant la compote de pommes avec sa cuillère .

"Tu es un menteur," dit enfin Blia. Elle se leva, attrapa son plateau et le porta à la station de retour. Elle se rassit, croisa les bras et regarda Tou.

Mee leva les yeux rapidement. "Mon père a dit qu'il nous emmènerait au zoo dimanche." Le visage de Blia s'éclaircit légèrement tournant son attention vers Mee.

Mes cousins m'avaient parlé du zoo, avec les ours, les lions et les dizaines d'autres animaux, dont beaucoup que je venais d'apprendre à l'école. Je trouvais cela étrange que des tigres et des éléphants, comme ceux qui erraient dans les collines du Laos, avaient été capturés et placés dans des cages pour que les gens les observent. Mais l'Amérique était pleine de divertissements étranges et merveilleux.

Cet hiver-là, mes cousins et moi nous nous régalâmes de la neige glacée, lançant des boules de neige et construisant de gros bonhommes de neige et employant des cailloux et des mégots de cigarettes pour les yeux et le nez. Après les grosses tempêtes, nous entassâmes de la poudre fraîche sur une petite colline et en glissâmes sur une boîte en carton. Avec l'arrivée du printemps, nous passâmes le dimanche après-midi dans les parcs du voisinage. Je découvrit la joie exquise de courir pieds nus dans l'herbe verte, aussi douce que des plumes d'oie. Je volai dans les airs sur les balançoires, pompai mes jambes pour monter de plus en plus haut, et je glissai sur des toboggans en tire bouchon. Une fois toute la famille se rendit près d'un lac magnifique, d'un bleu profond comme je n'en avais jamais vu. Le soleil scintillait sur la surface chatoyante et nous remuâmes nos orteils dans les vagues glacées qui s'échouaient sur la rive boueuse.

Je continuai d'être intriguée par les images qui apparaissaient miraculeusement sur notre petit écran de télévision et par les voix qui circulaient à travers les fils téléphoniques. La première fois que je suis montée dans un ascenseur, j'ai trouvé que c'était magique. Comment expliquer que d'une pièce, on pouvait entrer dans cette minuscule boîte dont les portes s'ouvraient et se refermaient et qu'on arrivait ensuite dans une autre pièce.

Le deuxième dimanche à Minneapolis, Oncle Shoua nous emmena faire du patin à glace. Blia avait participé à une sortie scolaire l'année précédente et le suppliait de l'y emmener depuis. Mon oncle décida que mon arrivée offrait une bonne occasion pour une telle extravagance. Nous traversâmes la ville en bus et descendîmes devant une grande salle en forme de coupole. Oncle Soua nous aida à lacer les patins qu'on avait loués. Je ne pu m'empêcher de rire et essayai de marcher sur les lames étroites tout en trébuchant et en saisissant le bras de Mee. Nous marchâmes sur la patinoire gelée et je tombai immédiatement sur mon derrière. Mee pouffa de rire et me tendit la main pour me relever, mais elle aussi était instable et nous tombâmes toutes les deux. Nous rîmes beaucoup en glissant au bas de la pente, d'un rire profond à s'en tenir les côtes. Blia et Tou nous dépassèrent en patinant, se tenant mutuellement. Ils tombèrent plusieurs fois, puis se relevèrent à plusieurs reprises. Mee et moi réussîmes à ramper et à nous hisser sur la rambarde. J'arrivai à faire le tour de la patinoire, mes chevilles vacillaient et je m'effondrai régulièrement. De la tribune où il était assis, Oncle Soua rit et nous fit signe de la main.

La musique retentit d'un énorme haut-parleur et résonna en rythmes réguliers dans ce vaste espace. Les patineurs se rassemblèrent sur la patinoire et glissèrent sur la glace à grandes enjambées. Un homme patina à reculons, les pieds en zigzag, tandis qu'un autre fit une figure de huit sur un pied et souleva l'autre jambe derrière lui. Une jeune femme vêtue d'un justaucorps rose pâle et d'une écharpe rose vif fit une pirouette et sa jupe courte noire s'ouvrit comme un parapluie. Je voulais tant pouvoir patiner comme cela. Je la regardai et l'étudiai jusqu'à ce que je retrouve enfin mon équilibre, puis je pris quelques pas maladroits en grattant la glace. La musique s'alternait entre le tempo rapide et le lent, les valses et les rumbas, les beats disco et les chansons d'amour lentes. Je fis le tour de la patinoire pour gagner en assurance. La pièce s'assombrit et une boule à facettes suspendue au plafond envoya sa lumière argentée en pulsations sur la glace et les murs. Le patineur devint un robot au ralenti.

Nous restâmes pendant toute la séance de quatre-vingt-dix minutes, ne prenant qu'une seule pause. Je goûtai au chocolat chaud sucré pour la première fois. Finalement, je suivis Tou et Blia. Au fur et à mesure que j'apprenais à balancer les bras à chaque foulée, mes mouvements devinrent plus gracieux, moins prudents, de plus en plus rapide. Je fermai les yeux et essayai d'absorber la sensation de fraîcheur qui se posait sur mes joues, le tempo syncopé de la musique qui palpitait dans mes oreilles, le frisson que je ressentis en planant sur la glace, insouciante du temps et de l'espace. Voilà la sensation de liberté.

À la fin du mois de juin, lorsque j'avais dix ans, deux sœurs de sept et huit ans se noyèrent dans le lac Harriet. La mère des filles était partie juste cinq minutes pour acheter des sodas. Elles flottaient sur des radeaux gonflables et dérivaient sur le lac. Avant de s'absenter, la mère leur avait demandé de revenir à la rive. Les filles ne savaient pas nager. Cinq adultes assis sur la rive surveillaient leurs propres enfants qui jouaient au bord de l'eau. Personne n'avait remarqué les filles. Une femme se souvint avoir entendu des cris et avoir vu des éclaboussures, mais elle avait pensé que les filles s'amusaient à faire semblant. L'histoire fit la une du journal du matin et parut aux nouvelles du soir pendant plusieurs jours.

Je me souvins de cette après-midi particulière où notre famille avait pris le bus pour se rendre à Cedar Lake. Mes cousins et moi-même avions pataugé, joué, et éclaboussé jusqu'aux genoux dans les eaux peu profondes. J'étudiai ces visages souriants qui me regardaient de l'écran de télévision; deux filles assises sur une chaise, mettant chacune les bras autour de l'épaule de l'autre. Elles se ressemblaient comme deux gouttes d'eau, on aurait dit des jumelles. Je ne les connaissais pas, pourtant l'idée de leurs corps sans vie ayant disparu au fond du lac provoqua en moi une vive douleur. Je les imaginai sur leurs radeaux en train de rigoler, dans la brise légère qui faisait de petites vagues à la surface de l'eau. Peut-être que l'une d'elle était tombée dans l'eau par accident ou que sa sœur l'avait poussée en voulant la taquiner sans faire exprès, puis avait désespérément tenté de la sauver pendant qu'elle coulait dans les profondeurs frigides.

La semaine suivante, les cauchemars commencèrent. Je tombais dans un lac, me débattant, essayant d'attraper un radeau qui dérivait hors de portée. Mes bras et jambes devenaient lourds et le courant me tirait sous l'eau, l'air me manquait. Je me réveillai en pleurant, mon corps était froid et humide. Père ou Mère me tenaient à leurs côtés jusqu'à ce que je puisse enfin me rendormir. Ce rêve me prenait aux moments les plus inattendus, pendant que je lavais la vaisselle ou que donnais un bain à Moa et Houa.

Après l'histoire de la noyade des filles, Tante Kia inscrit mes cousins aux cours de natation au YMCA. Mais moi je pu y aller. Père dit que ce n'était pas le moment, que Mère avait besoin de moi à la maison. Ce n'était qu'une autre déception parmi d'autres petites injustices. Père ne me permit pas d'aller au catéchisme à Saint-Paul avec mes cousins. Il affirma, catégoriquement, que nous ne deviendrions pas catholiques. Je devais rester à la maison pendant que mes cousins jouaient au parc ou à l'occasion allaient au cinéma. Je m'énervais quand ils parlaient du match de foot qu'ils avaient regardé ou de la crème glacée qu"Oncle Soua leur avait achetée en rentrant chez eux. L'été là, Blia et Mee passèrent l'après-midi à réaliser des projets artistiques au centre communautaire de St. Paul, tandis que Tou jouait à la balle-molle avec un groupe de garçons de l'église.

Mes cousins semblaient embellir leurs activités pour me rendre jalouse de leur bonne fortune. Blia était impatiente de me montrer son nouveau maillot de bain jaune et ses lunettes de protection. J'essayai de paraître indifférente. Avec le temps, je finis par leur en vouloir plus qu'à mon père pour cette faiblesse. Avec les circonstances qui changeaient constamment à l'école et à la maison, nos relations étaient devenues précaires et compliquées. Lorsque je rentrai en troisième année en automne, l'année précédente, je fus placée dans la classe avancée avec Mee et Tou. Blia refusa de me parler pendant une semaine, comme si je l'avais trahie. Je savais que mon succès aux États-Unis dépendait de mes connaissances en anglais et de mes bonnes notes. Père me l'avait répété nuit après nuit. Lorsque j'eus complété le cours d'anglais de Mme Swenson, elle se porta volontaire pour me donner des cours particuliers une fois par semaine, pendant la pause de midi. Avec son aide et ses encouragements, je progressai et, en janvier, la directrice me fit passer en quatrième année. Mes cousins réagirent comme si je les avais mis au défi. C'était cause perdue pour nous tous.

Je passai mes longues et chaudes journées d'été à faire des tâches ménagères et à prendre soin de mes frères et sœurs. Maman avait donné naissance à ma sœur Boa le tout premier juillet à Minneapolis et mon frère Tong était né au mois de mai suivant, juste avant la fin de l'année scolaire. Entre son travail et ses cours d'anglais, Père passait peu de temps à la maison. Maman parut envahie par les exigences de quatre jeunes enfants. Mes tantes aidaient quand elles le pouvaient, mais elles avaient leur propre famille. Tante Yer gardait le petit John et le petit Adam pendant que Kia se rendait au travail et faisait du bénévolat à l'église. C'est donc moi qui portait le fardeau. Depuis Ban Vinai, Mère s'était fiée à moi pour de nombreuses tâches ménagères, la vie à Minneapolis avait augmenté à sa dépendance. Elle n'avait ni le temps ni l'envie d'apprendre l'anglais. Je lui servais donc de traductrice et d'ambassadrice quand nous sortions. Je l'escortai pour faire les courses et comptai l'argent à l'épicerie. C'était à moi d'appeler l'aide sociale et d'expliquer pourquoi ma mère n'avait pas emmené Boa à la clinique gratuite pour se faire vacciner.

Pourtant, en vérité, il y avait une raison plus sérieuse pour laquelle mon père insistait que je reste à la maison, une raison que nous refusions d'affronter. La dépression et le chagrin qui nous avaient dérobés Mère pendant nos années aux camps de réfugiés, étaient de retour, une fois de plus. Les jours où elle allait mal, Père disait qu'elle avait mal à la tête. C'était un petit mensonge que nous avions accepté tous les deux. Il valait mieux taire la vérité. Certains jours, elle ne quittait pas son lit, mais pleurait et chuchotait dans les quatre coins de la pièce. Elle ne voulait ni manger, ni s'habiller et elle m'entendait à peine quand je lui tendais Tong pour qu'elle l'allaite. Je lui tenais la main, pour essayer de l'inclure dans nos bavardages inutiles, mais des forces plus imposantes s'opposaient à moi.

Ma seule récompense pour rester à la maison tout l'été c'était la nouvelle télé couleur que Père avait achetée et ma visite à la bibliothèque toutes les deux semaines. Père m'emmenait à la succursale au centre ville les jeudi après-midi. J'attendais nos sorties avec impatience. Personne d'autre n'y était invité. Nous passions plusieurs heures à parcourir les allées de long en large, à sortir des livres, à évaluer le poids de leurs couvertures robustes, à feuilleter les belles pages qui crissaient, chacun dans sa section préférée: livres et magazines pour enfants pour moi, histoire et géographie pour Père. J'avais ma propre carte de bibliothèque. Chaque fois que je sélectionnais cinq livres à ramener à la maison, je choisissais toujours un livre d'images pour en raconter l'histoire à Houa et Moa. Lors de nos sorties, Père et moi parlions anglais pour qu'il puisse pratiquer, parfois avec beaucoup de trépidation, et je corrigeais sa prononciation. Il acquiesçait et essayait à nouveau.

Cet été là, je pris connaissance de l'intolérance autour de nous avec une clarté qui me mit mal à l'aise. Chez nous, elle vint perturber notre bonheur déjà fragile. À l'école, quelques enfants plus âgés se moquaient de moi, mes cousins, et d'autres Hmong, Cambodgiens, et Vietnamiens qui étions réunis en petits groupes pendant l'heure du déjeuner. Ils nous lançaient des insultes: chinetoque, yeux bridés, ching-chongs à travers le terrain de jeu comme ils lançaient des frites pendant la bataille de nourriture à la cafétéria. C'était un sport, un jeu.

D'autres messages, plus subtils, me donnèrent des complexes d'infériorité. Mes professeurs étaient gentils, mais j'hésitais à répondre à leurs questions pressantes. *As-tu pris le petit déjeuné ce matin, Nou ? Tu es si menue. Y a-t-il quelqu'un à la maison qui parle anglais pour t'aider à faire les devoirs ? As-tu d'autres vêtements à porter ? Je peux te procurer des vêtements de l' Association de parents d'élèves et de professeurs. Combien de personnes y a-t-il dans ta famille ? Veux-tu parler de votre fête du Nouvel An à la classe ?* Je pouvais lire dans leurs cœurs et leurs pensées; pauvre petite Nou, une famille si étrange. Quelles coutumes étranges. Tous ces enfants.

Un matin, au début d'août, ma mère et moi allâmes faire les courses. C'était une journée positive pour elle. Elle s'était levée. avait préparé le petit-déjeuner avant que Père ne parte pour le travail et s'était occupée des corvées de l'appartement. Nous voulûmes prendre le bus pour aller au supermarché où les prix étaient moins chers—pas le marché de Tante Kia, mais un marché plus proche. Toutes les quelques semaines, nous allions acheter des produits de base comme du riz, de l'huile de cuisson, du papier hygiénique, des sacs de légumes frais.

En quittant l'appartement, Mme Johnson, la vieille femme noire qui habitait à trois portes de chez nous, descendit le couloir avec un sac d'épicerie. Elle était toujours sympathique et nous donnait parfois, à mes petites sœurs et à moi, des biscuits ou des rondelles de pomme lorsque nous jouions dans l'entrée. Elle s'arrêta pour admirer Tong, qui était attachée au dos de Mère dans un porte-bébé en tissu brodé.

“Regardez-moi ce garçon. Il devient tellement grand,” s'exta-sia-t-elle. Je tenais Boa dans mes bras et Mme Johnson tapota sa petite crinière de cheveux noirs. “Mon Dieu, comment ta mère se débrouille-t-elle avec tous ces petits ?” Je souris. “Bon, que Dieu vous bénisse. Vous avez une belle famille.” Mère sourit et acquies-ça, et Mme Johnson regagna sa porte en traînant les pieds.

Dans le hall d'entrée, la Russe, dont je n'ai jamais pu prononcer le nom, se tenait près des boîtes aux lettres et bavardait avec Mme Lopez, notre voisine d'à côté. Je les entendit murmurer quand nous passâmes: *Un autre bébé, déjà ? Elle est toujours enceinte, la pauvre. Il n'est jamais à la maison. Leur famille fait des bébés aussi. Bientôt ils conquerront le pays.* Et elles rirent en secouant la tête. Les joues en feu, je gardai les yeux baissés et me demandais si elles savaient que je comprenais tout ce qu'elles disaient.

Nous confiâmes mes sœurs à Tante Yer et nous nous précipi-tâmes vers l'arrêt du bus. Le soleil répandait déjà ses vagues de chaleur dans les rues et les trottoirs, alors qu'il n'était que dix heures. L'air humide et étouffant se déposa sur mes bras comme de la rosée et fit pression sur mes poumons. Le bulletin météo an-nonçait 38 degrés au milieu de l'après-midi.

Lorsque nous arrivâmes à l'arrêt de bus, un homme corpulent, à la peau couleur chocolat noir trébucha dans la rue et s'arrêta devant nous. Il se pencha en avant et posa son visage perlé de sueur près de celui de Maman. Il puait l'alcool. “Qu'est-ce que vous faites dans mon quartier ?”

Maman me prit par le bras et tenta de le contourner, mais il leva la main et lui saisit l'épaule. “Vous prenez tous nos satanés emplois. Voilà ce que vous faites. Pourquoi ne retournez-vous pas dans la jungle d'où vous venez ?" Il jeta la tête en arrière et cracha au visage de Mère, puis il s'éloigna.

Il me fut difficile de supporter l'expression de Mère lorsqu'elle essuya le crachat avec un morceau de papier qu'elle avait sorti de sa poche. Ses yeux se remplirent de larmes et coulèrent le long de ses joues. Je voulu la protéger, courir après l'homme pervers et le gronder. Mais j'eus trop peur. Je ne pouvais que baisser la tête, honteuse. Notre journée avait été gâchée. La bonne humeur de Mère avait disparue. Nous conclûmes nos courses en silence.

Maman dit de ne pas en parler à Père, que ça le contrarierait trop. Nous devions oublier les mauvaises personnes. Mais ce soir-là je ne pu rester paisible, j'avais trop de peine et je me sentais perdue. Père rentra pour le dîner avant de partir pour son travail de nuit. Quand Mère quitta la pièce, je lui racontai ce qui s'était passé.

Assis sur une chaise, il regardait la télévision et mangeait un bol de nouilles. Il posa le bol, l'air très fatigué. Ses yeux se posèrent un instant sur l'écran de télévision, les nouvelles locales, le reportage d'un braquage de banque près du centre-ville. Enfin, il se tourna vers moi. "Beaucoup de personnes détestent tout ce qui leur rappelle la guerre du Vietnam. Beaucoup de soldats américains sont morts là-bas. Ils nous accusent de cette tragédie, même si nous nous sommes battus à leurs côtés. Tu dois les ignorer. Tu es si jeune, il est difficile de comprendre. Tout ira mieux."

Encore un mensonge que nous avions accepté tous les deux.

Chapitre 11
PAO

S hone et moi allâmes acheter un camion un samedi, fin octobre 1984. La Ford pick-up 1970 fut notre nouvelle joie et fierté. En vert décoloré, elle affichait un amalgame de bosses, de la peinture éraflée, des feux arrières brisés et des pneus lisses. Sur le chemin du retour, le moteur fit du bruit et trembla, laissant échapper une fumée grise du pot d'échappement. Nous versâmes 745 dollars en espèces à un jeune homme blanc de Bloomington qui l'avait employé pour son travail de construction. Le plateau du camion était jonché d'éclats de bois, des clous rouillés et des taches de peinture jaune et blanche.

Shone arriva à hauteur d'un parking en face de son immeuble, il inséra l'avant du pick-up dans un espace, fit marche arrière pour l'ajuster, puis répéta trois fois jusqu'à ce qu'il soit enfin en parallèle au bord du trottoir. Il avait obtenu son permis une semaine auparavant, le premier de notre famille à tenter un tel exploit, bien qu'il ait conduit un chariot élévateur à fourche pour son travail à l'entrepôt de papier. Au volant du pick-up, il vérifia souvent les rétroviseurs, pompa l'accélérateur et freina brusquement. Il se mit à rire lorsque deux conducteurs différents l'insultèrent et firent des gestes obscènes en nous doublant.

Tou ouvrit la portière avant côté passager, avec un grincement intense et courut chercher la famille. Shone et moi attendîmes sur le trottoir avec nos sourires bêtes, comme des petits garçons qui reçoivent leurs premiers arcs et flèches. Un vent glacial faisait tourbillonner des feuilles écarlates et dorées sur la pelouse et dans le caniveau. Je tirai la fermeture éclair de ma veste en coton jusqu'au cou. Toute la famille débarqua et encercla notre merveilleux lot.

Soua resta bouche bée et sourit, il passa une main sur le bord de la plate forme du pick-up. "Très bien. Très solide," dit-il.

"Les sièges sont déchirés et la garniture en sort," déclara Kia en inspectant la cabine.

Shone haussa les épaules. "Pas grave."

Kia fit claquer sa langue, les mains sur les hanches. "Je ferai des housses."

Nou et ses cousins grimpèrent sur le pare-chocs, puis sur la plate-forme, fous de joie. Houa voulut que je l'y soulève, puis ce fut Moa. Quand je dit à Moa qu'elle était trop petite, elle se jeta dans l'herbe et sanglota. Je lui cédai et la posai à l'arrière. Yer resta en retrait, elle tenait Tong dans ses bras et avait l'air méfiante. On devait encore la convaincre de la solidité de notre plan.

Ce fut l'idée de Shone. Il avait rencontré un Mexicain dans une classe d'Anglais Langue Seconde (ALS) qui gagnait bien sa vie avec sa propre entreprise de jardinage. Shone en parla d'abord à Soua, mais Soua préféra rester à la société de papier où il avait été promu superviseur. À mon arrivée à Minneapolis, Shone me présenta son plan avec tel enthousiasme et espoir que je ne pu refuser. Tout ce que nous aurions à faire, c'est d'économiser un peu d'argent pour commencer. Nous estimâmes le coût de l'équipement et nous décidâmes de mettre de côté trois mois de revenus pour assurer l'essor de l'entreprise. Pendant près de trois ans, mois après mois, Shone et moi dûmes lésiner et économiser. Cela nous prit beaucoup de temps car nous voulûmes également faire venir le reste de notre famille de Thaïlande. Nous nous mîmes à la quête de tondeuses à gazon et des souffleuses usagées dans les petites annonces . Plusieurs fois, le dimanche, nous prîmes le bus en direction de vide-greniers en banlieue où nous trouvâmes une collection des tondeuses, de pelles, de truelles et des houes. Finalement, nous fûmes prêts pour le pick-up.

"Allez, Soua. Je vais t'emmener faire un tour," dit Shone, faisant balancer les clés. "Qui d'autre veut y aller ?"

"Pouvons-nous monter sur la plate-forme ?" demanda Tou.

"Seulement si tu t'assieds et tu t'agrippes au bord," dit Shone.

Je fut inquièt, mais à la vitesse où Shone conduisait rien de trop grave risquait d'arriver. Je m'assis avec les enfants pour m'assurer qu'ils étaient en sécurité, et serrai Moa sur mes genoux. Nous fîmes quatre fois le tour de trois pâtés de maisons. D'abord avec Soua, puis Kia, puis la cousine Yer et enfin ma femme. Au dernier tour, le soleil se couchait déjà sur la ville et mes oreilles et ma main s'étaient engourdis.

Quelle fête ce soir là. Nos femmes préparèrent un grand festin avec une salade de porc, de poulet, d'épinards, de riz, et de papaye verte. Kia sortit la bière, des sodas, un grand sachet de chips et un paquet de biscuits Oreo qu'elle avait apporté de son magasin. Nous écoutâmes une nouvelle cassette de musique en provenance de Thaïlande. Comme j'avais rarement une soirée de repos, je profitai de ce temps en famille pour rire et me rappeler qu'après la pluie viendrait le beau temps.

Au moment de nous installer sur les chaises pour fumer nos cigarettes, je sortis un papier de ma poche et le dépliai. "Voici le dépliant." Je le remis à Shone. J'avais fait une annonce pour nos services sur l'ordinateur au travail et j'avais payé pour cent copies. Le lendemain nous avions prévu de nous rendre en banlieue en pick-up pour distribuer nos dépliants comme il y avait de belles maisons et de grands jardins. Ensuite, nous allions attendre les appels téléphoniques. Shone avait quitté son travail à la compagnie de papier et j'avais donné mon préavis au restaurant. Moi aussi je voulais quitter mon travail de nuit dès que nous aurions assez de clients.

"Très bien." Shone jeta un coup d'oeil sur le dépliant. "J'aime bien le *plusieurs années d'expérience en culture.*"

Je souris. "Faire pousser de l'herbe et des fleurs n'est pas plus différent que le maïs et le riz, n'est-ce pas ?"

Soua sortit une bouteille de whisky. Il distribua des verres et leva le sien. "A votre nouvelle entreprise. Beaucoup de succès et bonne fortune."

"Pour la liberté," dit Shone. "Ce n'est pas tout à fait comme avoir notre propre terre à cultiver, mais c'est un début."

"Plus de patrons pour nous dire que faire," je dis, espérant que Soua ne se fâcherait pas, comme il travaillerait encore à la société de papier. Il sourit et inclina son verre.

"Pao, puis-je voir la lettre à nouveau ?" demanda Soua. La veille, j'avais reçu une lettre de Chor. Gia, déjà âgé de 19 ans, s'était marié avec une fille nommée Ia. Tout le monde était heureux pour eux, mais sinon, la vie restait lugubre. Les conditions à Ban Vinai étaient devenues encore plus intolérables. Des milliers de personnes avaient faim et étaient malades, et chaque jour les officiels devenaient de plus en plus agressifs. Les Thaïlandais forçaient les familles à retourner au Laos, où le gouvernement communiste avait imposé des sanctions sévères. A présent, notre famille était désespérée de venir en Amérique, mais l'immigration s'était compliquée.

Soua parcourut la lettre et secoua la tête. "J'appellerai les agents de l'immigration lundi. Nous devons compléter les documents aussi vite que possible."

"Chor dit que la famille de sa femme essaie aussi. Ils ont eu du succès avec la culture en Californie. Ils auront peut-être plus de chance," je dis.

Soua fronça les sourcils. "J'espère qu'ils viendront à Minneapolis."

"Bien sûr. Mais la première étape c'est de les faire venir en Amérique," avisa Shone. "Ensuite, nous pouvons trouver un moyen d'être ensemble."

Je jetai un coup d'œil à Yer qui discutait avec Kia et son cousin dans le salon. Elle semblait heureuse en ce moment avec Tong endormi dans ses bras et Boa blottie près d'elle. Si seulement c'était le cas tout le temps. Je luttai tous les jours pour comprendre ce qui l'affligeait. Mes prières à nos ancêtres afin de rétablir l'équilibre dans son esprit avaient apporté peu de soulagement. Je lui parlai, je la cajolai, mais je me retrouvais toujours face d'un mur d'indifférence. Bien sûr, c'était difficile pour elle de s'occuper des enfants. Ma chère Nou, nous n'aurions pas pu nous en sortir sans elle. Elle ne se plaignait jamais. Moi au contraire, je me fâchai parfois et j'en voulais à ma femme, pour ce que j'avais sacrifié en faisant des tâches subalternes, jour et nuit, afin de subvenir aux besoins de ma famille.

Pendant mon premier emploi au sous-sol du grand hôtel du centre-ville de Minneapolis, de 17 heures à 3 heures du matin, je devais charger la lave-linge le sèche-linge avec les serviettes et les draps. L'odeur de détergent et d'eau de Javel saturait l'air chaud et humide. Une mexicaine aidait avec la lessive tandis que les deux femmes du Porto Rico repassaient et pliaient le linge. Elles se parlaient en espagnol toute la nuit. Leur bavardage se confondait avec le tourbillonnement et le sifflement des machines, comme des oiseaux qui pépient dans un arbre.

Je m'inscris aux cours d'ALS à l'école pour adultes et, j'allais en classe même fatigué. J'étudiai les leçons en attendant que les tonnes de linge soient finies. À la maison, j'écoutai attentivement la télévision et je m'entraînai avec Nou quand le temps le permettait. Au bout de huit mois, je pris rendez-vous avec M. Bryant, le directeur de l'hôtel, et avec mon anglais rudimentaire, je lui demandai de me considérer pour d'autres postes. Il m'ignora. J'y retournai chaque semaine pendant un mois, jusqu'à ce qu'il me promesse la chance de devenir aide serveur au café. Le salaire était le même, mais je recevrais une petite part du pourboire. Pendant six mois, je travaillai l'équipe du matin en servant du café et de l'eau, en débarrassant les tables et en empilant des assiettes dans la file d'attente pour le buffet. Une fois de plus, je plaidai ma cause à M. Bryant. Ainsi, je passai au poste de sécurité pour une majoration d'un dollar cinquante de l'heure. Toute la nuit, qu'il neige, pleuve ou par la chaleur de l'été, je fit le tour de la propriété avec ma radio bidirectionnelle et une lampe de poche.

Six mois après notre arrivée, les services sociaux cessèrent nos timbres alimentaires. Mme Robinson dit que, comme j'avais un revenu stable, nous n'étions plus éligibles. Cependant, mon salaire couvrait à peine le loyer. Dans les petites annonces, je trouvai un deuxième emploi comme plongeur au restaurant Thai Palace, situé non loin de l'hôtel. Le propriétaire, M. Tongkao, était venu de Thaïlande quelques années auparavant. Il compatissait avec la difficulté de commencer une nouvelle vie en Amérique. Quand on changea mes heures de travail à l'hôtel, il y adapta mes heures aussi. Je passai donc au poste d'aide serveur, puis serveur.

Chaque jour, je me rendais à mon travail et remplissais les tâches qui m'étaient confiées, même s'il s'agissait de tâches réservées aux femmes, ce que je n'aurais jamais fait au Laos. J'étais et un homme instruit, réduit à faire la lessive et la vaisselle, mais j'ignorai mon humiliation et ne me plaignis jamais.

Yer rit de quelque chose que Kia lui dit et me jeta un coup d'œil. Ses yeux étaient chaleureux et attrayants. Je poussai un soupir. Rien n'était facile pour aucun d'entre nous. Nous avions tous galéré pour trouver pied sur cette terre instable. Je me dévouai au travail et me promis que tout irait mieux. Et j'y ai cru pendant longtemps.

Chapitre 12
NOU

Soulevant la souffleuse pour la mettre sur son dos, Tou claqua la porte du pick-up et me lança un regard noir. Il en était à la fin de la première semaine des vacances d'été, et il n'était pas content de devoir couper les bordures des pelouses et de souffler les feuilles. Il avait prévu de jouer au water-polo au YMCA (UCJG - Union Chrétienne de Jeunes gens) et à la balle-molle avec l'équipe de l'église. Mais Oncle Shone avait trébuché sur un tuyau, s'était cassé la rotule et était alité, la jambe entière dans un plâtre. Depuis trois ans, Oncle et Père s'étaient rendus en banlieue six jours par semaine, déblayant la neige en hiver et entretenant les jardins le reste de l'année, dix heures par jour. Entretemps, Père avait eu son permis de conduire, mais avec soixantedeux clients par semaine, il ne pouvait compléter le travail tout seul. Tou et moi, à présent âgés de douze et treize ans, avions été recrutés pour combler les tâches jusqu'à ce que Oncle Shone soit guéri. Comme ils se rendaient aux cours d'été, Blia et Mee avaient été excusés. Mois aussi j'étais heureuse qu'ils ne soient pas là. Ils ne m'auraient qu'ignorée comme ils le faisaient toujours et Blia se serait plaint pour la moindre tache qu'il aurait dû faire.

L' état de ma mère s'étant amélioré, j'étais disponible de les aider. Ses maux de tête étaient moins fréquents depuis qu'elle avait donné naissance à mon frère Nao quelques mois auparavant. Tante Yer lui tenait compagnie presque tous les jours. Elle amenait John et Adam, les garçons de tante Kia avec elle et avait pris la charge d'éviter que Mère ne parte à la dérive. Le matin, ils allaient au parc ou au marché avec Nao attachée au dos de Mère et les six autres enfants marchaient sur le trottoir par ordre de grandeur, se donnant la main comme un troupeau de canetons. Les mardi et jeudi après-midi, Mère et Tante rejoignaient le groupe de couture hmong à la salle paroissiale de St. Paul pour coudre et bavarder. Deux adolescentes s'occupaient des jeunes enfants pendant que les femmes confectionnaient des courtepointes et des sacs à main pour les vendre aux foires artisanales, ainsi que de nouveaux vêtements pour les célébrations du nouvel an.

Ce fut un vrai plaisir de travailler avec Père, une façon de m'échapper de mes tâches ménagères à la maison. Pendant que nous faisions la navette aux différentes tâches, ou pendant l'heure du déjeuner sous un arbre, j'eus le temps de lui parler, de discuter des livres que je lisais et tout ce que j'avais appris à l'école. J'aimais être à l'air frais toute la journée, dans ce paradis de demeures spacieuses et de jardins le long des rues élégantes et bordées d'arbres.

Ces premières années à Minneapolis, ma famille et moi regardâmes la télévision, fascinés de voir les images de belles demeures et de familles heureuses. Ces familles avaient des visages blancs, souriaient et prenaient leur dîner barbecue sur la terrasse. Ils jouaient des jeux de société et riaient, assis à la table de la salle à manger. Ils conduisaient des voitures neuves et onéreuses pour se rendre à la plage, au camping dans les montagnes ou à ce lieu merveilleux qu'on appelait Disneyland, où les dessins animés prenaient vie. Rien n'y ressemblait à mon petit monde et de loin, ni notre appartement exigu dans un immeuble sale et encombré, ni les visages multicolores de nos voisins, ni la peur qui envahissait nos rues rugueuses et bruyantes. Je voulais savoir où se trouvait ce monde de la télévision, ces personnes et ces endroits existaient-ils vraiment en Amérique ? Je fis la découverte de ce monde le jour où mon oncle Shone et Père emmenèrent mes cousins et moi dans notre nouveau pick-up pour distribuer les dépliants. En voiture, il n'était qu'à une distance de vingt minutes de chez nous. Voilà la vie que je voulais.

Ce vendredi là, nous travaillâmes dans un quartier que je n'avais jamais vu auparavant. Les maisons étaient plus grandes que toutes les autres. Notre deuxième destination fut vers une énorme demeure à deux étages d'architecture coloniale hollandaise, peinte en blanc avec des volets vert foncé, des jardins luxuriants, une pelouse d'un vert vif, des rangées d'azalées en fleurs et des parterres de fleurs immergés de rose, de violet et de blanc.

Père me donna des instructions pour m'occuper du parterre de fleurs qui encerclait un érable au milieu du jardin, devant la maison. Je m'assis dans l'herbe humide et insérai ma truelle dans la terre, j'arrachai les mauvaises herbes et j'ôtai les fleurs fanées parmi les mufliers et les pensées. L'air était calme et immobile.

De l'autre côté de la rue, une femme en tailleur bleu, portant une serviette en cuir marron et un sac à main beige sur l'épaule, descendit l'allée, faisant claquer ses talons hauts sur le ciment. Elle monta dans une élégante berline argentée qui s'éloigna. À côté, la porte du garage s'ouvrit et un homme dans un cabriolet à deux places fit marche arrière. C'était une voiture basse aux bords arrondis. Je me dit qu'elle ressemblait à un scarabée rouge luisant.

Tou, qui n'était pas loin et jouait avec le souffleur, laissa échapper un petit sifflement. Des yeux il suivit la voiture pendant que le conducteur fit tourner le moteur et descendit la rue en rugissant. Il était obsédé par les voitures et empruntait tout livre qu'il pouvait trouver à la bibliothèque de l'école. Pour son anniversaire, il avait supplié ses parents de lui payer l'abonnement au magazine Car and Driver.

Tous les deux adolescents, Tou et moi avions peu en commun. Il était devenu morose et silencieux et se gênait d'être vu avec sa sœur ou Blia et moi. Il passait son temps avec un groupe de garçons du programme jeunesse de l'église, jouait au basketball au parc ou prenait le bus pour le centre ville ou il flânait dans les rues. Il aimait beaucoup jurer quand il était avec ses amis, comme pour paraître plus vieux. Tante Kia et Oncle Shone le laissaient faire à sa tête.

Tou interrompit le silence quand il mit en marche la souffleuse pour balayer les feuilles et les fleurs tombées entre les buissons et à travers la pelouse. Je finis avec le parterre de fleurs et trouvai Père en train de tondre la pelouse. L'arrière de la maison avait deux portes coulissantes qui s'ouvraient sur le patio de la grande cuisine moderne avec un comptoir et des tabourets qui la séparaient d'une salle familiale avec une cheminée, un canapé, des chaises et une immense télévision.

La terrasse, jonchée de chaises longues, d'un barbecue, d'une table et de chaises, entourait la piscine rectangulaire. L'eau bleuvert, scintillait à la lumière du petit matin. Dans un coin de la terrasse il y avait un tricycle et un petit vélo avec des roues d'entraînement, puis dans le coin arrière de la pelouse, on voyait un bac à sable et des balançoires.

Une vague de jalousie me submergea. Cette famille avait tout ce dont je rêvai. J'essayai d'imaginer ma famille dans cette maison, mes petites sœurs et frères à vélo, qui jouent dans le bac à sable, nous tous qui nageons dans la piscine. J'étais certaine que Maman planterait des légumes dans la cour. Mais ce n'était pas vraiment notre milieu. Nous n'avions rien à faire ici.

Père me donna ses cisailles. J'essayai de couper la haie de buis qui longeait la cour à droite, mais les cisailles étaient lourdes et difficiles à manier. Deux filles du même âge que moi, encore vêtues d'un pyjama en coton fleuri, sortirent par les portes coulissantes vitrées. L'une d'elles avait les cheveux bruns, courts, l'autre une queue de cheval blonde. Toutes deux étaient jolies, aux joues roses. La blonde prit un livre sur la table de la terrasse. Elles me regardèrent et rigolèrent, puis se précipitèrent à l'intérieur. La porte coulissante se referma bruyamment et la serrure se remit en place. Une bouffée de chaleur monta de mon cou et mes joues. Je voulais me cacher sous la haie pour qu'ils ne me voient pas dans mon short et mon t-shirt usés et délavés. J'essayai de me concentrer sur les cisailles, mais je ne pouvais pas m'empêcher de regarder. Elles s'assirent sur les tabourets du comptoir de la cuisine avec des bols et une boîte de céréales, blotties l'une contre l'autre autour du livre, se racontant des secrets et riant. Je voulus savoir ce qu'elles lisaient, ce qu'elles disaient, ce qu'elles pensaient et sentaient sans rien à faire de leur journée à part paresser au bord de la piscine. La fille aux cheveux foncés leva les yeux et nos regards se croisèrent. L'air mal à l'aise, elle leva la main et sourit.

Je voulais tellement être comme ces filles. Chaque année, je me sentis de plus en plus gênée par mon héritage hmong et la vie minable de notre famille, mais honte à moi d'avoir ces pensées. Si seulement je pouvais recommencer ailleurs. Devenir une autre personne.

Le bus scolaire s'arrêta et trois filles blanches y montèrent. Je reconnus deux d'entre elles de mon cours de gym, aux longs cheveux blonds décolorés. La troisième fille était grande et bien portante et avait teint le haut de ses cheveux en violet. Son rouge à lèvres violet était assorti. Je les avais vues au déjeuner sortir avec un groupe de noirs du gang du sud. Ces filles portaient des vêtements serrés, révélateurs qui débordaient de sexualité et me firent rougir. Leurs cils, couverts de mascara, soulignaient des paupières au fard vert émeraude et bleu canard brillant. Lorsqu'elles remontèrent l'allée, je regardai par la fenêtre pour éviter leurs regards J'avais appris à ne jamais causer de problèmes. Les filles s'assirent plusieurs rangées derrière moi. Leurs voix résonnèrent à travers le bus à moitié vide, lorsqu'elles discutèrent d'une amie qui croyait être enceinte et ignorait qui était le père.

Je dus prendre le bus au lycée toute seule, comme mes cousins étaient en dernière année au collège. Prendre le bus était bien mieux que de parcourir douze pâtés de maisons à pied dans un des pires quartiers de la ville, où les ivrognes dormaient dans l'encadrement des portes d'entreprises fermées, à côté des boutiques pornographiques et des bars. Des groupes d'enfants, qui se dirigeaient vers l'école, fonçaient dans la rue avec leurs radiocassettes tonitruantes , ils se poussaient et bousculaient, cherchant à provoquer des bagarres.

Je sortis *Outsiders* de mon sac à dos. Nous le lisions au cours d'anglais en première année, même si je l'avais lu à deux reprises l'été précédent. Je pleurais chaque fois que Johnny mourait. Le livre avait suscité de vives discussions en classe avec des enfants qui, normalement, ne lisaient pas à la maison et essayaient de se faire tout petit pour rester anonymes. Bien que l'histoire se déroule à une autre époque et dans un lieu différent, elle nous touchait beaucoup. Notre école était en proie à des gangs, qui luttaient pour le territoire en terrorisant tous ceux qui croisaient leur chemin. J'avais appris les petites différences en écoutant les filles se vanter dans les salles de bains au sujet de leurs petits amis et de leurs frères. Les gangs étaient répartis par race—les noirs, les Polonais, les Mexicains, les Vietnamiens et les Portoricains—en fonction des quartiers et de leurs alliances familiales. Même une poignée de garçons hmong avait formé un gang. Le district scolaire avait engagé deux gardes de sécurité qui patrouillaient les couloirs pour dissoudre les bagarres qui éclataient sans prévenir. Chaque semaine, le directeur adjoint effectuait une fouille aléatoire dans les casiers, et découvrait des drogues, des couteaux et des fusils. Notre deuxième semaine à l'école, une fille avait été poignardée dans la salle de bains pour être sortie avec le petit ami d'une autre fille.

Je redoutais chaque jour, effrayée et seule en marchant dans un champ chargé de bombes qui pouvaient détonner à tout moment. Je gardai les yeux baissés et évitai les groupes de personnes qui se rassemblaient dans les couloirs ou à la cafétéria. J'avais rencontré une Hmong nommée Ma dans ma classe de français. l'année précédente, elle était venue aux États-Unis à seize ans et parlait très peu anglais. Elle me fit mal au cœur. Nous passâmes notre temps ensemble comme des détenues dans une prison, prenant le déjeuner dans un coin arrière de la cour. Elle ne faisait que parler de sa vie dans le camp de réfugiés comme si elle s'attendait à y retourner bientôt. Il y avait un garçon avec lequel elle voulait se marier, mais à présent, elle ne le reverrait sans doute jamais plus. Mes souvenirs de Ban Vinai s'étaient effacés et je vivais maintenant dans la réalité d'apprendre à survivre au quotidien. Lorsqu'il commença à faire froid, je me réfugiai à la bibliothèque parmi le confort familier des livres.

Derrière moi, une des filles dit que son petit ami avait été arrêté pour avoir vendu de la drogue et serait probablement renvoyé en détention pour mineurs. Sans réfléchir, je me retournai pour voir qui parlait.

La demoiselle cheveux pourpres me dévisagea, retenant mon regard. "Qu'est-ce que tu regardes ?" J'en eus le souffle coupé.

L'une des blondes retroussa les lèvres en ricanant. "C'est une de ces chinetoques." Elle ratissa sa frange avec ses ongles brillants, peints en bleu avec des petites étoiles dorées. "Occupe-toi de tes oignons."

Je me retournai, le cœur battant. De gros flocons de neige gonflés tombèrent, se collant à la fenêtre en minuscules motifs de cristal. Ils recouvrirent les trottoirs et les voitures d'une fine couche blanche comme pour masquer la pauvreté et le désespoir. Mais mon désespoir persistait, à l'idée de devoir souffrir pendant quatre ans dans ce lycée. Une guirlande lumineuse de Noël en vert et rouge clignotait dans la vitrine d'un prêteur sur gages On avait peint un père Noël sur la vitrine avec les mots, *Empruntez de l'argent pour Noël.*

En août, Oncle Boua et le reste de notre famille était enfin arrivée en Amérique. Le frère de Lia, l'épouse de Chor, avait réussi à traiter les documents requis pour immigration. Ils vivaient temporairement avec le frère de Lia dans une ville appelée Sacramento, en Californie. On s'appelait par téléphone chaque semaine. Ensuite, Père et mes oncles se sont réunirent pour discuter les nouvelles possibilités. Au départ, il était prévu qu'on les amène à Minneapolis dès qu'un autre appartement serait disponible. Mais un soir d'octobre, Père me dit qu'il y avait une chance, une toute petite chance, que nous puissions déménager à Sacramento. L'argent qu'on avait économisé pour l'immigration de notre famille pouvait être allouée pour la location de terres agricoles. Tout dépendait du prix. Oncle Boua dit que la terre là-bas était très fertile. Et il ne neigeait pas à Sacramento.

Depuis lors j'allumai de l'encens et laissai des offrandes sur l'autel de notre appartement priant pour mes ancêtres. Pour faire bonne mesure, je m'arrêtai plusieurs après-midis à Saint-Paul pour allumer des bougies sur l'autel d'où la statue d'une belle femme me regardait avec un sourire gentil et compatissant. J'eus besoin d'un miracle. Rien qu'à entendre le mot Californie me fit rêver. J'avais regardé des émissions à la télévision, donc j'avais une petite idée. La Californie c'était Disneyland et les plages dorées, les demeures, les palmiers, et le ciel bleu éclatant. Des hommes et des femmes attrayants et blonds, couraient dans les vagues le long de la plage. Tout le monde avait une piscine et une voiture décapotable.

Que ce soit pendant les cours, en faisant les devoirs, ou la vaisselle, ou en essayant de m'endormir, l'attrait d'une nouvelle vie me captivait. Mon imagination prit libre cours, m'emplit du désir de me transformer, et je fit des plans pour me réinventer. À quatorze ans, mon optimisme ne connaissait aucune limite. Plus tard, j'eus l'idée d'adopter un nom américain. Je voulais congédier Nou, la petite fille hmong, timide et solitaire qui luttait pour survivre à Minneapolis.

Je cherchai dans mes livres préférés et je fit une liste de noms dans mon cahier, puis je les prononçai à haute voix, pour en écouter le rythme. Je pouvais être qui je voulais. Personne en Californie ne saurait la différence.

Chapitre 13
PAO

La première semaine de mars 1988, nous quittâmes Minneapolis en direction de Sacramento. Oncle Boua et Chor
avaient finalement négocié un accord pour louer trente acres de
terres agricoles et nous devions arriver à temps pour les semis de
printemps. L'excitation et la promesse d'une nouvelle vie en Californie s'étendit à toute la famille. On le remarquait surtout avec
Yer quand elle chantait pour la petite Nao et à la façon dont elle
taquinait Boa et de Tong qui sautaient sur notre lit. Nou me bom-
barda de questions. Où habiterons-nous ? Où irait-elle à l'école ?
Quelle était la taille de Sacramento ? A quelle distance était
l'océan ?

Nous n'abandonnâmes rien de valeur, sauf un petit groupe d'a-
mis du centre communautaire hmong. Kia regretta d'avoir quitté
son travail et les amies qu'elle y avait faites. Nous vendîmes le
vieux pick-up et achetâmes une fourgonnette usagée capable d'accueillir neuf personnes. Nous chargeâmes toutes nos affaires dans
un camion U-Haul loué: deux téléviseurs couleur, une chaîne stéréo et un lecteur à cassettes. Les outils de chaman d'Oncle Boua,
deux tables en bois, huit chaises, un canapé, trois fauteuils, cinq
matelas, un berceau, deux commodes, quatre boîtes avec des pots

et des casseroles, de la vaisselle et dix sacs à ordures remplis de serviettes, de couvertures, et de vêtements. Kia, Tou, John et Adam montèrent dans la cabine avec Shone pendant que je m'occupai d'emmener tout le monde dans la fourgonnette. Les plus jeunes enfants s'assirent sur les genoux des adultes et les autres chevauchèrent deux glacières remplies de nourriture.

Je jetai un regard sur notre immeuble une dernière fois, puis je mis la fourgonnette en route. S'il y avait de bons souvenirs à emporter, ils semblaient bien difficiles à trouver. Un homme d'aspect miteux, qui portait une veste déchirée, sortit d'entre deux voitures garées au milieu du pâté de maisons. J'ai dû freiner pour l'éviter. Il me fit un bras d'honneur. Au revoir Minneapolis.

Shone nous suivit sur l'autoroute dans le camion. Une légère couche de neige avait verglacé le trottoir et ralentit notre acheminement. La route s'étendait du paysage plat et forestier du Minnesota jusque dans le Dakota du Sud. Nou se percha sur le siège derrière moi et comptant les kilomètres, traça notre progression sur la carte que j'avais achetée à la librairie du centre-ville. Nous fîmes des haltes dans les aires de repos pour manger ce que nous avions préparée et pour faire de courtes siestes. Le soleil fut au rendez-vous le deuxième jour lorsque nous atteignîmes le Wyoming. Cette nuit-là, nous partageâmes deux chambres dans un Motel 6 en dehors de Jackson, où nous dormîmes dans les lits et parterre.

Nous dûmes installer des chaînes sur les pneus pour une partie de l'Idaho et à nouveau lorsque nous traversâmes les Sierras. Des mains, j'agrippai le volant, les épaules tendues quand la fourgonnette fit des embardées. Les chaînes claquèrent et s'abattirent contre l'asphalte glacé. Je n'avais jamais conduit dans les montagnes. La tension dans mon cou s'intensifia et me donna de violents maux de tête. En franchissant la frontière qui sépare le Nevada de la Californie, nous éclatâmes de joie.

Belle chance que nous y étions arrivées sans accident ni crevaison. Jeudi, tard dans l'après-midi, nous arrivâmes à Sacramento, après voir quitté les collines pour la vallée. Le quartier était plus vaste qu'on ne s'y attendait, avec des maisons, des centres commerciaux et des stations-service partout. Les nuages maussades et enchevêtrées envoyaient une bruine grise sur le trottoir luisant. Les essuie-glaces battaient la mesure. Nous y étions presque.

Je pris la sortie et descendis la première rue parallèle à l'autoroute. A droite se trouvaient des entrepôts de location et un hôtel économique, à gauche, dans un coin, une station-service et un dépanneur à côté d'un terrain vague envahi par les mauvaises herbes et les déchets. Plus loin, un poste électrique déployait des lignes de transport. Au centre de la rue, nous trouvâmes notre nouvelle maison, l'unique résidence sur le bloc, une structure rectangulaire à deux étages faite de d'enduits poussiéreux et de béton à la couleur des feuilles mortes. Le frère de Lia avait trouvé cet immeuble pour nous. C'était un coup de chance, avait dit Chor, et le loyer était très bon marché. Il y avait six logements, tous vides, ce qui permettait à toute la famille de vivre ensemble. Je compris tout de suite pourquoi le bâtiment était resté sans locataire. Nous descendîmes de la fourgonnette, accueillis par le rugissement de l'autoroute qui s'élevait derrière le bâtiment. Je me demandai comment nous réussirions à dormir.

Une porte au rez-de-chaussée s'ouvrit. Chor, Lia, oncle Boua et tante Khou en sortirent hâtivment. Nous nous embrassâmes, nous pleurâmes, les enfants nous tirèrent sur les jambes, entrèrent et sortirent du petit cercle que nous avions formé. Nous fîmes la connaissance de la nouvelle épouse de Gia, Ia, et leurs quatre petits, nés depuis notre de départ de Ban Vinai. Nous ne sûmes que dire et par où commencer après toutes ces années de séparation. Je fus si ému que les mots restèrent coincés dans ma gorge. Une telle joie. Après six longues années, toute notre famille était enfin réunie et en sécurité. Libres. En Californie.

Nous choisîmes nos appartements et nous apprêtâmes à décharger le camion, les enfants faisaient un vacarme en courant dans les escaliers. Yer se mit à astiquer les comptoirs et à nettoyer les placards de la cuisine pendant que Tante Khou déballait notre boîte avec la vaisselle et les casseroles.

Nous étions en train de vider les glacières et nettoyer les déchets de la fourgonnette lorsque Nou se tourna vers Oncle Boua.

"Où est l'océan, Oncle ?" demanda-t-elle.

Il avait l'air surpris et haussa les épaules. "C'est loin d'ici."

"Mais je peux y aller en bus ?" dit Nou en fronçant les sourcils.

"C'est à plusieurs heures d'ici, je crois," Oncle dit.

Son visage s'assombrit et elle laissa échapper un long soupir.

Je souris et posai une main sur son épaule. "Un jour, Nou, je t'emmènerai voir l'océan." Mon intention était sincère. Un jour. Quand nous en aurons le temps.

Chapitre 14
NOU

L a première semaine, je fut attentive aux tendances de ma nouvelle école et j'observai les différents groupes qui se formaient à la pause de midi et après l'école. Je repérai immédiatement trois garçons hmong. De l'autre côté de la cafétéria, ils me mâtaient en se blottissant l'un contre l'autre sur un banc, et parlaient à un garçon blanc aux cheveux en brosse et couvert de boutons et à un grand garçon maigre, hispanique. Allaient-ils me dénoncer ? Je ne savais pas que les autres enfants asiatiques pouvaient si facilement deviner que j'étais Hmong, rien que par mes traits. Ce qui m'étonna, c'est à quel point les enfants de différentes races se mélangeaient. Comme s'ils ne voyaient pas les différences.

Dans ma nouvelle vie, je voulais des amies américaines, de pouvoir m'asseoir à la table de la cantine avec les filles populaires pour bavarder et rigoler quand les garçons passaient. Je l'ai tout de suite aperçu, ce groupe sélect de filles aux longs cheveux dorés et auburn leurs jolis visages; des filles avec des noms tel que Emily ou Molly qui portaient des jean pressés et des boucles d'oreilles en or. À la maison, dans le miroir de la salle de bain, je pouvais les imiter à la perfection, souriant en jetant mes cheveux pardessus l'épaule et leurs lançant un regard provocant de mes yeux légèrement baissés.

203

Mon expérience à Minneapolis m'avait convaincu que ces filles n'accepteraient jamais quelqu'un avec un passé aussi troublé et différent que le mien, d'une culture si étrangère à la leur. Je créai donc l'histoire de ma nouvelle vie à partir des films télévisés que je regardais avec ma famille, pour essayer de nous imprégner du rêve américain. Je choisirai un nom américain et leur dirai que d'origine sino-américaine je venais de Minneapolis. Je réussis à me convaincre qu'il ne s'agissait que d'une vérité tronquée. Après tout, nos ancêtres hmong avaient émigré de la Chine au Laos avant cents ans.

J'avais besoin d'une introduction, quelqu'un qui se tenait à la périphérie de ce cercle, qui était parfois accueilli mais exclu d'autres jours, selon les caprices du leader. Il fallait que ce soit une fille qui, elle aussi, avait besoin d'une amie. La rouquine de ma classe de français et de géométrie passa quatre jours avec ce groupe populaire. Brièvement, elle répondit aux plaisanteries et s'efforça de rire de leurs blagues. Quand elle arriva le vendredi, elle ne trouva pas de place à leur table. Grande et dégingandée, elle serrait fort son déjeuner et, debout un instant, dansa d'un pied sur l'autre. Une des filles leva les yeux et sourit d'un air timide peu convaincant et haussa les épaules en signe de regret.

Je suivis la rouquine quand elle traversa la salle bruyante d'un pas lourd et s'échappa à l'extérieur. Elle se laissa tomber sur le banc en bois qui faisait la longueur de la cafétéria. Ses longues jambes fines étaient pliées comme des ressorts mous. La pluie menaçait. Je resserrai ma veste en jean à cause de l'air humide, puis je respirai profondément et me glissai doucement sur le banc à moins d'un mètre d'elle.

Elle sortit une pomme de son sac en papier brun et la croqua fort. Après une minute, elle se tourna vers moi avec ses yeux bleus clairs. "Tu es nouvelle ?"

Mon cœur s'arrêta brièvement. "Non." Comment pouvait-elle connaître mon vrai nom ? Je réalisai tout-de-suite qu'elle avait dit nouvelle—new en Anglais, pas Nou. "Je veux dire oui, je viens de Minneapolis."

"Oh." Elle jeta sa pomme à moitié entamée dans la poubelle et fouilla dans son sac.

"C'est bien, la Californie. Au moins il ne neige pas." J'essayai de paraître sympathique, mais pas à l'extrême.

"Le temps n'est pas vraiment ensoleillé." Elle ouvrit un sachet de chips de maïs et en fourra trois dans la bouche.

"Tu devrais voir Minneapolis en janvier."

J'étudiai son visage en forme de cœur et son nez minuscule caché sous la masse de taches de rousseur qui mouchetaient ses joues comme du riz sale. Le banc froid me brulait fort à travers mon pantalon en coton, et me donna des frissons dans le dos. Son anorak semblait tenir chaud.

Je cherchai quelque chose à dire. "Tu es en cours de français."

"Ouais." Elle passa la main dans la masse de ses cheveux roux ondulés qui pendillaient autour de son visage et sur ses épaules. "Oh mon Dieu, je suis complètement perdue dans cette classe. Tu peux comprendre tout ce que dit Mme Green ?"

Je souris. "Figure-toi qu'elle porte ce béret stupide comme si elle était française ou quelque chose comme ça."

Elle laissa échapper un rire chaleureux qui attira le regard de deux garçons qui passaient. Tout en elle semblait sauvage et un peu hors de proportion. "Tu connais quelqu'un ici ?"

"Pas vraiment."

Elle plissa la bouche. "Ma meilleure amie depuis la deuxième année au primaire a déménagé au Texas cet été. C'était une année vraiment merdique." Elle frappa le banc avec son sac à lunch, puis le jeta à la poubelle.

"Je t'ai déjà vu avec des amies."

"Ce ne sont pas vraiment des amies. Les filles ici sont de vraies salopes qui parlent toujours dans ton dos."

Je tressaillis. Je n'avais jamais prononcé des mots comme merde ou salope. "Je sais, elles pensent qu'elles sont tellement supérieures, mais au fait, elles sont vraiment stupides."

Elle sourit et me tendit son sac de chips. "T'en veux un ?"

"Merci."

"Je dois aller à mon casier." Elle se leva et mon cœur se serra. "Tu veux venir ?"

"Bien sûr. Je suis Laura." J'avais fourni ce nom avec seulement une légère hésitation.

Chapitre 15
YER

Des esprits plus aimables habitaient dans ce nouveau lieu. Ils portaient bonheur. Des rêves plus heureux retournèrent. Notre deuxième année à Minneapolis, je recommençai à rêver de mes garçons. Mais les rêves étaient effrayants et terribles. Je chassais les garçons à travers la forêt. Ils couraient au devant, toujours hors de portée, puis ils disparaissant dans l'éclat des coups de feu. Dans d'autres rêves, ils étaient blessés et saignaient tout le long de leurs corps. Je ne pouvais me dérober à cette horreur. Mais ici en Californie, les garçons venaient vers moi heureux et bien portant. Nous marchions ensemble dans les champs paisibles. Je me tenais droite et forte. Encore jeune.

Sacramento, Californie. Ces mots me râpaient l'ouïe comme tous les mots anglais. J'essayai de former les sons, mais ma langue et mes lèvres n'arrivaient pas à imiter le ton. Les enfants riaient de mes efforts et répétaient lentement les mots. C'était inutile. Je n'arriverai jamais à parler cette langue étrange.

Notre nouvel appartement était merveilleux. Même si tout craquait et s'effritait, la peinture écaillée et le tapis kaki décoloré, peu importait. Nous avions deux chambres à coucher pour que les enfants puissent être plus à l'aise. Nos six familles habitaient le complexe comme un petit village. Je passai tous les jours avec ma belle-sœur et mes cousins, et nous partageâmes les courses et le soin des tout-petits. Dans une cour, à l'arrière du bâtiment, les enfants avaient un espace sûr pour jouer, non loin du poulailler. Aucun américain ne vivait près de nous. Personne ne nous jetait un regard désapprobateur ou nous donnait des surnoms péjoratifs lors de nos cérémonies et offrandes à l'autre monde.

Mon cœur exultait de joie à la vue de mes enfants quand il se préparaient pour aller à l'école tous les matins. Ils racontaient des bêtises et rebondissaient comme des petits singes qui jouent dans les arbres du Laos. La peur et l'inquiétude se retiraient de leurs visages, laissant la place aux sourires. Chaque samedi matin, ma fille Houa, âgée de sept ans, babillait. *Quand puis-je retourner à l'école, maman ? J'ai lu un autre livre et j'ai joué à la corde à sauter hier. Mon professeur dit que je suis intelligente.*

Et Nou, mon aînée avait enfin la chance d'être jeune. Elle avait le pas plus léger. Ses joues devinrent roses. Aucune mère ne devrait l'admettre, mais elle tenait une place spéciale dans mon cœur pour toutes les souffrances et tous les fardeaux qu'elle avait endurés dans sa courte vie. La perfection lui venait naturellement: l'obéissance et le respect des aînés, aider aux tâches ménagères, et prendre soin des plus jeunes enfants. Qu'est ce qu'une mère pourrait demander de plus ? Personne ne pouvait nier sa beauté, sa peau claire et lisse comme celle d'une poupée en porcelaine que j'avais vue sur le chariot d'un commerçant chinois, son nez et son menton délicats, qu'elle avait hérités de mon père. Ses longs cheveux noirs lui tombaient dans le dos comme une forte chute d'eau. Quand je la regardais, je ressentais un élan de fierté et de bonheur. Mais je n'osais pas le dire à haute voix, de peur d'inciter la jalousie des mauvais esprits.

Son univers s'agrandissait de jour en jour. Quand nous préparions les repas du soir, les mots jaillissaient. *Tu devrais voir la bibliothèque de l'école, maman. Il y a tant de livres, tu ne peux t'imaginer, et je veux les lire tous. Mme Lincoln, la bibliothécaire, est vraiment gentille et m'a aidée à trouver un livre pour mon exposé sur la Grèce. Aujourd'hui, à l'école, nous avons eu un rassemblement de soutien. C'est une sorte de fête qui suscite l'enthousiasme des enfants pour le match de basketball. L'orchestre a joué et tout le monde a applaudi. C'était amusant. J'ai une nouvelle amie, Mary.*

Je hochai la tête et sourit pendant qu'elle parlait. Mais que pouvais-je répondre ? Je n'y connaissais rien à l'école ou les études. Je n'étais pas une femme instruite. Rien de tout cela n'avait de sens pour moi—sa vie à l'école, son amie à qui elle téléphonait tous les soirs. Je ne pouvais que dire, oui, je suis heureux. Pao disait que nos enfants avaient besoin de l'école pour réussir. Mais parfois j'en avais le cœur serré. Je ne savais pas où ça les mènerait.

Le premier matin j'allai voir notre terrain, je me réveillai avant les premières lueurs du jour. Mon cœur a battu et toutes les tâches que nous avions à accomplir me trottaient en tête. Je préparai une soupe spéciale avec du melon amer et des oignons pour le petit-déjeuner et je rangeai la maison. Les plus jeunes enfants devaient s'habiller pour l'école. Ia et sa cousine Yer allaient garder les bébés ce jour-là.

Nous fîmes à sept entassés dans la fourgonnette et nous roulâmes quinze minutes en direction du sud. L'air était frais, mais le soleil brillait. Kia parla avec Tante Khou du grand marché qui s'ouvrait au centre commercial de l'autre côté de l'autoroute. Elle allait essayer de trouver un travail là-bas. J'écoutai et regardai par la fenêtre. Des centaines de nouvelles maisons, dont certaines étaient encore en voie de construction, s'étendaient le long de l'autoroute. Bientôt, elles cédèrent place aux terrains vagues. Nous passâmes une rivière boueuse qui serpentait lentement vers l'ouest. Des canards aux plumes marron lustrées nageaient parmi les roseaux le long des berges. Tout était vert. De hautes herbes parsemées de fleurs sauvages jaunes et roses, poussaient parmi des bosquets de chênes géants et des peupliers. Une traînée de brouillard matinal descendit sur la terrain et s'enroula autour des arbres. Un homme sur un tracteur préparait son champ en longues rangées égales.

Dans la fourgonnette, Shone vira sur une route étroite. Au bout de cinq minutes, il s'arrêta. Voilà notre lopin de terre, négligé et abandonné, qui nécessitait des soins. Belle terre. Pour nous accueillir, les oiseaux chantèrent dans les lauriers et les saules qui bordaient les bordures. Je m'avançai dans le champ sillonné envahi par les ornières et m'accroupie. Je me sentis un peu timide, comme si je rencontrai un vieil ami que je n'avais pas vu depuis des années. J'enfonçai les mains dans la terre, en profondeur et en saisis des touffes. Elles s'effritèrent en petits brins et me passèrent entre les doigts comme de soie qui caresse ma peau. La senteur limoneuse de la terre et des herbes poivrées emplit mes narines au point où je pus même les goûter sur la langue. Les larmes coulèrent sur mes joues. Enfin, un endroit où je me sentais chez moi.

Je passai la journée à biner et désherber, à arracher les pierres et les vieilles racines de la terre, en prenant soin de ne pas faire du mal aux vers de terre qui creusaient le sol en gigotant. Je fredonnai devant moi, profitant de ma solitude pour savourer le soleil qui me réchauffait malgré la douleur dans mon dos qui augmentait d'heure en heure. La terre comblait mon âme et donnait à mon corps toute sa vitalité. Cette terre retournée, était parée à recevoir les minuscules pousses de courges, d'épinards et de haricots, prêtes à donner vie aux racines, à nourrir et à entretenir des plantes saines qui offriraient de riches récoltes. J'arroserai bien et j'éviterai les mauvaises herbes. J'éliminerai les insectes et j'attacherai les vignes à des pieux. Et en peu de temps, je récolterai la prime de notre labeur. Je me sentis à nouveau utile.

PARTIE III

Chapitre 16
LAURA

Avec chaque minute qui passe, l'air dans la salle d'audience devient de plus en plus lourd et se réchauffe à l'haleine des soupirs. Je frissonne quand Mme Hernandez se lève pour s'adresser au juge. En grattant le sol, sa chaise émet un petit cri de protestation. Père ne se retourne pas pour les regarder. Ses épaules se recroquevillent une fois de plus et je peux sentir sa honte du bout de l'étendue de linoléum qui nous sépare. Voilà qu'on répètera toute l'histoire, qu'on l'étalera à travers toute la salle pour que des étrangers l'entendent. Je regrette que tout ce passe en public. Les années de souffrance et de sacrifice, la pauvreté et les insultes nous ont épuisés. Je suis reconnaissante que ma mère ne comprenne que les quelques phrases que Oncle Boua jugera dignes de traduire. Elle est assise en un silence de pierre, l'air fragile et vulnérable, les larmes aux yeux. Sa douleur est si palpable qu'elle me fait réfléchir plus que toute autre chose.

Mme Hernandez est une femme hispanique, ronde, d'âge mûr, aux yeux bruns et aux cheveux bruns bouclés avec des mèches rousses. Depuis le début, elle a été gentille et équitable. Elle a écouté mon histoire, a posé des dizaines de questions, et a essayé d'établir la séquence des événements. Elle m'impressionnait avec sa compréhension de la culture hmong et de notre histoire en tant que réfugiés venus en Amérique après la guerre au Laos, et notre lutte pour nous intégrer. Elle savait que beaucoup de filles hmong se mariaient jeunes et s'attendaient à être enlevées par leur futur mari. Elle n'était pas surprise que mon père et d'autres membres de la famille imposent leur volonté. Elle avait vu de nombreuses plaintes défiler sur son bureau. Elle était restée ouverte lors de ses réunions avec Père et Oncle Boua, qui avaient donné leurs opinions, et elle avait prêté attention à leurs argumentations, rejeté les mots durs et avec patience elle leur avait expliqué les lois californiennes, jusqu'à ce que finalement, leur intransigeance la pousse à se mettre debout et mettre fin aux réunions.

Elle met ses lunettes de lecture, de minces montures noires qui se placent sur le bout de son nez, elle ouvre une chemise jaune et en sort une seule feuille de papier. Elle se racle la gorge et commence. "Votre honneur, je suis Carmen Hernandez, assistante sociale des services de protection de l'enfance du comté de Sacramento. Il y a deux semaines, Laura Lee, âgée de 17 ans, a contacté notre bureau et nous a demandé d'intervenir en son nom."

Je jette un coup d'œil à Mary et à ses parents, assis dans la rangée de chaises derrière moi. M. Shannon semble raide et inconfortable, les bras croisés sur la poitrine. Il me fait un signe de la tête presque imperceptible. Cette famille a été ma véritable force, ma protection. Mais, bien qu'il ait fait preuve de prudence dans ses remarques, j'étais surprise que, lors de certaines discussions avec la mère de Mary, indigné, il avait levé la voix. Tout comme mon père.

Mary a passé son bras sous celui de la mère, et pose la tête sur son épaule, le visage tiré. Mme Shannon est la plus composée parmi eux. Elle me tend des mouchoirs en papier et me tapote le bras à chaque nouvelle vague de larmes.

Je ne pourrais supporter cette épreuve sans eux. C'est à cause de cette famille que j'ai trouvé le courage de me défendre, d'attendre mieux dans la vie. J'ai du mal à m'imaginer ce qui aurait pu se passer si Mary n'était pas devenue ma meilleure amie, si je n'avais pas choisie de prendre une voie différente. Était-ce mon destin ? Est ce que Père allait expliquer que mon destin était inscrit sur le passeport de ma vie ? Ou était-ce la conséquence de mes nombreux mensonges, auxquels j'avais fini par croire ?

Mon histoire continue. Je ne peux prédire où elle me mènera, mais seulement que ce sera de mon choix, quoi qu'il arrive.

Chapitre 17
LAURA

La pluie étouffa la promesse du printemps. Une légère brise adoucit les journées quasi chaudes d'avril, et succéda au soleil en alternance avec les averses. Une semaine aux ciels gris et des pluies torrentielles. Cela ne me dérangeait pas. Cela voulait dire que ma mère ne travaillait pas dans les champs, et que je n'avais pas besoin de rentrer à la maison de l'école pour prendre soin de mes cinq frères et sœurs.

La mère de Mary nous conduit chez eux et nous montâmes immédiatement à l'étage. Mary se laissa tomber sur le lit double dans sa chambre et étreignit l'un des coussins roses. Un pyjama, un jean, un t-shirt, un slip et une veste jonchaient le sol. On perçut une faible odeur de chaussettes moites mélangée à de l'eau de Cologne parfumée à la rose qu'elle portait toujours. Elle se plaignait de sa chambre avec les rideaux transparents à volants et ses meubles en osier. En plissant le nez, elle disait que c'était une chambre de petite fille.

Mais moi, j'adorais les pivoines roses et lilas qui s'étendaient à travers son édredon, un mélange de textures lisses et rugueuses, d'osier peint sous mes doigts. J'avais envie d'une chambre comme celle-ci, un endroit à moi, au lieu de dormir au sol de notre salon sur un matelas bosselé avec mes trois sœurs. Notre minuscule salle de bain était le seul coin où je pouvais être seule et inévitablement, quelqu'un frappait à la porte pour y entrer.

"As-tu beaucoup de devoirs ?" Mary demanda.

"Seulement de la géométrie. Tu veux les faire ?"

Elle fit une grimace. "Je déteste la géométrie. M. Hopkins s'en prend toujours à moi parce qu'il sait que je ne comprends pas."

"Peut-être qu'il essaie de t'aider," je suggère. Je voulais lui dire qu'elle réussirait mieux si elle faisait attention en classe au lieu de rêvasser et regarder par la fenêtre. Elle était intelligente mais manquait de motivation pour s'appliquer. Mon père s'attendait à ce que je réussisse si je voulais rester à l'école. Je n'avais pas le loisir d'être paresseuse, ni médiocre.

J'étais étonnée de voir avec quelle aise notre amitié s'était forgée, et comme il nous était facile de nous tenir compagnie. J'aimais sa personnalité énergique et naïve, ses gestes dramatiques et ses longs discours sur les injustices de la vie. Ses bavardages incessants me permettaient d'oublier ma timidité, elle m'avait acceptée dans sa vie inconditionnellement. Mais le plus surprenant encore, c'est qu'elle goblait les détails que je fournissais sur ma vie ainsi que mes récits incohérents. Elle choisissait des réponses simples et vagues. Si elle me demandait où j'habitais, je lui indiquai un lieu approximatif avec un signe de la main, et je lui disait qu'il ne s'agissait pas d'un quartier aussi bien que le sien. Si elle me demandait ce que j'avais fait le week-end, je lui répondais avec des remarques désinvoltes, c'était tellement ennuyeux, il n'y a pas de quoi en parler, ni même à en connaître plus, et je détournais la conversation pour en revenir à elle. Je ne racontai pas vraiment de gros mensonges, mais j'omettais seulement certains faits ou déformais la vérité pour qu'elle puise en tirer ses propres conclusions.

Elle devait se douter de quelque chose lorsqu'elle me voyait hésiter en tripotant les pointes de mes cheveux, évitant son regard.

Tout était différent et plus accessible à Sacramento. Contrairement à Minneapolis, les enfants à l'école se côtoyaient sans égard à la couleur de la peau, ni au pays d'origine. Il ne semblait pas y avoir de gangs, hormis quelques bagarres ou rivalités qui éclataient. Mary et moi avions réussi à adhérer au groupe de filles populaires. Mary m'avait pausé peu de questions, ces filles voulaient en savoir encore moins.

Je m'adossai à la chaise à bascule et je jetai un coup d'œil par la fenêtre. La pluie tombait des gouttières et ruisselait le long des plans divisés. Une rangée de maisons à deux étages, chacune d'un style légèrement différent, s'étendait dans cette rue calme, bordée de pelouses bien entretenues, de buissons d'azalées regorgeant de fleurs blanches et rouges, et des parterres de fleurs en éclat. Le quartier n'était pas aussi grand que North Oaks près de Minneapolis, mais les maisons étaient spacieuses et bien entretenues, confortables et moins intimidantes.

La maison des Shannon avait des pièces spacieuses peintes en blancs et pastels pâles. Quatre chambres luxueuses et trois salles de bains, une salle de séjour et une cuisine qui était plus grande que tout notre appartement. J'étais émerveillée de voir qu'ils avaient un salon et une salle à manger formels, toutes ces espaces qu'ils n'utilisaient qu'à l'occasion. Ces pièces n'étaient pas prétentieuses, mais plutôt accueillantes, avec des planchers en bois et des tapis moelleux, des meubles en cerisier et noyer polis, des bibliothèques, un vase avec des fleurs fraîches sur la table d'entrée et des photos de Mary et de son frère le jour de leur anniversaire. Des tableaux encadrés décoraient les murs et des souvenirs s'étalaient sur des tables basses et des étagères. Un tas de magazines et des livres à moitié lus s'empilaient à côté du fauteuil inclinable en cuir. Une collection de partitions était entassée sur le piano demi-queue. Il n'y avait jamais eu rien de tel dans notre appartement.

Mary mit l'oreiller sous son bras et se leva. "J'ai oublié de te dire que j'ai vu Pete et Kevin en cours de d'Education Physique." Elle haussa les sourcils.

Je souris et hochai la tête. Elle était obsédée par ces garçons et en parlait pendant des heures. Elle analysait ce qu'ils avaient dit ou fait, et s'imaginait des scènes dans lesquelles ils faisaient notre connaissance et tombaient follement amoureux de nous. Son enthousiasme dépassait les limites de la réalité. Ce n'étaient que des chimères frivoles d'adolescente qui avait tout dans la vie et aucun soucis au monde. Tout ce que je pouvais faire c'était de rire et de prétendre que je partageai ses fantasmes. Cependant, je ne me faisais pas d'illusions. Il ne pourrait jamais y avoir un garçon comme Pete ou Kevin dans ma vie, même si mes parents me permettaient de sortir avec eux, ce qu'ils n'autoriseraient certes pas. Et surtout pas quelqu'un qui n'était pas hmong.

"Je suis tellement contente pour la fête de Jenny. Pete et Kevin y seront." J'étudias le bras du fauteuil à bascule en jouant avec un morceau d'osier. Je redoutai de lui dire la vérité. La nuit précédente, j'avais finalement pris mon courage à deux mains pour parler à Père de cette fête. Lorsqu'il me demanda s'il y aurait des garçons, je fus franche. Il fit non de la tête. Sa décision était finale. J'avais été bête d'avoir espéré que sa réponse serait différente.

"Qu'est-ce que tu vas porter ?" Mary se leva et ouvrit la porte de son placard, et en sortit un nouveau haut.

J'inspectai sa penderie qui débordait de vêtements et de chaussures. De toute façon, je n'avais rien à porter pour aller à une fête. Il y avait certaines facettes dans ma vie auxquelles je ne pouvais remédier. Ma garde-robe comprenait un jean, un pantalon noir, trois t-shirts délavés, un chemisier rouge, un pull-over, une veste en jean et une paire de chaussures de tennis noires effilées aux orteils, tout acheté dans des magasins d'occasions. Marie et les autres filles l'avaient sûrement déjà remarqué. J'avais demandé de l'argent à mon père pour acheter plus de vêtements, mais nous n'en avions pas les moyens. Il dit que je devais plutôt m'occuper de mes études.

"Je vais devoir demander à mes parents," je dis doucement, "mais je ne crois pas que je pourrais y aller."

Elle resta bouche bée. "Pourquoi pas ?"

"C'est le sixième anniversaire de Tommy. Nous organisons une fête en famille." Quand je parlai à Mary de mes frères et sœurs, je leur donnais des noms américains.

"Je croyais que tes frères avaient un et deux ans."

Je feignis un rire et me sentis male à l'aise. "J'ai trois frères. Je suppose que je n'ai pas inclus le bébé parce que, eh bien, il n'est qu'un bébé."

Au fil des semaines, mes histoires alambiquées s'empilèrent les unes sur les autres comme un amas de blocs en bois. J'eus l'impression qu'à tout moment j'allais m'effondrer du poids de mes secrets, d'essayé de gérer les mensonges que j'avais racontés à Mary et à ma famille. Je n'avais pas avoué à mes parents que je m'appelais Laura à l'école. Beaucoup d'enfants hmong avaient des noms américains, même mes plus jeunes cousins. Mais Père était plutôt démodé et je ne voulais pas risquer de le froisser. J'avais des fautes plus graves à cacher. Mes parents ne savaient pas que je passais mes après-midi et parfois les samedis avec Mary. Je faisais semblant d'être à la bibliothèque pour étudier, c'était la seule excuse qui me permettait d'éviter les tâches ménagères à la maison ou de travailler dans les champs.

La nuit, allongée sur mon matelas, j'écoutai le fracas des camions et des voitures qui roulaient sur l'autoroute à toute vitesse, à bout de force de savoir comment démonter ce puzzle complexe que j'avais assemblé. Ce qui m'effrayait le plus, c'était que Mary découvre la vérité sur mon identité avant que je ne puisse trouver l'occasion de le m'expliquer. Je n'avais jamais eu une amie comme elle, une personne qui s'était liée avec moi, me faisait confiance et n'appartenait ni à ma famille ni à la communauté hmong. Ensemble, nous avions entamé le parcours précaire du lycée. Elle m'avait redonné confiance en moi. Je ne pouvais vivre sans elle.

"Tu peux peut-être venir à la fête un peu tard," proposa Mary, en remettant le haut dans la penderie. "Je pourrais t'attendre et y aller avec toi."

"J'en doute. Mais je vais demander."

Son frère Justin, âgé de onze ans, passa la tête par la porte. "Maman fait dire qu'elle a des cookies." Un sourire malicieux apparut sur son visage. "T' as laissé ça dans la salle de bain." Il avait caché un des soutien-gorge de Mary derrière son dos et le balança dans sa direction.

"Donne-moi ça, petite merde."

"Je vais dire à maman ce que tu as dit." Il jeta le soutien-gorge à travers la pièce et claqua la porte.

Mary jeta un oreiller sur la porte. "Je le déteste !

C'était choquant de voir Mary et Justin se chamailler de cette façon, surtout avec le langage qu'elle employait. Et moi qui me sentais encore coupable de toutes les horribles choses que j'avais balancé à mon cousin Ger quand j'étais en colère il y a de nombreuses années. Il n'y eut moyen de le défaire avant sa mort. J'aimais mes frères et sœurs, bien qu'ils soient bruyants et encombrants, et qu'ils prennent une bonne partie de mon temps lorsque j'essayais de faire les tâches ménagères, d'étudier, ou de dormir. Ma famille m'était chère. Mary agirait sans doute différemment si elle comprenait ce que c'était de perdre un frère ou un cousin.

Mary prit une pince et releva ses cheveux. "Viens, on descend."

Nancy, la mère de Mary, était à la cuisine et transférait une fournée de cookies aux pépites de chocolat de la plaque sur une grille. Elle portait un jean et un sweat-shirt. Ses cheveux châtain clair, aux mèches blondes, étaient tirés en queue de cheval. Elle était toujours amicale et souriante avec nous, si jeune et dynamique comparée à ma mère.

Mary et moi nous nous installâmes sur les tabourets au comptoir de l'ilot qui séparait la cuisine et la salle de séjour. Le doux parfum de chocolat me mit l'eau à la bouche. Avant de venir dans cette maison, je n'avais jamais mangé de biscuits tout chauds, tout juste sortis du four. Les sucreries de ce genre ne faisaient pas partie de notre cuisine hmong. A l'école à Minneapolis les parents devaient subsister avec les chèques d'aide sociale ou avec un salaire minimum et ne pouvaient se permettre de préparer des biscuits pour les classes. Si quelqu'un prenait la peine d'apporter des friandises après les vacances, c'était tout au plus un paquet de cookies Oreo ou des biscuits en forme d'animaux.

Nancy sourit. "Comment s'est passée la journée à l'école ?"

"Toujours la même rengaine, c'est bien ennuyeux," Mary dit.

"Et les maths ?"

"Terrible."

"Papa peut t'aider après le dîner." Nancy prit une assiette dans le placard, la remplit de cookies et la posa sur le comptoir. "Dieu sait que je suis nulle en géométrie."

"Je suis entièrement d'accord," Mary dit. "Comment t'attends-tu que j'y arrives alors ?"

Nancy rit et mit des verres de lait devant nous. Elle s'assit sur le tabouret à côté de Mary.

"J'ai reçu trois références de services du comté, et ils ont tous besoin de mon aide, immédiatement." Nancy m'avait expliqué qu'en tant que conseillère familiale dans un cabinet privé, elle acceptait parfois des références du comté.

"Dis-leur que tu es trop occupée," Mary dit.

"Ils ont de graves problèmes, chérie. Je veux aider. Mais je veux aussi être à la maison avec vous après l'école."

"Oh, Maman, Justin et moi sommes assez grands pour prendre soin de nous-mêmes." Mary avait l'air frustrée. "Tu nous traites comme des bébés."

Nancy mit un bras autour des épaules de Mary et l'embrassa sur la joue. "Bientôt tu seras à a fac, plus vite que tu ne le penses. Et Justin te suivra."

J'enviais la relation chaleureuse de Mary avec sa mère. Une telle intimité avec ma mère semblait impossible. À la télévision, les familles se prenaient dans les bras et s'embrassaient, ils se disputaient et parlaient de leurs sentiments. Il n'en était pas de même pour les Hmong. Depuis mon enfance, mes parents n'avaient jamais manifesté aucune affection. Il était sous entendu qu'ils m'aimaient. Ma mère et moi ne parlâmes jamais de la nuit où nous traversâmes le Mékong ou de la mort de mes frères. Nous n'avons jamais reconnu la présence de ses humeurs noires. Nous n'avons jamais partagé notre chagrin. Parfois, elle semblait être reconnaissante de ma présence et des soins que je lui apportais, mais c'était comme si elle avait érigé une barrière que je n'arriverai jamais à franchir. Au fil des années, la distance entre nous s'était agrandie. Je ne comprenais pas pourquoi elle ne pouvait interrompre quelle que soit sa tâche, ne serait ce qu'un instant pour m'écouter, m'écouter vraiment et entendre ce que j'avais à dire, poser des questions, être intéressée, ou au moins m'offrir des mots d'encouragements. Au contraire, elle me jetait un regard voilé de doute. Tout ce que nous échangions chaque jour c'étaient les détails concernant la cuisine, le ménage, et les soins pour mes frères et sœurs.

"Les cookies sont super bon. Merci." Je léchai une pépite de chocolat qui s'était égarée sur mon doigt.

Nancy se dirigea vers l'évier et rinça son verre. Elle regarda la pluie par la fenêtre. "Ça descend. Je peux te ramener à la maison, Laura, quand tu es prête."

"C'est bon, je vais prendre le bus. Ma mère m'attend bientôt."

"Je ne veux pas que tu restes dehors sous cette pluie," Nancy dit.

"Vous pouvez me déposer à la bibliothèque."

Mary avait l'air étonnée. "Tu n'as pas dit que tu devais rentrer à la maison ?"

"Oui, mais j'ai besoin d'un livre pour mon exposé d'histoire," je dit hâtivement.

Nancy s'approcha de moi et me tapota le bras. "C'est comme tu veux."

La pluie martelait sur le toit, en diapason avec mes mensonges.

C'était l'anniversaire de Père. Je me tenais près de l'évier pour finir le reste de la vaisselle du petit-déjeuner. Je lavais les bols, les assiettes, et les cuillères, lentement avec un chiffon savonneux. Nous étions entassés dans ce petit espace, à peine capables de bouger, dans l'éclat de bavardages qui envahit notre cuisine. Mère hachait des poivrons, de la citronnelle, de la coriandre et des feuilles de moutarde avec aisance et précision. L'eau bouillait dans une casserole pendant que Tante Khou coupait le porc en dés et que sa belle-fille préparait du riz dans le cuiseur vapeur électrique. Nous allions avoir un dîner en famille pour célébrer.

Je jetai un coup d'œil à Père qui se détendait sur le canapé au salon, en regardant la télévision qu'il avait acheté la semaine précédente au magasin de meubles d'occasion. Une odeur de moisi émanait du tissu à carreaux qui recouvrait les coussins aplatis. Je pensai au canapé d'angle de la salle de séjour de Mary qui était recouvert en velours de couleur bleu ciel, crépuscule. J'aimais passer les doigts sur le dossier souple et pliable et voir la couleur bleue passer du clair au foncé et vice versa. Tout dans notre salon était différent. Les matelas empilés au fond, dans le coin, l'autel en bois fixé au mur avec un bol d'encens où nous laissions nos offrandes et prions à nos ancêtres. Le sol de notre appartement tremblait lorsque nous parcourions la pièce et les minces murs en papier portaient les voix d'à côté. L'ancienne couche de peinture d'un beige sale exposait des bandes de peinture jaunes.

Dans la cuisine, la conversation passa au tissu en coton que Tante Yer avait acheté d'une table d'articles soldés dans un magasin de tissus. J'écoutai à moitié en pensant aux devoirs qu'il me restait encore à faire. Je demanderai à Père de m'aider avec le français.

Mes oncles arrivèrent, ils venaient de prendre une douche après le travail et accompagnèrent mon père dans le salon avec des bouteilles de bière. Mère se tourna vers moi. "Nou, va chercher les enfants," nous mangions à tour de rôle, les hommes d'abord, puis les enfants et les femmes.

Lorsque je me retournai pour partir, Ia prit une profonde respiration, puis se laissa tomber sur l'une des chaises en plastique autour de notre table. "Je ne peux plus rester debout," soupira-t-elle en essuyant la sueur de son front et en étirant les jambes. C'était sa troisième grossesse et son énorme ventre recouvrait son corps minuscule. Ses chevilles avaient doublées de taille et avec son doux visage cerné, on lui donnerait bien plus que ses dix-huit ans. Nous étions tous inquiets. Elle avait perdu son dernier bébé à cinq mois.

Je m'arrêtai pour remplir un verre d'eau froide et le lui remis. Elle n'avait que seize ans lorsqu'elle avait épousé Gia, elle était d'abord tombée enceinte, ce qui n'était pas inhabituel dans le camp de réfugiés en Thaïlande ou au Laos. Mais maintenant ici, je ne pouvais concevoir être mariée et enceinte dans un an. Je me demandais si elle était heureuse, si elle ne s'attendait pas à mieux que les tâches familiales et domestiques.

Du balcon qui faisait le tour du deuxième étage, je me penchai sur la balustrade en métal et regardai la rue. En fin d'après-midi, le soleil projetait des ombres sur les tours électriques de notre parking. Mes cousines, Blia et Mee, sortirent du Fast Stop à un demi-pâté de maisons, se promenèrent dans la rue, mâchonnant de longues cordes de réglisse rouge. Tante Yer donnait toujours de l'argent à Blia pour qu'elle s'achète des friandises ce qui, d'année en année lui avait fait prendre du poids. Par contre, Mee ressemblait à un petit moineau avec des jambes maigres, un visage étroit, et des yeux noirs et intenses qui dardaient nerveusement et absorbaient tout.

Une vieille Cadillac au capot bleu foncé et au châssis bordeaux rouillé attendait au bord du trottoir pour sortir de la station-service dans la rue. Le moteur crépitait et s'efforça de rester allumé, envoyant une énorme fumée noire par le pot d'échappement. La voiture démarra avec une série d'explosions. La terreur instinctive nous saisit immédiatement. En un temps éclair je fus transportée dans les jungles sombres et enchevêtrés qui envahissaient mon esprit. J'entendis l'écho de mitraillettes et de balles éclater et siffler à toute vitesse, frôlant mes oreilles. Je m'accroupis sous le porche, les bras par-dessus la tête, le cœur battant. Au bout de quelques instants, je me mis debout, tremblant, et descendis l'escalier.

"Bonté divine, tu as entendu ça ?" Mee dit en remontant.

J'essayai de trouver un lien logique entre le bruit et ma réaction violente. "C'était cette voiture." Je me dirigeai vers la Cadillac qui au bout de rue tourna le coin à toute vitesse.

"J'ai cru qu'on avait à nouveau braqué le Fast Stop," Blia dit, elle releva les cheveux de sa nuque et détendit son visage en forme de lune. "Où vas-tu ?"

"Chercher les enfants pour le dîner."

Blia fit une grimace. "J'ai oublié que nous devions venir chez toi ce soir. C'est tellement ennuyeux. Toujours les mêmes vieux discours et rien à faire."

Je haussai les épaules. Elle avait raison, mais Père méritait une fête pour son anniversaire.

Blia se tourna vers Mee. "Nous pouvons sortir après le dîner et descendre chez moi pour écouter de la musique." Comme d'habitude, l'invitation ne s'adressait pas à moi.

Je me promenai dans la petite cour, séparée de l'autoroute par un haut mur de blocs de ciment d'où se déversait le grincement continuel des roues sur l'asphalte. Je souris à la vue de mes sœurs et frères qui jouaient avec leurs cousins, une couvée bruyante et indisciplinée. Les garçons plus âgés donnèrent un coup de pied dans un ballon de football l'envoyant à travers la parcelle de pelouse clairsemée. Les filles sautaient à la corde, chantaient des rimes qu'elles synchronisant avec la corde qui tournait, riaient quand elles n'étaient pas dans le ton et trébuchaient. Les plus jeunes enfants tournèrent la valve du tuyau pour faire des petites galettes avec de la boue. Je trouvai mon frère Nao au milieu de ce groupe, ses petits doigts potelés étaient couverts de boue. Je les enviai pour ces joies simples.

"Venez dîner," j'appelai en m'accroupissant à côté de Nao. Avec grand plaisir, il me montra son projet. "C'est du bon travail, Nao," je dit. Il rayonna quand je le soulevai, son poids me tirant sur les épaules.

Je dus les appeler à deux reprises avant que tout le monde monte les escaliers. Je les suivis avec Noa qui rit en se tapotant le nez avec ses doigts boueux.

Les hommes avaient fini leur dîner et continuaient à boire pendant que les femmes mangeaient. Dans l'appartement résonnaient les blagues, les rires, et les vœux d'anniversaire pour Père. Les plus jeunes enfants jouèrent, poussèrent et tirèrent jusqu'à ce qu'on les chasse de là. Les femmes retournèrent à la cuisine pour laver la vaisselle et continuer leurs bavardages. Quand mes cousins m'abandonnèrent pour aller écouter de la musique chez Blia, je sortis mes devoirs.

Père et les autres hommes discutaient les prix des cultures et des marchés, rien qui attirait mon attention. C'est quand Chia annonça qu'il avait reçu un appel d'un chef de clan que je levai les yeux de mon livre de mathématiques. Ils avaient demandé une hausse de contributions afin d'envoyer des armes et des fournitures supplémentaires à la résistance du Laos qui chancelait de plus en plus. Le nombre de combattants avait été presque réduit à néant et ils étaient restés piégés dans les forêts. Père soupira et dit que rien ne changerait, qu'il serait préférable de les faire sortir du pays et de mettre une fin à leur lente famine et à leur massacre par les troupes gouvernementales. Tout le monde devint silencieux. Seul Oncle Boua de temps en temps parla encore du retour au Laos. Pour les autres, ce rêve s'était éteint depuis longtemps. Oncle Soua se racla la gorge et rappela à tous que nous avions eus de nombreuses bénédictions dans notre nouvelle vie. Nous ne pouvions pas abandonner ceux que nous avions laissés derrière nous peu importe la précarité de la situation. Oncle Shone était d'accord et offrit de s'occuper de l'affaire.

La soirée se termina après vingt-deux heures, on traina les enfants endormis dans leur lit et les hommes ivres descendirent le couloir et les escaliers qui menaient à leurs appartements. Je demandai à Père s'il était trop fatigué pour m'aider à traduire en français.

Il secoua la tête. "Ça va."

Nous nous assîmes à la table de la salle à manger et j'ouvrit le livre. Père se pencha pour étudier les pages, il sentait la bière et la fumée de cigarettes. Son visage était détendu, ses yeux abaissés. Je me demandai s'il était trop ivre pour déchiffrer les mots. Une fois ses paupières se fermèrent et je cru qu'il s'était endormi, mais il se redressa et sourit.

"Je me suis rappelé avec quelle difficulté j'ai appris le français lorsque j'ai commencé mes études à Vientiane. Mais je n'étais pas un travailleur acharné comme toi. J'avais presque oublié ces jours-là," il hocha la tête lentement comme s'il fut égaré dans un monde différent. "Tout semblait possible alors." Il me regarda. "Tu te débrouilles bien, Nou."

C'était le premier compliment venant directement de Père, et je rougis de plaisir en regardant le papier. Quand nous finîmes, je plaçai mes devoirs soigneusement dans mon cahier. Je balbutiai, "Joyeux anniversaire," embarrassée de ne pas trouver les mots pour exprimer mon amour et ma gratitude pour tout ce qu'il avait fait dans les bonnes et mauvaises situations.

Il se leva en chancelant. Sa voix s'épaissit. "Le Laos n'est plus qu'un souvenir. Tu es notre avenir, Nou." Il marcha derrière moi, passa doucement sa main dans mes cheveux, la seule façon qu'il avait de me dire qu'il m'aimait.

Une fois de plus, j'eus honte de mes mensonges. Serait-il aussi fier de moi s'il savait que j'utilisais un nom différent à l'école et que je prétendais être quelqu'un d'autre ?

Chapitre 18
PAO

On aurait pu nous prendre pour une procession de fourmis, marchant vers le camion au bout du champ avec nos sacs remplis à ras bord. Nous déposions nos cargaisons et retournions pour recommencer. Presque toute la famille participait avec acharnement à récolter des tomates rouges et des poivrons verts et jaunes qui luisaient, suspendus aux vignes lourdes et tendues. Les épis de maïs garnis de soie jaune se manifestaient du bout de leurs enveloppes vert pâle. Un distributeur avait commandé vingt-cinq boîtes de chaque à livrer à l'entrepôt à la fin de la journée. Les plus jeunes enfants emballaient et empilaient les boîtes pendant que le reste d'entre nous cueillait les fruits et légumes. Le lendemain, nous allions vendre l'excédent à l'arrière de notre camion au marché du centre-ville.

Je ne pouvais m'empêcher d'admirer la richesse de nos cultures, le délicieux bouquet de tomates mûres luxuriantes aux feuilles piquantes, leurs tiges qui craquaient entre mes doigts. Nous étions debout et dans les champs dès cinq heures du matin, à l'heure où une empreinte de lumière rose et dorée pointe dans l'horizon. À présent, le soleil de juillet s'abattait sur la bordure des feuilles et aspirait l'eau du sol humide qu'il transformait en caillots sous mes chaussures. Il n'était que dix heures du matin et il faisait déjà près de trente-deux degrés. Les marécages du delta furent dépourvus de leur brise rafraîchissante. Ma chemise collait à mon dos et j'étais trempée de sueur. A côté de notre champ, où s'affaissaient les herbes desséchées, les pissenlits, le chardon et la moutarde, se trouvait un champ peu entretenu. Dans le pâturage clôturé à côté de celui-ci, une douzaine de vaches se blottissaient à l'ombre de deux chênes, battant de la queue et envoyant tourbillonner des nuées de mouches dans les airs. Un faucon brun, pommelé de taches blanches et à la queue noire, planait nonchalamment en cercles. Un chœur de passereaux vaguait entre les branches sombres, et secouait les feuilles des peupliers au sud. Je ne perçus que le léger bourdonnement de l'autoroute située à un kilomètre et demi.

En cette première saison, nous apprîmes à exploiter le sol riche de la vallée de Sacramento, si différent de nos pentes escarpées au Laos. Nous devions lutter pour survivre là-bas, car nos cultures avaient lessivé les substances nutritives de la terre et les pluies de la mousson avaient érodé la fine couche de terre. Tous les cinq ou sept ans, notre village était obligé de se déplacer pour cultiver de nouveaux champs. Mais ici, nous n'avions pas ces problèmes et pouvions replanter chaque année. D'autres Hmong du centre communautaire nous communiquèrent leur expérience et nous recommandèrent des conseillers du Farm Bureau et des services agricoles des universités. De nombreuses ressources étaient disponibles pour contribuer à notre réussite. Bientôt nous découvrîmes où louer des machines qui creusent des sillons en rangées alignées, en un rien de temps, ce qui était mieux que le travail à main levée. On nous donna aussi des conseils sur les variétés de plantes qui étaient féconds dans ce genre de sol et le climat de la vallée, puis nous apprîmes à irriguer et à fertiliser. Toutefois, pas tous les membres de la famille adoptèrent ces nouvelles méthodes. Nous avions encore beaucoup de tâches manuelles à effectuer, tel qu'arracher les mauvaises herbes, ôter les insectes et les feuilles marbrées de moisissure ou atteintes de maladies. Tout compte fait, nous étions tous heureux de pouvoir à nouveau travailler la terre.

Peu de temps après notre arrivée à Sacramento, j'eus la chance de trouver un poste de traducteur au centre communautaire hmong qui rapportait plus que mes gains à Minneapolis. Chor, Gia et moi travaillâmes à plein temps pour nourrir la famille pendant en attendant de récolter nos moissons. Après le travail en semaine et les fins de semaine, je rejoignis les autres dans les champs jusqu'à la tombée de la nuit. Notre travail commença à porter ses fruits. Nous avions décidé de planter une deuxième culture en automne pour les récoltes d'hiver.

Yer se s'approcha de la rangée à côté de moi avec son sac vide, elle fredonnait tout bas en souriant. Depuis notre arrivée à Sacramento, elle avait trouvé un nouveau bonheur. Elle ne parlait que de travailler dans les champs et de la croissance des plantes dont elle prenait soin, comme s'il s'agissait de ses enfants. Parfois, son esprit dérivait, distraite par quelque chose d'invisible, mais elle restait avec nous. Et j'en fus reconnaissant.

Un geai bleu audacieux, avec de longues plumes chatoyantes et allongées, s'abattit sur nous en jasant comme si nous avions envahis sa demeure. Yer leva les yeux et lui marmonna quelque chose en guise de réponse.

J'aperçus Nou en train de collecter des poivrons de l'autre côté du champ, les épaules penchées, le visage dissimulé sous un chapeau de paille. Toute la matinée, elle s'était tenue à l'écart, d'un mécontentement flagrant comme un essaim de mouches de fruits qui surgissent des tomates trop mûres. Cela me surprenait encore, lorsque je me tournai vers elle, de voir une enfant calme et maladroite aux jambes dégingandées, ravie de me raconter la dernière histoire qu'elle avait lue, la dissertation qu'elle avait écrit pour l'école, ou quelque chose d'amusant que sa petite sœur avait dit. Je me souvins de la fille qui ne souhaitait rien de plus que de passer une après-midi à la bibliothèque publique avec son père et qui avait patiemment amélioré son anglais, en prenant toujours soin de ne pas l'offenser. Au lieu de cela, j'ai trouvai maintenant une Nou transformée en une belle jeune femme prête à prendre son envol. La transformation s'était faite du jour au lendemain.

Elle s'était bien adaptée à la nouvelle école et restait vouée à ses études, passant des heures à la bibliothèque. J'étais fière de sa diligence et de ses bonnes notes. Pourtant, depuis notre déménagement en Californie, elle était devenue gardée et distante et ne partageait plus ses pensées. Elle s'était toujours tournée vers moi pour l'aider avec le travail scolaire et dans ce but, nous avions une bonne relation. Mais il y avait d'autres changements qui ne me plaisaient pas, c'est qu'elle imitait les autres adolescentes ici. Tous les matins, elle s'accaparait de la salle de bain et pendant des heures s'occupait de ses cheveux et de ses vêtements. Une fois, Yer l'a surprise à se maquiller bien que je lui avais interdit. Elle m'avait demandé de l'argent pour acheter de nouveaux vêtements et elle était visiblement déçue et m'en voulait lorsque je lui ai expliqué que nos revenus étaient limités et que nous ne pouvions excéder nos dépenses. J'eus peur qu'elle oublie d'honorer notre culture et notre passé. Parfois, elle répondait brusquement lorsque sa mère lui demandait de l'aide avec les tâches ménagères et elle se plaignait de devoir travailler dans les champs chaque fin de semaine et pendant les longues journées d'été. Nous n'aurions pas eu ces problèmes au Laos.

Quand elle se comportait mal, j'essayais de maîtriser ma colère. Dès son plus jeune âge, elle avait assumé de nombreuses responsabilités en plus de celles de l'école. Elle ne m'avait jamais laissé tomber et prenait la relève quand Yer sombrait dans les ténèbres. En Amérique, tout était un acte habile d'acrobatie, une lutte entre le travail acharné et les exigences qui changeaient constamment. On nous faisait vivre avec l'espoir d'acquérir toujours plus. Je me dit que son comportement d'adolescent n'était qu'une phase bénigne. Ce qui m'importait le plus c'était que les enfants aient l'avantage de terminer leurs études, chose qui m'avait été refusée. Même si les filles se mariaient et nous quittaient, leur éducation leur permettrait de mener une vie meilleure. Nou était intelligente, une fille spéciale. Elle servait d'exemple aux autres. Mais au fil des semaines et des mois, mon 'inquiétude s'intensifia et je ne réussis pas à m'en défaire comme votre ombre qui s'allonge et vous suit les après-midi. Parfois, du fond de ma mémoire et sans prévenir, resurgissait une image d'elle entrain de tomber dans le Mékong. Une fois de plus je la sentais se dérober à mon étreinte.

Une semaine plus tard, de retour de ma visite avec Oncle Boua, en début de soirée, je trouvai Yer à la table de la salle à manger en train de coudre un tissu de l'histoire d'un village au Laos pour le vendre dans un magasin d'artisanat hmong. L'appartement était exceptionnellement calme et tranquille. Nos plus jeunes enfants étaient absorbés par une émission de télévision.

"Où sont les filles ?" j'ai demandé.

"Moua et Houa sont dans la chambre en train de dessiner et Nou est allée chez son amie."

Je m'assis en face de Yer et allumai une cigarette, heureux de passer un moment tranquille avec ma femme.

Yer leva les yeux, les sourcils froncés. "Nou passe trop de temps avec ces amies. Quatre soirs la semaine dernière. Ils sont entrain de l'aliéner de sa famille."

"Je pense de même, parfois, mais Nou est une gentille fille. Elle travaille bien à l'école."

Yer secoua la tête. "Les filles qu'elle rencontre ne peuvent pas être bonnes. Tu as entendu la façon dont elle me parle. Ce ne sont pas nos coutumes hmong."

Yer partageait mes craintes. Les jeunes filles du Laos restaient obéissantes et respectueuses de leurs aînés. Elles n'étaient pas insolentes. Je laissai échapper un long soupir. "Je vais lui parler. Mais c'est difficile pour nous tous. Les choses sont différentes ici."

Les yeux de Yer se rétrécirent. J'avais touché un point encore sensible. Elle n'avait jamais voulu changer quoi que ce soit, ni s'adapter à la vie américaine, ni apprendre l'anglais. De nombreux réfugiés hmong plus âgés que je rencontrai par l'intermédiaire du centre communautaire faisaient de même. Accepter le présent, changer les habitudes signifiait renoncer à tout espoir de retourner au Laos. Peu importe la distance parcourue ou les terribles souvenirs, tout ce qu'ils désiraient, c'était cette existence simple qu'ils avaient connue. Je comprenais cela, mais nous ne pouvions pas vivre dans le passé indéfiniment. J'étais sûr que le refus de Yer d'abandonner son rêve du Laos était lié à la perte de nos garçons. Je savais qu'elle croyait qu'ils l'attendaient là-bas, en vie et heureux. Je ne pouvais jamais être sûr des pensées confondues qui occupaient son esprit pendant les longues heures de supplice. Plusieurs fois, j'avais demandé à Oncle Boua d'utiliser ses pouvoirs de chaman pour restaurer l'équilibre de ses âmes. Mais les efforts n'aboutirent qu'au soulagement temporaire. Je restais toujours prudent dans ma façon de lui parler et je choisissais mes sujets, ne voulant pas risquer de la faire basculer dans l'autre monde.

La voix de Yer s'adoucit. "Il est temps de choisir à un mari pour Nou."

Cette suggestion me coupa le souffle. "Elle est trop jeune."

Yer m'envoya un sourire sournois. "Seulement un an de moins que moi lorsque je t'ai épousé."

"C'était au Laos. Ici, elle doit d'abord avoir une éducation. Peut-être dans quelques années, quand elle aura terminé ses études secondaires."

"Ton cœur est trop tendre quand il s'agit de Nou," se moqua-t-elle. "Si nous ne la marions pas bientôt, il sera trop tard. Les garçons ne veulent pas d'une fille trop intelligente. Et elle a trop de grand idées propres."

"Tout ira bien." Je pris une grosse taffe de ma cigarette puis fis tomber les cendres dans un cendrier. Mais au fond de moi même, je craignais qu'elle ne s'égare.

"Tu es occupé avec le travail et les comptes de la ferme. Tu dois prendre le temps pour lui poser davantage de questions. Découvre où elle va, ce qu'elle fait. Elle ne m'écoute plus." Yer posa sa couture et se pencha en avant. "Peut-être qu'elle ne dit pas toujours la vérité."

Je fronçai les sourcils et écrasai ma cigarette. Il n'était pas probable que Nou mente, mais le doute s'installa et prit racine dans mon cœur. Je me devais de rappeler à Nou l'importance de la famille et des traditions. Elle écouterait surement son père et comprendrait. Elle était ma fierté, mon enfant chéri. Je ne pouvais pas la laisser s'écarter de nous.

Chapitre 19
LAURA

Je m'assis à la table de la salle à manger avec ma mère et mes sœurs. Notre unique climatiseur, monté à la fenêtre du salon, bourdonnait sans cesse dans une tentative vaine de refroidir l'air qui nous suffoquait. La sueur avait saturé mon short et mon t-shirt et se perlait sur la chaise en plastique sur laquelle s'appuyaient mes cuisses. Le deuxième jour de septembre, la température avait atteint plus de trente-huit degrés sans pourvoir aucun soulagement le soir.

Nous cousions de nouvelles tenues pour la fête du Nouvel An fin novembre. Pour moi, cela représentait des heures de travail fastidieux à compléter des motifs compliqués sur des vestes, des jupes, des chemisiers, des écharpes, des gilets, des tabliers et des pantalons. Mère compléta la plupart du travail. C'était sa tâche préférée, son travail d'amour pour sa famille. Elle chérissait ce rite initiatique entre les générations, l'occasion de nous communiquer ses secrets. J'admirai les points fins et les combinaisons astucieuses des motifs et des couleurs, mais je n'avais ni talent ni intérêt à suivre son exemple. Après avoir récolté des tomates et des aubergines toute la journée, mes doigts étaient raides et affectés en saisissant l'aiguille.

Je ne pouvais aller nulle part ailleurs. Pendant les deux dernières semaines de vacances d'été, mes parents m'avaient punie parce qu'une nuit, j'avais tardé d'une heure. Ils m'avaient même interdit le téléphone.

"Il fait trop chaud," je dis en posant mes aiguilles et en m'essuyant les mains sur mon short. J'étalai ma ceinture bleue et verte sur la table pour que Mère puisse la voir. J'avais opté pour des applications inversées et de la broderie dans un motif traditionnel de coquille d'escargot pour renforcer mes liens avec la famille et avec une faible tentative de l'apaiser.

Elle inspecta les points de suture et fronça les sourcils. "Tu pourrais peut-être ajouter une boucle jaune au bord."

Moa présenta ses jolies coutures, beaucoup plus soignées que les miennes, pour que Mère les inspecte. "Tu aimes les fleurs de moutarde ?" demanda-t-elle, tout ce qu'elle voulait c'était de faire plaisir à Mère, d'une manière parfaite.

"Oui." Mère sourit. "Peut-être un peu plus petit ici, comme ça." Elle lui montra en exécutant plusieurs points minuscules parfaitement uniformes sur le tissu de Moa.

Je fouillai le panier de fil à broderie de Mère. "Tu penses que je devrais utiliser ce fil là ou le celui qui est plus vif ?" je lui demandai. J'eus l'impression d'imiter Moa, j'avais besoin d'être rassurée, mais Mère répondit simplement en haussant les épaules.

Son indifférence me faisait mal. Pendant l'été, le désaccord entre nous deux devint de plus en plus prononcé. Elle critiquait tout ce que j'e faisais et me demandait de l'aider davantage à la maison. Certains jours, j'étais si consternée que je n'arrivais pas à filtrer mes mots et les laissais s'échapper de mes lèvres. Lorsque tout était calme, je brûlais de désespoir, prise au piège dans le cercle restreint de ma famille et de nos coutumes hmong. De l'autre côté de l'autoroute, mes amis vivaient des vies alléchantes et en abondance qui semblaient à des millions de kilomètres de là, et de nouveau, juste hors de ma portée.

Une fois de plus, les cauchemars vinrent me tourmenter comme au temps du camp de réfugiés et plus tard à Minneapolis après la noyade des deux filles. Je me retrouvais seule sur un radeau en bambou, dérivant dans le courant d'un vaste fleuve gris. Mon père se tenait sur un rivage stérile et rocheux, et me faisait signe de revenir le chercher. Parfois, mon frère se tenait à côté de lui, d'autres fois, les filles noyées apparaissaient, mais elles s'éloignaient toujours de moi.

"Yer dit que Blia et Mee se réjouissent à l'idée d'aller au lycée," Mère dit sans lever les yeux de son travail. "C'est bien que tu aies tes cousines à l'école."

Je gardai les yeux sur ma couture. "Quand Blia et Mee sont ensembles, elles ne me parlent même pas." Mes sœurs se tenaient immobiles et m'écoutaient.

Mère se racla la gorge. "Tu dois faire un plus gros effort. Peut-être que tu devrais passer moins de temps à lire tous ces livres et être plus gentille avec tes cousins. Va leur rendre visite plus souvent."

Mes joues s'embrasèrent. Je ne comprenais pas ce que Mère avait à reprocher à ma lecture. Une fois par semaine, je me refugiais dans la bibliothèque locale, mon véritable havre de paix, qui me permettait de ramener une autre pile de livres à la maison. À la fin de l'année, Mme Wong, en cours d'anglais, avait suggéré une liste de littérature recommandée pour notre lecture d'été. Si nous lisions cinq livres et écrivions de brefs résumés, nous pouvions recevoir des points bonus. La plupart des étudiants rouspétèrent et fabriquèrent des avions avec leur liste pliée qu'il firent atterrir dans la poubelle. Moi, je voulais lire chaque livre. Tard dans la nuit, je vaguai de Jane Austin à Pearl S. Buck, de Charles Dickens à Ernest Hemingway, à la découverte de nouveaux mondes fantastiques, de rêves et de possibilités, des secrets qui permettaient aux autres de choisir un avenir, de trouver l'amour, de définir leur bonheur. Notre culture semblait limitée comparée à ces vastes mondes différents. Ma vie hmong se resserrait autour de moi, comme les minuscules points de tige bouclés sur mon tissu.

Je redoutai ce que pensaient mes cousins à l'école. Ils étaient capables d'anéantir le petit monde que je m'étais créé. Alors, je devrais avouer que j'avais adopté le nom de Laura et les prier de ne pas en toucher mot à la maison. Il ne me manquait plus que ça, que mes parents découvrent mes secrets.

Maman me regarda de son regard distant qui apparaissait si souvent dans ses yeux. Une fois de plus, je me demandai où elle dérivait, ce qu'elle ressentait. Avait-elle souhaité que ce soit moi et non ses précieux fils qui aient péri cette nuit là dans le fleuve du Mékong ?

Malgré mes craintes, l'année scolaire se déroula sans problèmes. Blia et Mee montraient peu d'intérêt à s'immiscer dans ma vie. Aucun d'entre eux ne se souciait assez de moi pour me causer des problèmes à l'école ou à la maison. A l'occasion, je leur présentai Mary, quand nous nous croisâmes dans le hall mais ils ne dirent rien qui puisse me trahir. Pour le moment, mes secrets étaient gardés.

Un mois après le début du trimestre, mon professeur d'anglais, Mme Wong, me demanda de rester après la classe lorsque la cloche de midi sonna et les étudiants quittèrent la salle. Elle était ma prof préférée, même si je la trouvais brusque et un peu intimidante. Personne en classe n'osait la défier. Elle avait le talent de rendre Shakespeare plus abordable à nos vies d'adolescents et d'inciter les étudiants à prendre part dans des discussions animées. Elle était exigeante ce qui m'incitait à travailler davantage et à revoir le matériel étudié. Je ne savais pas pourquoi elle voulait me parler.

Elle repoussa une des piles de papiers du coin de son bureau vers le centre et s'accouda sur l'espace vide. Elle portait un pantalon noir élégant qui tombait droit sur ses hanches étroites et un chemisier en soie vert jade. Elle avait laissé le bouton ouvert en haut. Les traits de son visage—les pommettes hautes, un petit nez plat avec de larges narines, les lèvres charnues et les cheveux noirs qui lui tombaient juste sous le menton—la donnaient un aspect attrayant, voire joli. J'avais du mal à deviner son âge. Elle paraissait ni jeune ni vieille, elle avait la peau lisse et pas le moindre soupçon de rides autour des yeux. Alors qu'elle ne mesurait que quelques centimètres de plus que moi, son air assuré la faisait paraître plus grande. Je voulais être comme elle, confiante et capable.

Elle croisa les bras à la taille, sans perdre de temps avec des banalités. "Laura, voudrais-tu travailler pour le journal de l'école ? Tu es un bon écrivain et nous avons besoin d'un autre membre de personnel." Elle attendit un moment, puis ajouta, "Cela te permettra d'avoir des points en plus."

Je m'affalai sur le siège à côté de moi. Mme Wong pensait que j'étais calée pour écrire pour le journal. "C'est pour combien d'heures ?"

"C'est généralement environ deux à trois heures par semaine, en fonction des tâches."

"Je dois demander mes parents." Est-ce que Père allait trouver que c'était une façon digne de passer mon temps ?

“Dis-leur que cela renforcera tes compétences en écriture et fera une bonne impression pour les inscriptions aux universités.”

Je fixai le regard sur la tache d’encre au sol à côté du bureau, évitant son regard scrutateur. Je connaissais bien les limites de mon avenir, de la culture à laquelle je ne pouvais échapper. Mes parents s’attendaient probablement à ce que je me marie avant la fin de mes études secondaires, voire plus tôt. Alors ma vie appartiendrait à mon mari. “Je ne pense pas que je pourrai aller à l’université,” je dis enfin.

Mme Wong fronça les sourcils et se glissa derrière le bureau à côté de moi. “J’ai parlé avec tes autres profs et nous sommes tous impressionnés. Est-ce pour des raisons financières ?”

Je hochai la tête. Cela ne tenait pas qu’à cela, mais par où commencer pour le lui expliquer ?

“Il y a beaucoup d’options, des bourses et de prêts étudiants. Tu peux commencer le premier cycle dans un collège communautaire et ensuite, après deux ans, être transférée à l’université.”

Avec mon doigt, je traçai le contour de ma main, couverte de callosités que m’avait accordé mon travail dans les champs. “Je ne suis pas sûre si mes parents sont d’accord pour que je j’aille à la fac. Seuls mes frères, peut-être.”

Elle se pencha en avant et hésita un instant. “C’est parce que tu es Hmong.”

Je levai les yeux, effrayée et inquiète. “Je ne l’ai jamais avoué à personne.”

“Je ne dirai rien.” Elle me sourit d’un petit sourire las. “Je comprends ta situation mieux que tu ne le penses. Mes parents émigrèrent de la Chine juste après ma naissance.” Elle m’expliqua avec quelle difficulté elle avait grandi avec des parents qui ne parlaient pas bien l’anglais. Ils avaient travaillé très dur pour mettre assez d'argent de côté pour les études universitaires de son frère ainé. Il avait toujours été leur priorité. "Mes parents n'avaient pas d'argent pour que je puisse aller à l'université, mais j'étais déterminée. J'ai obtenu des bourses et j'ai travaillé à temps partiel. J'ai mis une année de plus pour terminer mes études, mais c'est faisable."

Soudain, son austérité et ses exigences parurent sous un nouveau jour. Elle aussi avait lutté et savait ce que c'était d'être d'ailleurs, d'avoir des parents d'une culture différente. Elle comprenait.

"Sans faire de suppositions, est-ce que tu veux aller à l'université ?"

Une lueur d'espoir jaillit en moi et j'eus la certitude que c'était ce que je désirais le plus au monde. "Oui, beaucoup."

"En as-tu parlé à ta conseillère ? Est-ce que tu suis tous les cours nécessaires pour ton entrée à l'université ?" demanda-t-elle.

Je haussai les épaules. "Je ne suis pas sûre de ce dont j'ai besoin."

Elle se dirigea rapidement vers son bureau, attrapa un bloc-notes et commença à écrire. "Tu as cours avec Mme Martin, n'est-ce pas ? Je m'assurerai qu'elle t'explique les matières requises pour l'université et elle t'aidera à organiser et prévoir tes cours. J'essaierai de participer à la réunion."

"Je vous remercie."

"Si tu as des questions, tu peux venir me voir. Je t'aiderai comme je le peux."

Je restai assise, immobile et incapable de parler, tellement impressionnée. Je voulais la croire. Je voulais réussir.

"Parle à tes parents et tiens moi au courant à propos du journal."

Elle se retourna et sourit. "Donne-toi des objectifs et tu les atteindras, Laura."

Toute l'après-midi, j'oscillai entre la joie, l'espoir, et la peur de parler avec Père. À ma grande surprise, il semblait ravi que Mme Wong m'ait demandé de travailler pour le journal. Il dit que tant que je terminerais mes tâches, tout irait bien. Maintenant j'avais un nouveau but devant moi et ma vie avait trouvé un nouvel objectif. Mme Wong devint mon mentor et m'incita à essayer d'autres activités, telles que conseillère d'étudiants ou le club de français, afin d'améliorer mes chances d'entrer à l'université. Avec ses encouragements, tout semblait possible.

Chapitre 20
YER

En janvier, la nausée qui m'était si familière était à nouveau de retour. J'avais envie de dormir. J'étais convaincue que c'étaient les tâches interminables à la maison qui m'épuisaient. Mais au fond de moi-même je connaissais la vraie raison. Un autre bébé. L'idée de prendre soin d'un autre enfant alors que je portais Chou encore sur le dos et que la petite Nao courrait partout, m'accablait. Pao travaillait de longues heures. Même avec l'aide de mes cousines et de mes tantes, certains jours, les tâches semblaient trop lourdes. Je risquais de tomber malade ou d'être trop fatiguée pour continuer. Je ne pouvais supporter l'idée d'abandonner mon travail dans les champs. C'est seulement en retournant la terre et en soignant nos plantes, le soleil dans le dos, en écoutant le chant joyeux des oiseaux, que je trouvais la paix. Je ne sentais la présence rassurante de Fue et de Fong que sous le ciel dégagé lorsque le vent me caressait les joues.

Une nuit au lit, je murmurai cette nouvelle à Pao. Il réagit avec peu d'enthousiasme. Au Laos, lorsque nous nous étions mariés, tout ce que nous voulions, c'était d'avoir beaucoup d'enfants qui partageraient notre vie et qui nous honoreraient après notre passage dans l'autre monde pour être avec nos ancêtres. Même pendant toutes les longues années de guerre jonchées de difficultés, chaque enfant semblait être un cadeau précieux. Mais nos luttes et nos déceptions avaient peu à peu estompés notre joie de vivre et alanguit l'avènement d'une nouvelle vie.

Alors que mon ventre grandissait, je réunis mes quatre filles à leur retour de l'école une après-midi. "Vous allez avoir un autre frère ou une sœur d'ici l'été," je leur annonçai. "J'ai besoin de l'aide de vous toutes."

Moa et Houa sautèrent de joie et applaudirent. Ils promirent de faire tout ce qu'il fallait. Boa courut pour me serrer les jambes. Elle posa son oreille sur mon ventre, les yeux écarquillés d'émerveillement. Puis je remarquai Nou qui fronçait les sourcils laissant s'échapper un long soupir de ses lèvres. Pourquoi cette nouvelle la troublait-elle autant ? Je me souvint de sa joie quand Moa et Houa étaient nées dans le camp de réfugiés. Elle avait été aux petits soins avec moi et avait tendrement pris soin des bébés. Je l'avais appelée ma petite mère. Maintenant, quand je lui demandais de l'aide, cela lui pesait comme un lourd fardeau.

Qu'est-ce que ma petite Nou s'attendait de la vie ? J'espérai que bientôt elle se marierait et qu'elle aurait ses propres enfants. Elle serait sans doute plus heureuse si elle trouvait un bon mari. Mais à présent, tout ce qu'elle voulait, c'était de sortir avec ses amies. Chaque requête que je lui faisais la remontait contre moi.

J'envoyai les autres filles au dehors pour s'occuper de leurs petits frères. "Nou, aide-moi à plier le linge."

Elle pinça les lèvres et jeta le grand panier de linge et de serviettes sur la table. Je la regardai travailler pendant un moment. Mon cœur se resserrait quand je pensais au temps de ses jeunes années, au lendemain de la guerre. Elle avait dû sacrifier une grande partie de son enfance pour s'occuper de moi et du reste de la famille. Si seulement elle comprenait que je ne voulais que son bonheur. Mon exquise Nou, aux yeux sombres mouchetés d'éclats d'or. Elle pouvait épouser qui elle voulait. Si seulement elle avait des sentiments envers quelqu'un comme ceux que j'avais eus pour Pao. Si seulement elle comprenait la joie qu'on éprouvait à trouver l'âme sœur.

"Tu grandis. Peut-être que tu rencontreras bientôt un être cher. Quelqu'un avec qui tu pourras te marier."

Sa tête se redressa brusquement. "Je veux finir mes études au lycée et peut-être aller à l'université."

"A quoi bon ?" Je pris une grande respiration pour cacher l'impatience dans ma voix. "Je suis sûre que tu veux avoir une famille à toi. N'attends pas trop longtemps."

Elle allongea le bras et indiquant les petites pièces de notre maison, prononça ces propos sévères, "J'attends mieux de la vie que de cuisiner et de m'occuper d'enfants. Nous avons à peine de quoi vivre et maintenant tu vas avoir un autre bébé ?" Sa voix résonna comme le cri aigu d'un mainate.

La chemise que je pliais tomba par terre. Mes mains tremblaient, j'avais du mal à croire que de telles paroles pouvaient provenir de la bouche de ma propre fille. Elle ne m'avait jamais parlé avec un tel manque de respect. La fureur m'envahit. Je levai la main pour la gifler, mais je m'arrêtai, la main figée en l'air. Nous nous regardâmes en silence. Elle se retourna et sortit en claquant la porte d'entrée.

Je m'effondrai sur la chaise. J'aurais dû rester calme, ne pas laisser la colère me vaincre. Quand je devint mère, je m'étais fait la promesse de ne jamais être dure et impitoyable comme ma propre mère. Je n'ai frappé aucun de mes enfants. J'ai essayé d'être bonne et patiente. Parfois, j'avais échoué, surtout lorsque je sombrais dans les ténèbres. Pendant toute son enfance, Nou ne s'était jamais plainte. Elle avait sûrement compris à quel point son dévouement m'importait. Maintenant tout avait changé. Elle se tenait à une distance lointaine comme la lune et les étoiles.

J'avais envie de partager ma vie et mes traditions avec elle. Mais ce que je percevais dans ses yeux c'était le mépris de ma cuisine, de ma couture, et de mon dur labeur. Dans son expression, je pouvais lire l'embarras d'avoir une mère qui ne parlait pas anglais ou ne comprenait pas le monde qui nous entourait. Peut-être que Nou voulait une mère américaine, intelligente. Pas moi. Ma mère m'avait prévenue de ne pas tenter les esprits en voulant être davantage qu'une simple femme. Après tout, avait-elle dit, je leur avais apporté toujours la malchance.

Le jour où ma mère devait accoucher, le vent tourna. Des incendies brûlèrent les champs récemment défrichés et envoyèrent de la fumée à travers les collines jusque dans notre maison. Notre village de dix familles, moi inclus, montâmes plus haut dans les montagnes, à la recherche de terres vierges qui nous serviraient de refuge contre les problèmes croissants qui se développaient en aval. Les Viet Minh étaient entrés au Laos et essayaient de recruter des agriculteurs et de prendre leurs terres.

"L'accouchement prit tant d'heures," ma mère me dit un jour quand elle vint me rendre visite après la naissance à Fong. "Bien que tu sois mon troisième enfant."

J'étais la troisième fille, une déception, comme ma mère avait espéré donner un fils à mon père. Ils me nommèrent Yer, ce qui signifie la plus jeune fille, dans l'espoir que le prochain enfant serait un garçon.

"Tu étais supposée être dans mes bras avant le coucher du soleil. Mais la nuit passa et la fumée me brûla les poumons et les yeux. Je me suis affaiblie." Elle racontait l'histoire en remuant la soupe dans une marmite et elle fixait le feu d'un regard lointain qui la consumait souvent. Tu as essayé de voir le jour les pieds d'abord, de t'enfuir et de causer plein d'ennuis. La sage-femme a dû te retourner dans mon ventre. Tu as eu de la chance."

Mère me tint responsable pour toutes les épreuves qui s'en suivirent. Elle n'a pu avoir d'autres enfants. Quand j'ai eu quatre ans, mon père est décédé. Tous les soirs, quand ils finirent leur travail dans les champs, Père s'arrêtait dans la forêt pour trouver une papaye pour sa "petite Yer." C'était ma nourriture préférée. Mais un soir, un cobra au capuchon géant, enroulé sous un buisson, l'a surpris. Il est mort avant qu'on ne puisse le trouver.

Le plus jeune oncle a pris Mère comme deuxième épouse, comme il est de coutume afin que nous puissions rester dans la famille de notre père. C'était un mariage de convenance. Mon grand-père, mes tantes et mes oncles étaient des personnes aimables qui prenaient soin de moi et de mes sœurs. Cette famille nous fit connaitre le rire et l'amour. Mais Mère se déroba dans son propre cocon.

Après la mort de mon père, des mèches blanches recouvrirent ses cheveux. Son visage était peut-être joli, mais je ne me souvins que de la force destructrice de mots aigres. Pendant les rares moments où elle tournait son attention vers moi, rien ne semblait lui plaire. Mes efforts importaient peu. Si j'arrachais les mauvaises herbes, ce n'était pas assez rapidement et je ne creusais pas assez profondément pour planter les graines. Ma couture était trop grossière, ma cuisine trop épicée. Bien que menue, elle entretenait une grande amertume inexorable. Pour me montrer son mécontentement, elle me giflait ou me battait avec une canne en bambou.

Quand je me suis mariée, ma mère m'a dit qu'elle était contente que j'avais fait un bon mariage. Je savais qu'elle était contente que je quitte la maison. Bon débarras à une telle malchance.

Début février, je me réveillai au milieu de la nuit avec de terribles crampes. Je me retrouvai dans une mare de sang. Pao m'aida à me laver et à préparer une boisson aux herbes pour ralentir l'hémorragie. Il me tint dans ses bras jusqu'à ce que je m'endors. Mais le matin, l'écoulement de sang devint plus abondant. Il insista pour que je me rende à l'hôpital. J'avais très peur et pensait à ma pauvre cousine Yer. Et si moi aussi je ne pouvais plus avoir d'autres enfants ? Le médecin annonça que nous avions perdu notre bébé.

Je m'en voulais. J'avais eu des pensées négatives et n'avais pas appréciée la bénédiction qui m'avait été accordée.

Aussitôt, je me retrouvai dans les collines du Laos à la recherche de mes garçons. Ils avaient disparu dans la forêt. Je les appelai du haut de la montagne. J'entendit le rugissement de moteurs. De gigantesques oiseaux verts se répandirent dans le ciel, le ventre gonflé et en laissèrent tomber une avalanche de morts. A la radio, les bombes sifflèrent au point des faire exploser mes oreilles. Le soleil brillait sur des objets métalliques qui scintillèrent, tournoyèrent, se tordirent et à une bonne hauteur du sol, s'ouvrirent et dispersèrent de centaines de balles jaunes. La terre éclata en une grande panache d'un rouge vif et orange. Le sol trembla et fit secouer mes os. Le bruit s'intensifia. Assourdissant, il se répercutait dans ma tête. Les mères attrapèrent leurs enfants, grimpèrent les collines, et se cachèrent entre les arbres. Je fallait que trouve mes garçons. Une main me toucha l'épaule. Je me réveillai en me retournai. Nou se tenait debout derrière moi. Mais son visage était flou.

Chapitre 21
LAURA

Ma matinée commença à cinq heures quand Chou décida de vomir. Je préparai tout le monde pour l'école puis m'occupai du petit déjeuner. Moa renversa du jus de pomme partout. Noa piquait une crise. Boa ne pouvait trouver sa chaussure de tennis gauche. Finalement, Père emmena mes frères et sœurs ainés à l'école. Je me préparai à partir, quand je décidai de m'arrêter dans le couloir et lentement ouvrit la porte de la chambre de mes parents. Mère était allongée dans le lit sur le côté, tournée vers le mur du fond. Elle gesticulait du bras comme si elle faisait signe à quelqu'un. Elle marmonna des mots que je ne pouvais pas entendre et laissa échapper un petit cri. Je l'appelai doucement, mais elle demeura dans son monde, un espace auquel je n'avais pas accès.

En passant, je déposai Chou et Noa avec Ia. La dernière cloche avait déjà sonné depuis un bon moment lorsque j'arrivai à l'école et quand je m'arrêtai au bureau pour obtenir un laissez-passer. J'expliquai à la secrétaire d'assiduités pourquoi j'étais en retard. C'était une femme rondouillarde avec des cheveux blonds décolorés et crépus. "Garde tes excuses. Je les ai toutes entendues," elle dit sans même lever les yeux pendant qu'elle complétait un billet de retard. "C'est la deuxième fois ce mois-ci. La prochaine fois tu ira en colle.

Je me rendis en classe de biologie et je remis le laissez-passer à M. Charles. En ouvrant mon sac à dos, je découvris que mes devoirs étaient trempés avec du jus de pomme. Au bas de la feuille les réponses avaient été barbouillées. M. Charles prit les devoirs, il leva les sourcils mais ne fit aucun commentaire. La couverture de mon livre était humide et collante. J'aurai voulu me cacher sous mon pupitre et y rester jusqu'à la fin de la journée.

Le matin, je n'arrivais pas à me concentrer sur les leçons, je m'inquiétais de mes responsabilités à la maison. Comme toujours, la condition de Mère me rongeait comme un ver de terre se tortille et se fraye un passage de plus en plus profond dans ma conscience jusqu'à engloutir toutes les autres pensées. Depuis sa fausse couche deux mois plus tôt, elle était prise dans son propre monde. Pendant des journées entières elle n'était plus qu'une silhouette au contour indistinct sur le lit, un fantôme sans substance. Quelque matin, elle émergerait de façon inattendue, calme, et préparait le petit-déjeuner ou partait dans le fourgon pour aller travailler dans les champs. Ce fut l'imprévisibilité de ses défaillances qui nous fatiguèrent le plus. Je remarquai la tension croissante sur le visage de mon père, les épaules affaissées, et les réponses cinglantes qu'il faisait à mes frères et sœurs et à moi-même. Il mangeait à peine et sa figure, déjà si maigre, en pâtit. Néanmoins, nous portâmes ce fardeau sans en parler. En silence.

J'eus peur que notre dispute, le jour où ma mère m'annonça sa grossesse, ait contribué à sa fausse couche. J'avais donné libre cours à mes frustrations ce jour là sans pouvoir me racheter. Si seulement elle n'avait pas fait allusion au garçon et au mariage. Pendant trois jours, nous nous adressâmes à peine la parole, jusqu'à ce que je finisse par m'excuser et que je lui dise que j'étais heureuse pour le bébé. Elle acquiesça, les larmes aux yeux. Puis, nous continuâmes à préparer le dîner.

La cloche de midi sonna. Je retrouvai Mary à son casier et nous rejoignîmes notre petit groupe à la cafétéria dans un mélange de brouhaha, de bousculade de plateaux-repas, et d'odeurs de pizza et de hamburger. Le soleil qui s'infiltrait par les fenêtres hautes ne réussit à soulager mon humeur lugubre. Je m'assis tranquillement à côté de Mary, les bras croisés à la taille, me vautrant dans la misère à écouter les commérages inutiles. À mesure que l'heure passait, j'eus de moins en moins de patience pour ces filles qui se plaignaient des devoirs, d'une mauvaise note à l'interro de biologie, d'une dispute avec un petit ami, d'un entraîneur de volleyball trop exigeant, de la tenue onéreuse que leur mère refusait d'acheter. Leurs problèmes semblaient triviaux et ridicules.

J'entendis une voix moqueuse, en colère murmurer dans ma tête que je n'avais rien à faire ici. Que j'étais un imposteur, une imbécile de prétendre d'appartenir à ce groupe. Ils n'avaient aucune idée des difficultés et des sacrifices que j'endurais chaque moment libre, ni des corvées ou de responsabilités dont on me chargeait dans une famille d'une culture totalement étrangère à la leur. Chaque matin, je quittais les confins de notre petit appartement où régnaient les traditions anciennes et les règles indéniables. Nous parlions une langue tonale avec des mots à significations multiples. Je franchissais la porte comme pour sortir d'un petit village dans les montagnes du Laos et je traversais l'autoroute pour me rendre dans un autre monde. Cependant, au lieu de la vie hmong à laquelle j'étais prédestinée, je trouvai un lieu d'apprentissage qui offrait d'autres possibilités. J'avais souri, rigolé, et bavardé en parlant anglais, mélangé à l'argot courant des adolescents, avec des filles qui n'avaient aucune idée de l'abondance et de l'indépendance dans leur vie, mais dont je n'étais pas privilégiée. J'avais lissé leurs égards et ma transition avec des mensonges, et tout ce temps, j'avais eu du mal à me rappeler qui j'étais vraiment.

Mary me jeta un coup d'œil en fronçant les sourcils. Elle était la seule personne que je pouvais vraiment considérer une amie. J'avais envie de me confier à elle, d'être honnête et authentique, mais je l'avais plutôt trahie avec mes secrets. La culpabilité me rongeait et me poussait à perdre pied. En ces moments là, je regrettait toute histoire que j'avais fabriquée pour elle et pour mes parents. Et à quelle fin ? Pour m'intégrer dans un groupe de filles stupides à la tête vide.

De l'autre côté de la pièce, Blia et Mee étaient assises à la table avec les trois garçons hmong, Chia, Leng, et Blong. Ils discutaient et rigolaient avec un hispanique de mon cours d'histoire. Rien qu'à les regarder me serrait la gorge. Je n'y étais pas à ma place non plus. Je n'étais à ma place nulle part.

Mary me rejoignit au casier après l'école. "Tu veux aller prendre un coca ?"

"Ma mère a besoin de moi à la maison. Mon frère est malade."

"Tu peux être un peu en retard, non ?"

Ma sœur et Tong attendaient que je les aide à faire leurs devoirs, puis que je leur donne permission d'aller jouer dehors. Il fallait laver un tas de linge et plier et repasser les vêtements. Chou serait malade et capricieux, et Nao, qui récemment avait été malade et une enfant terrible, se débattrait pour retenir mon attention. Il fallait organiser et préparer le dîner et surveiller les bains. Père enseignerait l'anglais tard le soir. Mes devoirs et l'article de journal que je devais encore écrire attendraient patiemment que j'aie du temps libre. Une fois de plus, je m'endormirai sur mes livres à la table de la salle à manger.

Je regardai le visage plein d'espoir de Mary. "Juste pour une petite minute."

Nous parcourûmes quatre pâtés de maisons jusqu'au salon de glace Jerry's dans le centre commercial à côté du supermarché Safeway. Des nuages épars traversèrent le ciel bleu d'avril. Les écoliers s'amusaient dehors autour des tables et des bancs en bois, sous les liquidambars qui bourgeonnaient.

Mary me donna un coup de coude et hocha la tête vers Pete et Kevin. Ils étaient assis avec Jérôme de l'équipe de basket. Elle nous acheta deux cocas comme je n'avais pas d'argent. Nous nous dirigeâmes vers un banc vide. Elle frappa sa poitrine en murmurant le nom de Kevin.

Je ris et continuai à siroter mon coca en jetant des coups d'œil à Pete. J'aimais la façon dont ses cheveux blonds tombaient sur son front et son cou, et ses yeux bleus se plissaient en fentes minuscules quand il riait. Il s'asseyait à côté de moi en classe de maths, me tirait les cheveux et me racontait des blagues lorsque notre professeur nous tournait le dos. Je n'étais guère à l'abri de son charme. Quand il m'envoya un grand sourire, j'eus un nœud dans l'estomac et mes joues s'embrasèrent.

"Je devrais les appeler pour leur dire que je serai en retard," je dis, sachant que Houa et Moa m'attendaient.

"Il y a un téléphone dans la pizzeria."

Nous entrâmes dans le restaurant qui dégageait le parfum de pâte fraiche, de sauce tomate épicée, et de fromage fondu. Mon estomac gargouilla. Si seulement j'avais de l'argent pour rapporter une pizza à la maison.

"Ce ne sont pas tes cousines ?" demanda Mary en hochant la tête vers une des banquettes.

Blia et Mee étaient assises avec Chia et Blong de l'école. Un autre garçon aux longs cheveux velus et au visage couvert de boutons était assis à côté de Blia. Son bras reposait sur ses épaules et il lui murmurait à l'oreille. Elle m'aperçut et prit de l'écart. Ses parents ne seraient en aucun cas d'accord. Les garçons hmong devaient se garder d'un tel comportement. S'ils voulaient voir mes cousines en dehors de l'école, ils devaient faire preuve de respect envers leurs parents et leur demander la permission de leur rendre visite. Mais après tout, c'étaient les règles de nos parents, pas les nôtres.

"Viens," je dis en me dirigeant au fond du restaurant. J'appelai Moa et je lui dis que je serais bientôt à la maison, que j'avais eu un empêchement à l'école. Quand Mary et moi repartîmes, le groupe de mes cousines avait disparu. Nous nous installâmes sur un banc à l'extérieur, à l'abris du vent.

Mary inclina la tête. "Comment se fait-il que tu ne parles pas à tes cousines ?"

"On ne s'entend pas bien."

"Tu connais les gars avec qui elles sont ?"

"Pas vraiment."

Mary hésita un moment. "Sherry m'a dit qu'ils venaient du Vietnam ou de quelque part comme ça."

Dans l'inflexion des mots "de quelque part comme ça" je crus percevoir une question, peut être un soupçon. Voici ma chance finalement de dire la vérité. Je restai immobile, le regard figé sur les boutons en plastique marron de ma veste. L'un d'entre eux était ébréché. J'eus le vertige rien qu'à penser à ce que je pouvais dire, à ériger un pont entre mon passé et mon présent. Une voiture se gara dans l'espace devant nous. La porte s'ouvrit. Le conducteur en sortit et referma la portière. Un long silence s'en suit. Les mots restèrent coincés dans ma gorge et je perdis mon sang-froid. J'avais laissé passer l'occasion.

Chapitre 22
LAURA

Mère dépérit une fois de plus. Pendant tout l'été chaud, et le début de l'automne, elle avait été heureuse de travailler dans les champs pour la récolte. Le soleil lui procurait une lueur de rétablissement et la brise du delta la calmait. Nous en fûmes tous soulagés. Mais plus le temps se refroidit et les jours devinrent plus courts, quelque chose changea. Je ne sais pas ce qui déclenchait sa rechute, ni pourquoi elle se retirait dans sa chambre sombre pour succomber aux symptômes familiers de sa maladie. Les trois premiers jours, elle était intouchable. Chaque fois que Père était à la maison, il ne faisait que s'asseoir à ses côtés et la suppliait de manger. Il allumait des bougies et de l'encens et priait. Oncle Boua fit un autre appel aux âmes, le hu plig, pendant lequel il négocia son retour, mais rien n'y fit.

Les seuls moments d'espoir dans ma vie étaient les jours passés à l'école, lorsque je réussissais à un examen ou la chance de passer une heure de plus avec Mary. Mme Wong veillait sur moi, elle me guidait et me conseillait. Quand l'éditeur du journal de l'école contracta la mononucléose et était contraint de rester à la maison pendant six semaines, on me demanda de prendre la relève. Je refusai de laisser les problèmes à la maison contrecarrer mes projets.

De plus cette situation déjà pleine de complications, s'embrouilla. Tout commença par une requête innocente. A la sortie du cours de maths, Pete Williams me suivit et m'appela. Les élèves, en allant d'une classe à l'autre, me donnèrent des coups de bras lorsque je me retournai. Pete me prit par le coude et me poussa sur le côté, il se pencha sur moi, son visage contre le mien. Je remarquai une petite tache bleue sur son t-shirt blanc à hauteur de la poitrine et respirai le léger parfum de verveine citronnée qui poussait dans notre jardin derrière l'appartement.

"Nous avons une interro mercredi prochain," il déclara. "Pourrions-nous étudier ensemble ? J'ai vraiment du mal avec les problèmes."

Il m'avait prise au dépourvu, je levai les yeux vers ce visage qui me perturbait déjà. "Je ne sais pas."

"Nous pourrions aller à la bibliothèque après l'école." Il m'accorda un des ses sourires les plus désarmants, humble et implorant.

C'était le même Pete qui me taquinait pour mes bonnes notes et mes réponses parfaites aux interros. J'eus du mal à trouver une réponse intelligente, et tout ce que je réussis à lui offrir, c'étaient des réponses bêtes de petite gamine. Pendant que notre prof expliquait les formules, j'étudiai secrètement les détails du profil de Pete, la courbe de ses doigts autour de son crayon, la façon dont il passait les doigts dans ses cheveux et les poussait de côté quand il ne connaissait pas la réponse. Chaque fille à l'école avait un coup de cœur pour lui. Il était la star de l'athlétisme et du basket-ball, très vif avec les blagues et amical avec tout le monde. Et pourtant, il semblait ignorer l'admiration qu'on avait pour lui, et ne se rendait pas compte qu'on essayait de s'immiscer dans son cercle. Il s'adossa dans son siège, à l'aise et inconscient, et je me demandai comment c'était d'avoir tout ce qu'on désire dans la vie. Comment se sentait-on avec tant de perfection ? Si seulement je pouvais en porter l'expérience ne serait-ce que pour une journée.

Il attendit que je réponde. J'aurais pu dire non et en rester là. Je savais au fond de moi-même que c'était une erreur, mais une petite ride sur son front me fit fléchir. Après tout, ce n'était que pour une après-midi.

"D'accord. Lundi."

"Parfait." Il ajusta son sac à dos sur son épaule. "Merci."

Je le regardai s'éloigner dans le couloir, les genoux tremblants.

Le lundi après les examens de demi-trimestre, Mme Garner nous rendit les interros. Elle regarda Pete avec un sourire. "Tu dois avoir étudié."

"Vous pensez bien." Pete sourit et brandit sa feuille de papier pour me montrer son *B+ Bon Travail* griffonné en haut de la page à l'encre rouge. "Pas mal, hein ?"

Je souris avec un plaisir instantané. L'heure que nous avions passé ensemble avait été strictement professionnelle. Pete avait renoncé à ses blagues habituelles et m'avait écouté attentivement lorsque j'expliquai les problèmes.

Il saisit ma feuille d'interro qui était face cachée sur mon pupitre, la regarda et sourit en secouant la tête. "Je le savais. Tu n'en a pas raté une."

A la sortie de classe, il inclina la tête d'un côté. "Tu veux bien continuer à m'aider ? Quelconque après-midi." Il se pencha en avant et murmura, "J'ai promis à ma mère que j'aurais une bonne note. C'est vraiment important pour elle."

Le temps ne me le permettait pas et je ne devais céder à la tentation, mais sous son regard inquiet, sa douceur et le manque de bravade avec lequel il parlait de sa mère, ma volonté s'estompa.

"Peut-être tous les autres mercredi à quatre heures ? Nous pouvons nous rencontrer à la bibliothèque."

Il cligna des yeux plusieurs fois, comme surpris par ma réponse. "Génial ! Je trouverai un moyen de réciproquer."

Je me dirigeai vers le casier de Mary, toute confuse. J'avais besoin de lui parler. Elle accourut, haletante et apparemment l'esprit ailleurs. Kevin lui avait demandé si elle voulait sortir avec lui vendredi soir. Son enthousiasme fut contagieux bien qu'il m'envoie un coup de poing en pleine poitrine. Etait-ce la jalousie ou simplement la tristesse de ne pouvoir faire de même ? J'avais envie d'être comme toute autre fille, pouvoir aller à un rendez-vous avec un être cher, partager mon impatience, mes espoirs, mon euphorie. Je devais sans doute créer une ambiance magique pour que Pete me demande de sortir avec lui. M'était-il possible de changer la position des étoiles pour pouvoir dire oui ?

Tous les autres mercredis, Pete et moi nous nous retrouvâmes sur les chaises en bois de la bibliothèque, devant les livres étalés, les bloc-notes et les calculatrices. Il me taquinait ou racontait une blague stupide avant de nous s concentrer sur les formules mathématiques et les axiomes. Nous perdions toute notion du temps, et les heures s'écoulaient. J'oubliais complètement les responsabilités qui m'attendaient à la maison.

Lors de nos entrevues, il restait poli et reconnaissant, et les acceptait comme un soutien scolaire. C'était mieux ainsi. D'ailleurs, il ne pouvait en être autrement. Cependant, malgré tous mes efforts pour me protéger de ce qui était inévitable, je me sentis de plus en plus attiré vers lui. Des mes yeux, je traçais la courbe du lobe de son oreille ainsi que les formes de ses taches de rousseur sur le nez et les joues. J'avais envie de frotter mon visage contre ses cils pâles qui battaient quand il serrait les yeux pour se concentrer. Quand il se penchait sur le livre de maths, je respirai l'odeur citron de sa peau et de ses cheveux, acidulés par la sueur. Je sentais son souffle chaud me chatouiller le bras au point de me pousser dans une transe et de couvrir mon corps d'un étrange désir brûlant. Quand il leva la tête et me regarda dans les yeux, ses lèvres n'étaient qu'à un battement de cœur des miennes. Je n'entendis plus rien et ne pus respirer.

Le mercredi avant les vacances de Thanksgiving, Pete se tourna vers moi, inséra des feuilles de papier dans mon cahier et se prépara à rentrer chez lui. "Est-il possible de nous voir toutes les semaines ?" Il poussa les cheveux de côté. "J'ai des A's dans toutes les autres matières et j'en ai vraiment besoin en maths aussi. Ma mère veut que j'aille à l'Université de Stanford où elle a fait ses études."

J'entamai des débats dans ma tête. Je savais que la meilleure chose à faire c'était d'en rester là. Mais de l'autre côté, il ne m'avait demandé que de l'aider avec les maths. La fin du semestre était déjà dans un mois.

"Bien sûr. Comme ça je peux réviser aussi."

"Génial." Il sourit et me toucha le bras, envoyant une onde électrique à travers mon corps. "On va chez Jerry pour manger une glace ? C'est moi qui paye."

"Ma mère m'attend, merci tout de même."

Il haussa les épaules et rassembla ses affaires. "Vous partez pour Thanksgiving ?"

"Non." Je mis mon sac à dos sur mon épaule et nous nous dirigeâmes vers l'école en silence. La pluie débordait des gouttières et du toit, formant de superbes cascades qui éclaboussaient le ciment et aspergeaient mes jambes. "Et vous ?"

“Ma famille vient nous rendre visite.” Pete se voûta. “Ma mère est malade.”

“J’espère qu’elle ira mieux.”

Les muscles de sa mâchoire formèrent des rides. “C’est le cancer,” il dit enfin d’une voix rauque. “Mais tout ira bien.”

Je m’arrêtai, abasourdie par cette révélation, incapable de trouver mes mots sauf pour dire que j’étais désolée. Sa vie si parfaite était marquée par un faille tragique. Le cancer. Ce mot évoquait la peur et l’effroi, une possibilité de mort. Maintenant, je comprenais pourquoi il était si pressé de réussir en maths et de faire plaisir à sa mère. Cela me toucha profondément. Comme moi, il titubait sous le poids de la responsabilité, d’une mère gravement malade et devant l’angoisse et l’incertitude qui assombrissaient l’avenir. Je savais ce que c’était d’avoir mal pour la personne qu’on aime, le sentiment de désespoir de ne pouvoir l’aider. Je voulais l’épauler quoi qu’il advienne. C’était la moindre des choses.

Chapitre 23
YER

En novembre, je me réveillai un matin avec le désir intense de me rendre dans les champs, de respirer le parfum du sol humide, de toucher les feuilles fraîches et vertes aux tiges robustes. Je pouvais à peine me rappeler les semaines précédentes. J'avais vu de monstres terrifiants, suspendus au plafond. Fue et Fong, blessés demandaient de l'aide, et ils étaient cachés dans les coins de la chambre à coucher. J'étais désespérée de les aider. Mon esprit s'assombrit au point de ne plus voir ni entendre quoi que ce soit. Mes bras et mes jambes furent paralysés et mon corps s'enfonça dans une boue profonde. Il fallait que je retourne au lieu où mes pensées lugubres retrouveraient le calme et chasseraient les démons, avec l'espoir de percevoir un signe de mes garçons.

La famille tournait doucement autour de moi, parlant à voix basse, comme si j'étais faite en porcelaine fragile qui se briserait au premier mot discordant. C'était peut-être vrai. Les jours où nous récoltions des brocolis à gros bourgeons et les grandes têtes blanches de chou-fleur me donnaient un but. La terre cédait sous mes pieds, souple et indulgente et s'effritait entre mes doigts, pleine de source de vie. Je devenais plus forte. Les nuages tourbillonnaient dans le ciel comme une ribambelle de colombes grises et les gouttes de pluie me chatouillaient le nez et les joues. Un matin, le vent m'enveloppa et j'entendis la voix de mes garçons en un tout petit écho, comme le chant lointain de moines dans un temple bouddhiste qui lancent leurs appels aux prières de paix, en douces et harmonieuses notes chromatiques. Je perçu leurs esprits dans l'air frais et humide. Mon cœur soulagé, était comblé de bonheur, comme l'eau qui s'écoule doucement dans une cruche. Ils étaient en sécurité.

Les jours passèrent et mes garçons continuèrent à me réconforter pendant mon travail dans les rangées, à tirer les mauvaises herbes de la terre humide, je me suis même permise de penser à des événements plus heureux. C'était bientôt le Nouvel An. Je me concentrai sur la joie qu'apportaient nos rituels et les fêtes familières, le rire, les jeux, et la musique. Le fait de me retrouver à nouveau parmi une foule de notre peuple me remonta le moral. Je ne pu m'empêcher d'être gagnée par l'ardeur contagieuse de mes plus jeunes enfants qui devenaient de plus en plus turbulents. Mon mari aurait enfin quelques jours pour se détendre et profiter de la compagnie d'autres hommes hmong. Je sais que toutes les heures de soins qu'il me procurait lui pesaient. En retournant la terre, je façonnai un nouvel espoir. Peut-être que Nou aurait la chance de rencontrer une personne chère et au moins commencer à penser à son avenir.

Le deuxième jour du week-end de Thanksgiving, nous nous rendîmes au parc des expositions, vêtus de nos nouveaux vêtements. Le ciel annonçait de la pluie, mais cela ne découragea personne. Des milliers de Hmong se rassemblèrent pour défiler, vêtus de leurs nouveaux vêtements de couleurs vives et aux motifs complexes. Je me réjoui de voir les gens se réunir pour se saluer et échanger les bons vœux .

Pao se dirigea immédiatement vers le pavillon où les hommes plus âgés s'étaient rassemblés. Ils burent de la bière et évoquèrent les souvenirs du Laos, en se racontant les vieilles histoires de guerre et retraçant tous les liens entre les clans et les villages.

Mee et Nou se faufilèrent entre les dizaines de stands qui offraient les cassettes et vidéos les plus récentes de la Thaïlande. J'ai dû me couvrir les oreilles à cause de la forte musique qui retentit d'une centaine d'haut-parleurs. Ma cousine Yer et moi, suivis des plus petits, fîmes le tour des stands qui vendaient des instruments hmong, des broderies en paj nuab, des bijoux, des herbes médicinales, des tissus importés et des plats tout chauds servis dans des bols.

"Où est Blia ?" j'demandai à Yer.

Une expression de détresse couvrit son visage. "Elle a mal au ventre. Elle est restée à la maison."

"C'est dommage qu'elle manque ce divertissement et tous les jeunes hommes," je ajoutai.

Kia, qui se tenait debout derrière Yer, leva la main pour me faire signe de ne pas en dire plus. Je me demandais ce qui s'était passé. J'avais vu un garçon maigre rendre visite à Blia à une ou deux reprises. Yer n'en avait pas beaucoup parlé, mais on voyait bien qu'elle n'aimait pas ce garçon.

Je laissai tomber. Nous achetâmes des bols de soupe aux nouilles et nous rejoignîmes le groupe de filles et de garçons qui jouaient au pob pov en se lançant des balles de tennis. Leurs plaisanteries et flirt me rappelèrent les bons souvenirs de la célébration du Nouvel An à Xieng Khouang il y a de nombreuses années. Je n'avais que quinze ans à l'époque, timide et peu sûre de moi-même. J'avais enroulé mon tissu noir de façon bien serré et lisse, en forme de parfaite balle ronde, pour qu'il puisse directement toucher l'objet de mon désir. Puis je vis Pao, jeune et beau en face de moi, un homme riche et éduqué. Je sentis mon sang s'emballer comme un oiseau apeuré. Les papillions flottaient dans mon estomac. Il me regarda avec un léger sourire et s'avança. Je savais qu'il était entré dans mon destin. J'ai lancé ma balle, mon cœur prit son envol, et elle se déposa dans ses mains tendues, en attente. Il atterrit aussi doucement que la maman oiseau qui se pose sur son nid. J'étais enfin chez moi.

Nou se tint à l'écart de la foule, regardant Mee lancer une balle avec un garçon bruyant qui la taquinait et la faisait rire. Ma cousine Yer se précipita, la gronda et poussa ma fille qui hésitait dans la file. Un grand garçon, avec un beau sourire, se tenait en face de Nou. Il lui lança une balle. Ils passèrent le reste de la journée ensemble.

Au cours des semaines suivantes, ce grand garçon, Dang, vint chez nous, rendre visite à Nou. Je le trouvais agréable et poli. Enfin, elle avait trouvé un prétendant, un honorable jeune homme, qui la regardait fixement de ses yeux brillants. Tante Khou s'enquit de la famille et découvrit qu'il s'agissait d'une famille honnête et travailleuse originaire de Savannakhet, dans le sud du Laos. Ce n'était pas aussi bien que d'être de Xieng Khouang, mais presque. Nou riait de ses blagues et s'entretenait avec lui avec aise. Certes, elle ne le regardait pas avec le profond désir que j'avais eu pour Pao. Mais l'amitié n'était qu'un début.

La tournure des événements ne me surpris guère. À peu près à la même époque, Fong et Fue me rendirent visite dans un autre rêve. Cette fois-ci ils étaient plus âgés, des jeunes hommes. Nous nous assîmes tranquillement au sommet de la montagne au-dessus de notre village, celui dans lequel nous habitions juste après la fin de la guerre.

À l'aube, le ciel épousa le rose des frangipaniers, le lilas pâle des orchidées, puis le rouge groseille et l'orange des charbons ardents. Un arc-en-ciel traversa le ciel, suivi d'une grande boule d'or scintillante et emplit la journée de sa lumière.

Les garçons mangeaient des longanes, et essayaient de voir qui des deux pouvait cracher le plus loin leurs graines noires, luisantes. De notre perche, nous avions une vaste vue de la terre au bas—les forêts vertes et denses qui aspergeaient de leurs brumes légères les maisons lointaines des villages voisins où la vie s'agitait. Une odeur fraîche et intense d'aiguilles de pin et un soupçon de vapeurs provenant des feux de cuisson flottait dans l'air. Notre famille apparut dans la vallée en bas, prête à travailler dans les champs de maïs brun doré. Mes enfants étaient tous là, même la petite Chou attachée au dos de Houa. Nous les appelâmes, mais ils ne purent nous entendre. Les plus jeunes se donnèrent la chasse parmi les tiges de maïs.

Nou était assise sur le côté avec un petit sourire aux lèvres, son image s'effaça, puis disparut comme celle d'un fantôme. Je clignai des yeux pour essayer de la retenir. Je dis à mes garçons que je m'inquiétai pour les enfants, surtout Nou. Tout se serait bien passé, si nous avions pu rester au Laos. Les garçons sourirent. Fong me prit la main, je sentis sa paume et ses doigts lisses, froids et réconfortants. "Ne t'inquiète pas," il me dit, "tout se passera bien, mes frères et sœurs trouveront leur juste place." Fue hocha la tête. "Nos ancêtres veilleront sur eux," il promit, "et nous aussi."

Après ce rêve, je me dis que Dang était le présage de bonnes choses à venir. Je pouvais faire confiance à nos ancêtres, qu'ils protégeraient ma Nou.

Chapitre 24
LAURA

Pendant la célébration du Nouvel An, Dang Moua me saisit à l'improviste. Il se plaça en face de moi et me lança une balle dans les mains. Je le considérai un autre garçon hmong, ordinaire, arrogant et sûr de lui. J'étais persuadée que j'allais le détester, mais d'une façon étrange, ce sentiment s'estompa dans ses yeux noirs, timides, qui cherchaient à susciter une réaction dans les miens. Son doux sourire, ainsi que sa voix assoupirent mon désir habituel de fuir et avec hésitation nous abordâmes une conversation. *Où vas-tu à l'école ? D'où viens ta famille ? Quel âge avais-tu quand vous avez quitté le Laos ? Dans quel camp de réfugiés étiez-vous ? Quand avez-vous quitté Ban Vinai ? Où vous êtes-vous installés ? Depuis combien de temps habitez-vous ici ?* Bientôt nous échangeâmes les questions avec plus de confort. J'ai laissé tomber ma garde, soulagée de pouvoir parler ouvertement, d'échanger les faits de notre histoire et notre parcours similaires. Pour une fois, je n'ai pas eu à mentir.

Il était en terminale au Lycée Saint-Ignace, et un ami de mon cousin Tou. Il portait une chemise, un gilet, et une ceinture traditionnels hmong par-dessus un jean bleu avec des chaussures de sport noires, Nike. J'aimais bien ce compromis entre notre monde ancien et nouveau. Il était grand par rapport aux autres Hmong et sportif. Les cheveux hirsutes encadraient son beau visage angu-leux. J'aimais son sourire généreux qui révélait un léger écart en-tre les dents du haut.

Lors des événements de l'après-midi, il resta discrètement à mes côtés. Il s'aperçut de ma méfiance et afficha une patience déter-minée. Il me dit qu'il m'avait repérée l'année précédente et qu'il avait espéré me rencontrer cette fois-ci. Je le regardai dans les yeux avec prudence pour ne pas l'encourager. Mais comme Mary continuait à parler sans cesse de Kevin, je souhaitai, moi aussi, avoir un petit chéri qui se soucie de moi, qui m'accorderait une pause des corvées et des obligations quotidiennes.

En fin d'après-midi, la pluie fit son apparition et ma famille se rassembla pour rentrer chez elle. Mon cousin Tou donna un coup de poing dans le bras de Dang et le poussa vers moi.

"Je me demandais si je pouvais peut-être te rendre visite cette semaine," il dit en se raclant la gorge.

"Je ne suis presque jamais à la maison." Je m'efforçai de lisser ma ceinture aux motifs de fleurs de moutarde scintillantes, enca-drés de dents de tigre sensés me protéger et repousser les mauvais esprits. "Je suis tellement occupée à l'école."

"J'étudie parfois avec Tou." Il hésita et se lécha les lèvres. "Peut-être un jour où tu es à la maison." Des taches rouges apparurent sur ses joues.

C'est ainsi que Dang s'infiltra lentement dans ma vie. La même semaine, il a visité l'appartement de Tou sous prétexte d'étudier et attendit mon arrivée à la maison. Il revint la semaine suivante et celle d'après, ainsi que quatre jours pendant les vacances de Noël. Nous nous installâmes au salon et nous parlâmes, parfois avec la présence de Tou. Mes frères et sœurs étaient curieux de le voir, mais Mère nous observait de la cuisine avec un sourire satisfait. Je me dit que je garderais cette relation superficielle, rien de plus qu'une amitié. Nul besoin d'aller plus loin.

Je coupais des courges et des oignons pour le dîner, je jetais un coup d'œil par la fenêtre sur le ciel de janvier qui annonçait une autre tempête. Mère était allée rendre visite à tante Khou et était revenue avec un sourire étrange.

"Tu as entendu ?" elle dit. "Blia va se marier. Les négociateurs vont se rencontrer demain." Le couteau glissa de mes doigts et tomba dans l'évier. En été et en automne, Mee m'avait confié qu'elle s'inquiétait de l'insouciance de Blia. Elle voyait Bee, le garçon avec qui je l'avais vue à la pizzeria, en cachette, sachant bien que notre culture hmong nous l'interdisait. J'avais tenté de lui parler une fois, mais elle avait ri et m'avait dit qu'elle était parfaitement capable de prendre soin d'elle-même.

Assis parterre, Chou se mit à crier, les bras étendus et Mère le souleva. "Tante Khou m'a tout raconté."

J'eus la nausée. Je fit couler de l'eau froide et m'en éclaboussai le visage. "Pauvre Blia, dans quel pétrin t'es tu mise ?" je me dis. "L'école a appelé hier. Blia n'est pas allée en cours. Elle n'est pas rentrée à la maison. Soua et Yer étaient fous d'inquiétude. Mee leur a finalement avoué qu'elle était avec Bee.

"Blia est arrivée à deux heures du matin en cachette," elle continua, plus animée. "Il y a eu une terrible dispute. Soua a su où la famille du garçon habite. Oncle Boua y est allé ce matin pour réclamer l'argent du déshonneur de leur fille." Elle secoua la tête.

Chou gémit et attrapa les cheveux de Mère. Elle se tourna vers lui, distraite, retirant sa petite main collante et lui tendit un verre d'eau. "La famille de Bee a dit qu'il devait l'épouser. De toute façon ils doivent payer. Tante Khou pense qu'ils vont faire un gros versement pour le mariage." Mère se vantait, comme si elle avait elle-même fait les négociations.

Son enthousiasme me consterna. Je savais que rien ne la rendrait plus heureuse que de me voir me marier, un coup d'honneur pour toute la famille. Elle se fichait de mes rêves pour le futur. Mais qui allait recoller les morceaux quand elle allait à nouveau s'enfermer dans sa chambre pendant plusieurs jours ?

"Blia est un idiote. Elle ne sera rien de plus que la femme de Bee." Mon corps semblait plus lourd que d'habitude. Notre culture hmong m'avait communiqué l'honneur et le respect des parents, mais je ne comprenais plus rien aux valeurs qu'appréciait ma mère.

Mère respira profondément, et sa bouche trembla. "Va chercher de la citronnelle dans le jardin et va jeter un coup d'oeil sur les enfants." Elle se retira dans sa chambre et claqua la porte. Chou se mit à crier.

Le jour des noces de Blia et de Bee, l'ambiance était aussi fausse que les notes que ma soeur Boa tenta de jouer sur la flûte en bambou de Père. Tante Yer et Oncle Soua s'efforcèrent de sourire en saluant la famille et les amis.

Le soleil, pâle, brillait dans le ciel clair, cependant, alors que tout le monde prétendait d'être heureux en cette occasion, une atmosphère sombre régnait. On apporta des cadeaux et de l'argent aux nouveaux mariés et on leur souhaita une longue vie de prospérité. Hélas, personne n'y crut, moi encore moins.

Je m'assis sur le canapé du salon en contemplant cette farce. Maman me jeta un coup d'œil et sourit, elle pensait sans aucun doute que bientôt mon tour arriverait. Il était difficile d'imaginer ma cousine, âgée de seulement quinze ans, mariée à ce garçon maigre et laid de dix-sept ans qui, à partir d'aujourd'hui, dicterait chaque pas de sa vie. Mee avait confirmé mes pires craintes. Blia était enceinte de presque cinq mois. Maintenant, je comprenais son ventre d'une rondeur saillante, sous ses vêtements superposés. Elle devait quitter l'école avant la fin de l'année et faire face à son monde avec des bébés et une maison à entretenir pour sa belle-famille. Ce n'était pas un mariage légal, mais aux yeux de la communauté hmong, cette cérémonie la lierait à Bee plus étroitement que tout autre document légal du gouvernement. Cela semblait injuste quand tant d'autres opportunités nous attendaient.

Blia et Bee se tenaient sous un parapluie noir enroulé du ruban brodé qu'on avait retiré du turban noir de Blia, afin d'indiquer qu'elle était célibataire. Le garçon et la demoiselle d'honneur, les négociateurs, la famille et les amis entouraient le couple. Les anciens des deux familles allumèrent des bougies et de l'encens et chantèrent des bénédictions en attachant une ficelle au poignet de la mariée et du marié, pour unir leurs esprits. Les parents et les amis levèrent leurs verres à l'amour et à l'honneur et à des liens familiaux. D'autres offrirent des blagues et des rires et portèrent des toasts. Avec toutes les tournées de whisky et de bière, Bee se mit à tituber. Par son comportement, on l'aurait cru un homme condamné à une vie de travaux forcés. Blia murmura à son oreille plusieurs fois et ils finirent par s'agenouiller devant Tante Yer et Oncle Soua pour montrer leur respect. Lorsqu'il dût lire la liste des ancêtres de ses beaux-parents, il bafouilla et prononça mal leurs noms.

Blia ne fit que l'observer. Sa peau était devenue pâteuse et son visage était enflé, ce qui lui donnait l'allure du nez trop plat, large, et carrée. Mais elle jouissait des vêtements extravagants que sa mère lui avait cousus pour cette occasion, durant les dernières années. Elle portait une jupe blanche très plissée, en tissu importé de Thaïlande. Les manches de sa veste en soie bleu foncé, son tablier et sa ceinture noire étaient décorés de superbes motifs travaillés au revers et de délicates broderies en vert forêt, jaune vif, rouge et rose, ornés de perles colorées et de pièces métalliques, qui cliquetaient quand elle bougeait. Avec les fleurs de légume et l'œil du paon, Tante Yer avait inclus la beauté de la nature, accompagnés du motif d'escargot pour les relations familiales et le labyrinthe, symbole de l'amour. Les dents de tigre formaient une barrière pour protéger Blia des mauvais esprits. Mais était-ce suffisant pour soutenir ce mariage ?

Pour les parents, la possession la plus prisée se pendait au cou de Blia. C'était un collier d'argent fait au Laos et importé à travers l'océan, par voie de Minneapolis, puis de Sacramento. Mais tout cela appartenait à une autre vie, dans un village lointain, Oncle Soua avait façonné la bague en argent avec des couches de mailles d'argent et filigrane, ornée de pièces de monnaie et de carrés d'argent pilé. Dans le camp de réfugiés, on avait été obligé d'en vendre quelques mailles pour subvenir aux besoins, mais on les avait remplacées quand la situation s'était améliorée. Peu importe ce que Tante et Oncle pensaient de Bee ou du mariage, ils lançaient leur fille dans sa nouvelle vie avec ce qu'ils avaient de mieux à offrir. C'était une question d'honneur de la famille.

L'après-midi s'écoula avec les invités qui se régalèrent de porc rôti et de deux poulets sacrifiés pour honorer les esprits de la famille. On avait profité de cette occasion spéciale pour offrir suffisamment de viande, ce qui était un luxe. Des bouteilles de vodka et de whisky firent leur tournée, et Bee devint de plus en plus odieux jusqu'à point de ne plus être conscient de ses actions. Enfin, le garçon et la demoiselle d'honneur se préparèrent à raccompagner le couple. On devait garder un nombre pair de personnes afin de maintenir bon équilibre. À présent, Blia avait l'air tendu et inquiète. Est ce qu'elle s'était attendu à tout cela ? Avait-elle vraiment souhaité se marier et ensevelir sa vie ? En la regardant, je me jurai de ne pas me laisser prendre au même piège.

Chapitre 25
LAURA

Fin février, j'arrivai à la maison un soir, à six heures trente et trouvai Dang assis dans les escaliers. Il venait tous les mardis, mais j'avais été si occupée à l'école ce jour-là que j'avais oublié.

"J'ai cru que tu ne viendrais jamais." Il se leva et sourit. "Je suis heureux de te voir."

Je frissonnai dans le vent froid.

"Je peux monter ?" il demanda.

"J'ai tellement de devoirs." On pouvait entendre l'irritation dans ma voix. Je n'eus pas le temps pour le distraire.

"Nous pouvons étudier ensemble."

Je voulais dire non, mais restais silencieuse. Au fil du temps, Dang avait exposé de nombreuses contradictions. Derrière ses sourires et paroles agréables, sa patience et son visage posé, il cachait un caractère intransigeant. Bien sûr, il me demandait mon opinion et ce que je voulais faire le week-end, mais il trouvait toujours moyen de me manipuler à faire selon ses désirs. Sans doute qu'il ne pouvait contrôler ce ton masculin impérial, qui lui octroyait ce droit fondamental. On m'avait élevée à accepter mon héritage de gentille fille hmong, polie et soumise aux hommes. Je m'en voulais tant d'avoir cédé si vite.

Il prit mon sac à dos et me suivit dans l'appartement, en haut des escaliers. Quand il vit maman dans la cuisine, il la salua de sa manière habituelle, impeccable. Elle l'invita aussitôt à dîner et nous apporta des chips et du cocas, des gâteries qu'elle n'achetait jamais, sauf pour les visites de Dang. Je détestais la façon dont elle le chérissait en me jetant des regards de complicité, comme si nous faisions partie toutes les deux du même complot. Pourtant, l'avantage c'était de la voir heureuse en sa présence. Aussitôt, je redevenais la fille obéissante, privilégiée de sa bienveillance. Elle avait repris certaines de mes tâches ménagères, m'accordait plus de temps libre, probablement pour voir Dang. L'essentiel c'était de rester dans sa combine.

Père arriva à la maison après son travail et hocha la tête quand Dang se leva pour lui dire bonjour. Lors du dîner, il lui posa des questions à propos de l'école et de ses projets pour l'université l'année suivante. Père resta poli avec Dang, mais je n'arrivais pas à deviner ses pensées. L'aimait-il ? Approuvait-il que nous continuons à nous courtiser en but du mariage ?

Après le dîner, je chassai mes frères et sœurs du canapé afin que nous puissions étaler nos devoirs.

"Tout le monde va au match de St. Ignace samedi. Tu peux venir ?" demanda Dang.

"Probablement."

J'avais passé les trois derniers samedi soirs avec Dang, mes cousins et leurs amis. Nos parents ne nous permettaient pas de sortir seuls avec un garçon, mais nous pouvions sortir en groupe, pourvu qu'il soit un groupe hmong. Nous avions assisté à deux matchs de basket-ball et à une danse organisée par le centre communautaire hmong, où un disc jockey joua du rock américain en alternance avec les tubes récents de Thaïlande. Pendant les chansons lentes Dang me tint par la taille, avec ses longs bras maladroits. Son cœur battait la chamade et son souffle s'interrompit lorsqu'il blottit sa tête contre la mienne. Mais moi, je n'éprouvait pas la même chose.

Dang et moi étudiâmes pendant deux heures avec la télévision qui diffusait d'innombrables émissions de jeux télévisés et de sit-coms. De temps à autre nous faisions allusions aux problèmes de math ou à quelconque évènement de l'école. Nous parlâmes en anglais et en hmong, riant de nos phrases farfelues.

Cette nuit-là, quand je me couchai enfin, je me sentis prise au piège dans un labyrinthe d'émotions contradictoires qui me gardaient trop souvent éveillée. J'avais tant besoin de me confier à Mary et de lui demander conseil, mais comment pouvais-je lui expliquer ce que Dang et ses attentions signifiaient dans notre culture ? Par où devais-je commencer quand elle ne connaissait rien à la vérité sur ma vie ? Ces derniers jours, nous n'avions guère eu le temps de parler. J'étais occupée avec mon travail scolaire, les activités, et les exigences à la maison, tandis que son univers tournait autour de Kevin. Seul mon cousine Mee portait un intérêt pour Dang. Elle m'accaparait avec ses rires et ses questions. *Qu'est-ce que Dang a dit hier ? Tu t'es amusée avec lui au bal ? Est-ce que je t'ai dit que Tou dit qu'il t'aime vraiment et qu'il parle de toi tout le temps ? Et s'il voulais t'épouser, que ferais-tu ?* Ces propos m'infusé avec crainte.

Pourtant, je ne pouvais m'empêcher d'apprécier Dang, même s'il m'ennuyait parfois. Il était Hmong, et faisait partie de tout ce qui m'était familier et confortable, le fond de mon passé éclaté et de mon présent. Nous partagions la même culture et avions fait le même parcours avec les expériences de guerre et d'exil de notre pays et les épreuves qui s'en suivirent. Il me faisait rire et je me sentais spéciale. Je n'avais pas à prétendre être quelqu'un d'autre que Nou. Comme moi, il devait trouver l'équilibré entre les obligations et la loyauté envers la famille et les exigences de l'école. Il ne se moquait pas de mon rêve d'aller à l'université, mais il acquiesçait toujours d'accord à tout ce que je disais. Il envisageait une carrière d'ingénieur, un emploi qui rapporterait un bon revenu pour faire vivre sa famille, dit-il. Quand j'ai vu son visage marqué par l'espoir et le désir, ma culpabilité s'est installée dans mon estomac comme une huile rance. Comment pouvais-je être si indifférente ? Mon cœur n'était pas de glace. Je le savais, mais il était juste dédié à quelqu'un d'autre.

Avec chaque jour qui passa, mes sentiments pour Pete prirent de l'ampleur, peu importe la situation impossible. Peut-être c'etait mon destin ou l'astuce d'esprits espiègles qui voulaient me causer des ennuis. Hélas, c'était lui qui me faisait frémir et battre mon cœur en chamade, une attrayance avec laquelle je ne pu raisonner. Nous venions de pôles opposés, le nord et le sud, de mondes étrangers, peu destinés à se rencontrer. Nos différences étaient bien prononcées, mes cheveux foncés et les traits asiatiques et son teint clair nordique, ainsi que notre passé et nos familles malséants. Pourtant, il y avait quelque chose qui nous connectait. Quand j'étais avec lui, toute pensée de Dang se dissipait comme un rêve vague et troublant.

Au fil des semaines, Pete commença à se pointer à mon casier sans prévenir. Il se glissait discrètement sur le banc de la cafétéria à côté de moi au déjeuner, il semblait étrangement nerveux et incertain. J'attendais avec impatience nos rendez-vous les mercredis après-midi, souhaitant qu'ils ne se terminent jamais. Après les vacances de Noël, nos sessions à la bibliothèque se prolongèrent, et après les maths, nous passâmes aux conversations à voix basse au sujet de nos amis ou de futurs matchs de basket. Tous les deux, nous savions qu'il n'avait plus besoin de mon aide. Quand il me demanda à plusieurs reprises de l'accompagner pour manger une glace, j'ai dû lui expliquer que mes parents ne me permettraient pas de sortir seule avec un garçon. Il fut surprise et déçu, mais il ne me pressa pas.

Je me cassai la tête pour trouver un moyen d'aller outre la volonté de mes parents sans être attrapée. Lorsque je suggérai une solution viable, Pete hésita, inquiet que je n'eusse des ennuis.

Le Sea Treasure devint notre havre de paix, un coin en retrait où personne ne nous verrait. Bientôt, nous renonçâmes à la bibliothèque et nous nous rendîmes directement au petit fast-food qui sentait le poisson et les pommes de terre frit. Nous passâmes des heures ensemble, dans l'anonymat, tranquilles à nous regarder d'un bout à l'autre de la table en plastique qui collait.

À l'école, Pete continuait ses plaisanteries. Seuls Kevin, Mary, et moi étions au courant que sa mère était malade. Il disait qu'il ne voulait pas avoir affaire à la pitié d'autrui ou aux silences inconfortables pendant les conversations. Mais avec moi, il laissait tomber ses défenses, dévoilant le bouleversement croissant à la maison avec sa mère qui s'affaiblissait de jour en jour. Il parlait des d'infirmières qui allaient et venaient et de la famille qui avec la meilleure intention essayait d'aider mais causait encore plus de stress dans une atmosphère au point de la rupture. Je l'écoutai et j'essayai de le rassurer que tout irait mieux. Nous savions tous les deux que ce n'était pas le cas.

Un mercredi, fin mars, Pete semblait particulièrement découragé et nous nous attardâmes plus longtemps que d'habitude autour d'un panier de frites. Je devais rentrer chez moi, mais je n'arrivai pas à le quitter. Le ciel s'était voilé de nuages gris ardoise et anthracite. Nous restâmes assis en silence à écouter la pluie marteler le trottoir comme les doigts impatients tambourinent sur la table. On voyait les phares des voitures clignoter à travers les vitres et disparaître à l'instar de stroboscopes qui se projetaient sur le visage de Pete alternant la lumière et l'ombre.

J'hésitai un moment, craignant de demander. "Comment va ta mère ?"

"Elle est vraiment malade de la chimio. Mais elle ira mieux quand ce sera fini." Il regarda à nouveau par la fenêtre et passa les doigts dans les cheveux. Ce n'étaient pas les mots qu'il avait prononcés qui me pincèrent le cœur, mais le ton plaintif qui émanait de sa voix en me suppliant de le rassurer que sa mère recouvrirait sa santé.

"C'est juste que...j'ai vraiment peur."

J'avais une boule dans la gorge et gardai mon regard fixé sur mes mains jointes devant moi. "Je comprends." Tout doucement, par phrases interrompues, je révélai des bribes de ma propre vie scindée, décrivant la dépression qui avait tourmenté ma mère au fil des années, la à quel point cela avait bouleversé mon quotidien et la peur que nous avions qu'elle nous quitte un jour pour de bon. "Ce n'est pas pareil à ta situation, mais je sais à quel point ça fait mal."

Pete mit doucement sa main sur la mienne. "Pourquoi tu ne m'en as jamais parlé ?"

"Je ne l'ai dit à personne, pas même à Mary." Je le regardai dans ses yeux tristes. J'étais soulagée d'avoir finalement partagé ce secret. Je ne voulais plus faire semblant, je voulais avoir le courage de lui dire toute la vérité sur ma vie. Cependant le moment n'était pas propice.

Sa main reposa sur la mienne et le poing que j'avais au cœur se relâcha lentement, au point de me sentir en sécurité et protégée, comme si j'étais à ma place ici, avec lui.

"Je suis content que tu me fasses confiance." Il serra ma main plus fort. Nous restâmes assis plusieurs minutes sans aucun besoin de parler.

"C'est drôle que nous nous soyons rencontrés comme pour nous aider mutuellement." Il rit abruptement. "Sauf que c'est toi qui m'a plutôt aidé."

"Pas vrai."

Il leva les yeux et murmura, "Tu es la seule personne qui me permet de rester sain d'esprit. Je pense à toi tout le temps." Il se redressa et laissa échapper un profond soupir. "Y a-t-il moyen de nous voir plus souvent ? À part ici, je veux dire."

Ses paroles me comblèrent de joie et de désir. J'eus du mal à répondre. *Pourquoi pas ? Pourquoi mes parents devaient-ils me protéger de ce garçon qui me tenait tellement à cœur ? Comment était-ce une erreur ?*

"Je ne veux pas que tu aies des problèmes," il dit, "mais si seulement nous pouvions aller au cinéma ou dîner. Il faut que je sois avec toi."

"Ils me laissent sortir avec un groupe de jeunes, mais pas seule avec des garçons."

Il se pencha de nouveau, son visage s'éclaircit. "Vraiment ? Notre équipe a un match à domicile samedi. Peut-être que tu pourrais venir avec Mary et nous pourrions sortir après avec elle et Kevin." Il sourit, son premier sourire sincère de la journée. "On sera un groupe !"

"Je vais parler à Mary." J'étais sûre de trouver un moyen. Mon corps, empreint de peur et d'une poussée d'adrénaline, fut pris d'un bonheur insouciant. Perdue dans cette euphorie, je me souvint de Dang. Je lui dirais que j'ai eu un imprévu, que je ne pouvais aller au cinéma avec le groupe samedi, après tout. Il n'y avait aucun doute pour moi, je savais avec qui j'avais envie d'être.

Un peu hésitantes, Mary et moi nous assîmes chacune à l'extrémité opposée de son lit. Depuis qu'elle sortait avec Kevin, nous avions passé de moins en moins de temps ensemble. De plus, je menais une existence compliquée par la présence de Dang et de Pete. Comme mes secrets se multipliaient, j'étais restée à distance. Nous parlions rarement au téléphone et n'avions que peu de temps pour échanger quelques mots rapides devant nos casiers ou avec le groupe à la pause de midi. Une distance inattendue, qui me laissait triste et solitaire, s'était creusée entre nous. Elle me manquait.

Quand nous arrivâmes à la maison, Nancy nous accueillit à la porte d'entrée et m'embrassa en guise de bienvenue. J'étais contente d'être de retour dans ce qui était devenu mon deuxième chez moi.

Nous nous installâmes dans la chambre de Mary avec un sachet de chips et des verres de limonade. Mary parla de Kevin et de ce qu'ils avaient fait le week-end précédent. Lentement, la gêne entre nous disparut et nous reprîmes le cours régulier de notre amitié.

Je poussai un profond soupir et resserrai les épaules. "J'ai tant de choses à te raconter. Je ne sais pas par où commencer."

Mary se pencha en avant, les sourcils levés. "Quoi ?"

"C'est à propos de Pete. Nous sortons avec toi et Kevin samedi."

Mary applaudit. "Je le savais. Ne t'ai-je pas dit qu'il te demanderait de sortir avec lui ?" Elle fit une petite pause. "Et ton père te laisse sortir ?"

"En quelque sorte. Tout ce qu'il sait, c'est que je t'accompagne au match de basket."

Père avait accepté ma requête, hésitant brièvement et en espérant que je disais la vérité. Comme je l'avais fait maintes fois auparavant, je niai à nouveau toute culpabilité. Je voulais tellement être honnête, parler librement avec lui et lui faire comprendre ma situation. La relation privilégiée que nous avions eu naguère me manquait, et avec tous mes mensonges, l'espoir d'une relation étroite s'était éteinte.

"Je suis si contente," Mary dit, me sortant de ma torpeur et de mes doutes. "Dis-moi tout. Chaque détail."

Je lui racontai mes après-midi avec Pete, et comment nos sentiments s'étaient approfondis. Pour une fois, je pouvais être comme n'importe quelle autre fille, complètement éprise par mon premier coup de cœur, savourant toute possibilité qu'apportait cette romance. Je lui appris que mon cœur avait battu très vite quand il s'était penché vers moi et que je trouvais ses yeux magnifiques. Mary m'interrompit avec d'innombrables questions, puis nous décidâmes de ce que chacune allait porter samedi et elle me fit promettre de venir me préparer chez elle. Dans la joie de partager ma bonne fortune avec ma meilleure amie, ma culpabilité à l'égard de mes parents et de Dang s'estompa.

À l'improviste, elle dit, "J'ai oublié de te le dire. Je pense avoir vu ta cousine Blia l'autre jour à la station-service de Florin." Elle fit une pause. "Je ne suis pas sûre, parce que cette fille était bien enceinte."

Je m'arrêtai net. Ma joie s'écoula. Du doigt, je traçai le motif fleuri de la couette. Je fus désolée pour la situation malheureuse de Blia. Elle était malheureuse avec Bee et sa famille et n'avait aucun moyen de s'échapper. "Elle est enceinte et mariée," je dis enfin.

Mary resta bouche bée. "Ca s'est passé quand ?"

"Tu te souviens du gars dans la pizzeria au printemps dernier ?" Mary acquiesça. "Ils se sont mariés il y a quelques mois"

"Mais elle n'a que quinze ans. Je ne savais même pas que c'était légal."

"C'est compliqué."

Mary me regarda d'un air fixe, inquiète, attendant que je fournisse une explication plus logique. J'étais fatiguée d'essayer de faire des excuses et des prétextes, j'avais toujours peur de faire un faux pas et de révéler toutes les discordes chez moi et à l'école. Les deux mondes étaient devenus distincts, et à bout de force, je n'arrivai plus à les fusionner pour former un tout. Je m'aperçu à quel point cela m'avait soulagée d'avoir parlé de la maladie de ma mère à Pete. Quelque chose en moi avait changé, un nœud s'était défait, le cocon du ver à soie s'était effiloché, couche par couche et avait dévoilé une litanie de mensonges qui s'effondraient à mes pieds. Je ne pouvais plus continuer. Les larmes me perlèrent aux yeux et coulèrent le long de mes joues.

Mary s'approcha et posa une main sur mon bras. "Laura, qu'est-ce qui ne va pas ?"

Je la regardai sachant que je lui devais la vérité, quelles que soient les conséquences. "Je m'appelle Nou." Je m'éclatai en sanglot, poussant un cri comme un chien blessé. "Il y a tant de choses que tu ne sais pas. Ma famille est hmong, du Laos. Il y a eu une guerre. Nous devions partir."

Une soupçon de confusion passa sur son visage. "Mais vous venez de Minneapolis."

"C'est là que nous vivions lorsque nous sommes arrivés en Amérique." Après une pluie de larmes, j'entamai l'histoire de ma famille. Mes paroles coulèrent à flots, ma voix s'éleva et s'abaissa en parcourant les années. Des souvenirs qui semblaient lointains et vagues prirent vie une fois de plus. Je revis la peur des soldats communistes qui occupaient notre village au Laos et le long périple qui avait coûté la vie à tant d'amis et membres de la famille. Je lui parlai de mes frères qui s'étaient noyés dans le fleuve, cette nuit fatale. Maintenant, nous n'avions plus aucune photo d'eux et je ne me souvenais même plus de leurs visages. Je contai les années passées dans le camp de réfugiés lorsque nous étions restés sur notre faim et toutes les difficultés que nous avions traversées jusqu'à l'occasion de venir en Amérique.

Elle secoua la tête, les larmes sur son visage "C'est vraiment horrible." Elle me serra dans ses bras. "Pourquoi tu ne me l'as jamais dit ?"

"La vie était si difficile à Minneapolis. Les enfants se moquaient de moi et de mes cousins parce que nous ne parlions pas anglais. Ils nous traitaient de tous les noms et nous disaient que nous étions bizarres et que nous portions des noms étranges. J'ai tant d'histoires à te raconter." Mary me tendit un mouchoir de papier de la boîte sur la table de chevet, et je me mouchai. "Quand je suis arrivée ici, j'ai pensé qu'il était plus prudent d'être américaine, de m'appeler Laura. Je voulais recommencer à zéro et m'intégrer."

"Je ne comprends pas." Elle s'assit en croisant les bras à la taille. "Tu es ma meilleure amie et pendant deux ans tu n'as rien dit ?"

"Si je t'avais tout raconté dès notre première rencontre, serais-tu devenue mon amie ?"

Sa voix s'indigna. "C'est incroyable que tu me demandes ça. Je me fiche d'où tu viens."

J'eus du mal à avaler en croisant son regard. "Mais comment aurais-je pu le savoir ? Ma vie est complètement opposée à la tienne. Ma famille a à peine de l'argent. Nous vivons dans un appartement moche de l'autre côté de l'autoroute. Mes vêtements viennent de magasins d'épargne. Je ne ressemble en rien aux autres enfants à l'école."

Mary soupira. "J'avais déjà bien compris."

"Notre culture hmong est tellement..." Je cherchai les mots, mais je n'en trouvai pas. "Les gens ne comprennent pas nos coutumes. Ils pensent qu'elles sont étranges."

"Tu penses que je suis comme eux ?"

"Non. Toi et ta famille avez été merveilleux. Je m'en voulais de ne pas tout vous dire. Mais plus j'attendis, plus cela devint difficile."

"Pourquoi maintenant ?"

"Je ne peux plus mentir. Je veux tout partager, être parfaitement honnête. Je n'aime pas la personne que je suis devenue." J'étais désespérée de lui faire comprendre cela, d'être pardonnée.

Nous restâmes assises longtemps sans parler. Mary regarda par la fenêtre en se mordant la lèvre inférieure. Je priai en silence tous les esprits ou pouvoirs qui existaient qu'elle me pardonne.

"Tu m'en veux ?" je demandai enfin.

"Un peu. Je déteste que tu n'aies pas confiance en moi." Sa voix se brisa et les larmes apparurent une fois de plus.

"Je n'ai jamais eu de meilleure amie jusque là." Je me mis à pleurer encore.

Elle jeta ses bras autour de moi. "Je vais m'en remettre."

"Sois juste mon amie."

"Toujours." Elle sortit un tas de mouchoirs de papier de la boîte et se tamponna le nez. "Alors, que me caches-tu d'autre ?"

Nous parlâmes pendant des heures, avant et après le dîner. Mary me pausa un tas de questions sur ma famille et ma culture. Je lui fit part des incidents humiliants à Minneapolis qui m'avaient obligés d'être prudente et méfiante.

De temps à autre, elle eut des éclairs de colère à cause de ce que j'avais omis. Nous discutâmes le mariage malheureux de Blia, et je lui expliquai les coutumes pour les filles hmong de se marier jeunes et de commencer une nouvelle vie avec la famille leur mari. Je lui confiai ma relation avec Dang et à quel point cela m'inquiétait de savoir qu'il pouvait envisager un tel avenir avec moi. Elle fut d'accord. Elle conseilla que je lui dise que je ne pouvais plus le voir.

Il nous fallait sans doute du temps pour gérer ce changement dans notre amitié, mais tout finirait bien. Il fallait maintenant que je raconte mon histoire à Pete. Je ne voulais plus prétendre.

Samedi soir, Mary et moi arrivâmes au gymnase quelques minutes avant le début du match. J'étais impatiente et baignait dans l'air chaud et humide. Le sol vibra sous nos pieds quand les équipes adverses lancèrent une douzaine de balles de basket sur le terrain, leur permettant de perfectionner les mises en places et tirs. Des foules de spectateurs attendaient dans les allées pour se glisser le long des tribunes. Les percussions et les cors sonores de la fanfare jouaient la chanson de l'école. Trois cents personnes scandaient et levaient les bras en l'air pendant que nous essayions de trouver une place dans les gradins. Mon cœur battait à tout rompre à la recherche des maillots bleus et dorés. Pete se tourna et me fit un sourire.

Les quelques matchs de basket auxquels j'avais assisté m'étaient apparus remarquablement ennuyeux et énigmatiques. Mais ce soir, il n'en était pas de même. Je pouvais voir Pete se glisser sur le terrain et lancer le ballon à travers le cerceau. Dans ce mélange de corps, je m'efforçai de distinguer ses bras et ses jambes. Après deux prolongations, notre équipe remporta le match, quatre vingt contre soixante-dix-huit.

Mary et moi patientâmes dans la cour devant le vestiaire. Pete et Kevin en émergèrent plein d'enthousiasme.

"Alors, on est les meilleurs, non ?" hurla Kevin, passant son bras autour de Mary et l'embrassant fort sur les lèvres.

"Tu as choisi le bon match," dit Pete. Il me tapota doucement la paume des mains, ses doigts s'attardant un instant. "Kevin a sa voiture."

Il était déjà dix heures passées. "Je dois être à la maison à onze heures trente." Je haussai les épaules. "Je suis désolée." J'avais plaidé avec Père, mais il avait insisté.

"Ce n'est pas grave. On va manger quelque chose ? Je meurs de faim."

Nous nous rendîmes chez McDonalds où Pete et Kevin avalèrent des hamburgers pendant que Mary et moi bûmes des cocas et dégustâmes des frites. Les quelques minutes passèrent très vite et il fallait déjà rentrer à la maison. Pete et moi choisîmes l'arrière de la Honda de Kevin. Il me prit la main. Avec sa paume était chaude, peu importe si la nuit était finie. Elle était parfaite comme ça.

Je donnai les directions à Kevin tout en me demandant ce qu'ils penseraient tous de ce quartier désert et délabré. "Tu peux me déposer au coin," je dis quand nous arrivâmes au Short Stop. "Je ne veux pas que mon père me voie." Je ne fit aucune mention à mes cousins ou Dang.

Kevin arrêta la voiture et Pete sortit avec moi. "Je vais t'accompagner à mi-chemin ?" J'acquiesçai. Nous traversâmes la rue en restant à l'ombre des réverbères.

"Je suis content que tu sois venue," il dit doucement. "Peut-être que nous pourrons retenter la semaine prochaine."

"C'était un match super." Je frissonnai dans le vent glacial.

"Merci."

Il se pencha, mit son bras autour de mon épaule et m'embrassa doucement sur les lèvres. Nous rimes tous les deux de notre maladresse. Il m'embrassa une fois de plus, plus longtemps. Plus rien d'autre ne comptait à cet instant.

Il prit un pas de recul et sourit. "Je vais rester ici jusqu'à ce que tu arrives chez toi."

Je parcourus le demi-pâté de maisons jusqu'à mon appartement et me retournai. Pete se tenait encore là où je l'avais laissé. Il me fit signe une dernière fois. Lorsque je n'entendis plus le bruit de la voiture de Kevin, je montai les escaliers métalliques qui menaient à notre appartement.

Je fus surprise de voir Père assis à la table de la salle à manger penché sur la comptabilité de la ferme. D'habitude, il se couchait tôt, mais il avait dû rester debout pour m'attendre. Un bref instant j'eus peur qu'il ne m'ait vu avec Pete, qu'il avait appris que je ne lui avais pas dit la vérité.

Il leva les yeux et m'offrit un sourire rare. "Tu es à l'heure." Il étendit les bras et les plaça sur la tête. "Tu t'es amusée ? Qui a remporté le match ?"

Je m'assis, avec un enthousiasme soudain de pouvoir raconter les détails du match comme je lui parlais des histoires dans les livres de lecture et de ce que j'avais appris à l'école. La petite fille en moi vivait toujours, celle qui adorait son père et désirait combler le fossé et se connecter à nouveau. Tout à coup, en pleine conversation, nous fûmes interrompus par des pas qui martelèrent les escaliers. La porte de notre appartement s'ouvrit. Oncle Soua apparut dans l'entrée, le visage de cendre.

"Pao, aide-moi."

Mon père sauta sur ses pieds. "Qu'est-il arrivé ?"

Soua nous regarda, étourdi. "Blia a été abattue. Bee est mort."

Les mots que prononça Oncle Soua—abattue, mort—restèrent suspendus dans l'air, et je ne pu les associer à aucune réalité. Comment pouvions nous comprendre ces instants de violence en Amérique où nous étions venus pour être en sécurité ? Je remarquai la même incrédulité dans les yeux de Père, lorsqu'il regarda frénétiquement autour de lui. Un frisson de peur parcourut mon corps.

Chapitre 26
PAO

Le samedi, deux semaines après la fusillade, la famille travailla dans les champs pour préparer les nouvelles cultures. Nous étions encore abasourdis par les terribles événements. J'essayai de ne pas céder au sentiment de désespoir qui pesait sur moi, même s'il semblait que la violence suivait notre peuple partout où nous allions. Nous n'avions pas réussi à y échapper. Mais dans quelques semaines, le soleil pénètrerait le sol et permettrait la naissance de nouveaux pouces tendres de tomates, de maïs, de poivrons, de concombres. de courges et d'haricots, semés et cultivés dans notre serre. Je m'efforçai à voir le renouveau de la vie, de profiter du luxe que m'offraient les heures calmes et le travail sans complication pendant lesquelles mon esprit pouvait errer.

Oncle Boua se tourna vers moi dé la rangée voisine, où il s'était agenouillé pour nettoyer les oignons vieux et les mauvaises herbes. "Est-ce que Soua vient cet après-midi ?" il demanda.

"Oui. Ils devraient bientôt revenir de chez Blia." Je jetai un coup d'œil au fond du champ où ma femme et d'autres personnes récoltaient les derniers brocolis et betteraves chinois. Le choc de la mort de Bee persistait autour de nous, comme la brume qui s'élève du sol au petit matin. C'était un fardeau triste et honteux pour Soua et Yer, et nous pleurions tous pour eux.

Blia et Bee se trouvaient dans le parking d'un magasin de vins et spiritueux avec un ami, assis sur le capot de leur voiture. Une autre voiture avait traversé le parking, avait tiré trois fois, puis avait disparut dans la circulation. La balle avait traversé le torse de Bee, le tuant dans l'espace de quelques secondes, et avait touché Blia à la gorge pendant qu'elle essayait de se mettre à l'abris. Elle avait perdu beaucoup de sang et deux jours plus tard, elle avait accouché, plus tôt que prévu. Elle et le bébé se remettaient maintenant.

"Tu as entendu qu'ils ont arrêté deux garçons la nuit dernière ?" je demandai.

Il s'arrêta de creuser un instant. "Ia dit qu'ils étaient vietnamiens, âgés de quatorze et quinze ans. Comment est-il possible qu'ils aient une voiture et des armes à feu ? Où sont leurs parents ?"

"Ils ont volé la voiture. Qui sait comment ils ont pu se procurer des armes à feu. L'ami de Bee s'était bagarré avec le frère d'un des garçons la semaine dernière. Je ne sais pas si Bee était impliquée ou non. Ils font parti d'une bande rivale."

"Quel gaspillage de jeunes vies." Il soupira alors que nous avancions lentement dans la rangée.

Je retournai la terre méthodiquement et des mottes de terre je retirai les touffes de mauvaises herbes en pensant que les pissenlits jaunes et gais semblaient bien déplacés. "Après l'enterrement demain, j'irai avec Soua pour négocier avec la famille de Bee. Blia et son enfant doivent rentrer chez eux."

Oncle s'arrêta à nouveau. "Et ils sont d'accord ?"

"Ils étaient malheureux depuis le début."

Il secoua la tête lentement. "Ces gangs sont en train de détruire nos jeunes gens. Cela fait quatre morts au cours des derniers mois."

Ma poitrine se serra de plus en plus en pensant au mal que subissait notre peuple au quotidien et à son destin semé de tragédies. Au Laos, nous connaissions notre ennemi, il portait le visage du communisme. Mais l'ennemi ici était amorphe, un champignon rampant qui nous étouffait lentement jusqu'à la mort.

"Je ne sais que penser," je dis. "Les parents qui viennent au centre communautaire sont perdus, incapables de contrôler leurs enfants. Parfois, leurs enfants parlent si peu le hmong qu'ils peuvent à peine communiquer." J'agitai ma truelle dans les airs, comme pour couper ma frustration. "J'ai interprété pour une famille la semaine dernière. Le garçon, âgé de quinze ans seulement, va au Lycée Kennedy où Bee est allée. Il m'a dit qu'ils avaient besoin des gangs pour se protéger. S'ils ne se lient pas à eux, on les bats ou les blesses. Sa mère a pleuré et l'a supplié de redevenir un bon fils. Le garçon a dit qu'il ne pouvait pas quitter, même s'il le voulait. Le père resta assis en silence, honteux." Je frappai le sol tout fort avec ma truelle. "Le garçon dégageait tant de colère. "Je songeai à ses propos et à la manière dont ils m'avaient touché. Il me dit qu'il ne pouvait parler à ses parents. Qu'ils ne le comprenaient pas. Que leurs idées étaient arriérées, comme s'ils vivaient encore au Laos. Cela me faisait peur. Je ne pouvais m'empêcher de me demander s'il y avait des choses que j'ignorais à propos de mes propres enfants. Est-ce que Nou se sentait détachée de moi et de sa mère ? Y avait-il un fossé entre nous ?

Oncle se redressa pour s'étirer le dos. "Nos enfants ne respectent plus leurs aînés. Ils n'apprécient pas notre passé et tout ce que nous avons sacrifié. Combien d'entre eux comprennent vraiment ce que c'est d'avoir leur vie et leurs terres menacées par des ennemis armés, aux visages trompeurs, ou de se trouver sans nourriture ou sans abri ?"

Du même avis, j'acquiesçai. La plupart de nos enfants n'avaient pas connu la vie au Laos et les horreurs de la guerre. Ils étaient petits lorsque nous partîmes, étaient nés dans les camps de réfugiés ou en Amérique.

Oncle se leva et porta le panier de mauvaises herbes dans la brouette au bout de la rangée. Il revint à pas lourds. "Qu'est-ce que ces gangs essaient d'accomplir, sinon plus de violence et de morts ?"

"Ils voient toute la richesse qui les entoure. Des voitures tape-à-l'oeil, de beaux vêtements, de grandes maisons. Ils veulent tout cela. Ils se montrent gaillards en vendant de la drogue et en pillant les magasins. J'ai demandé à un garçon pourquoi il cherchait à avoir des ennuis et risquer d'aller en prison ou même de mourir. Je lui ai dit de travailler dur à l'école et de trouver un bon travail, de respecter ses parents. Il m'a ri au nez et dit que je ne le comprenais pas. Il dit qu'il n'allait jamais se conformer à cette société." Je secouai la tête.

Oncle cligna des yeux. "Nous ne pouvons pas les laisser tomber. Nos enfants doivent réussir. D'abord, ils vont apprendre l'anglais et certains d'eux iront à l'université. Ils auront de bons emplois. Cela prendra du temps. Un jour, les américains comprendront qui sont les Hmong et nous respecteront."

Je poussai un soupir, espérant qu'il avait raison. Je ne pouvais pas me permettre de baisser les bras. J'espérais seulement garder mes propres enfants saufs.

La nuit je me couchai à coté de Yer. Je tendit la main et elle ne se déroba pas. Ma conversation avec Oncle Boua avait pelé toutes les couches protectrices de ma défense rationnelle et maintenant mes craintes étaient exposées dans cette profondeur nocturne. Je voulu lui expliquer combien j'avais besoin du réconfort de son corps chaud pour guérir le froid qui me rongeait le cœur. Je voulu lui dire à quel point je l'aimais toujours, à quel point elle me tenait à cœur, à quel point je souffrais lorsqu'elle s'éloignait de moi. Mais comme je ne savais pas comment former ces mots avec mes lèvres, je caressai simplement ses longs cheveux soyeux, espérant qu'elle comprendrait.

Elle se tourna sur le côté pour me faire face et posa son bras légèrement sur mon ventre. "Je suis contente que Blia et le bébé retournent à la maison. Sa mère se sentait si seule."

"C'est mieux pour tout le monde."

"Les parents de Bee ne sont pas de bonnes personnes, mais je suis triste pour eux. C'est terrible de perdre leur fils unique."

Ces mots flottèrent autour de nous ramenant la mémoire encore vivante de nos propres garçons. Je ne voulais pas que Yer s'engage à nouveau dans cette direction.

"Nous avons de la chance que nos enfants se portent bien et que nous n'ayons pas de problèmes," elle dit.

"Ils sont dans de bonnes écoles, sans gangs."

"Je peux m'imaginer le futur de Nou maintenant. Je suis sûre que les parents de Dang vont bientôt arriver pour organiser un mariage. Je vois la façon dont il la regarde."

"Tu es sûre que Nou est prête à se marier ? Je voudrais qu'elle finisse le lycée. Elle veut aller à la l'Université si on peut trouver l'argent."

"Tous ces arguments. Qu'est-ce que l'école a à à voir avec le fait d'être une bonne épouse ou une bonne mère ? Dès que Dang voudra se marier, elle abandonnera ces grandes idées. C'est un garçon intelligent. Il aura un bon travail. Nou n'aura pas à s'inquiéter."

"Nou est têtue. Si nous la poussons trop fort, elle pourrait résister."

"Tu verras," Yer me rassura.

Tant d'inquiétudes tourbillonnaient dans ma tête. Je ne savais pas pourquoi je ne sautais pas de joie à l'idée que Nous épouse un bon garçon issu d'une famille respectable qui avait un avenir prometteur. Il était le mari que tout père souhaiterait pour sa fille. Mais je ne croyais pas que Nou était prête à accepter une offre de mariage. Elle voulait continuer ses études. J'étais fier de son intelligence et de son ambition.

Se marier et avoir des enfants pouvaient facilement effacer ou retarder ces rêves. Je ne voulais pas qu'elle vive la même déception que moi. Pourtant, chaque jour, je la voyais dévier de son héritage hmong. Je fus attristée par la façon dont elle me parlait, le ton plat mais sincère de sa voix et ses propos, avec lesquelles elle semblait cacher la vérité. Je ne savais pas vraiment comment elle passait son temps à l'école et avec ses amis. Bientôt, la distance entre nous serait trop grande. Si un mariage avec Dang pouvait la protéger et sauver l'honneur de la famille, il valait mieux sans doute.

Chapitre 27
LAURA

En tombant amoureuse, je laissai tomber mes gardes. Rien d'autre ne comptait. Je passai le plus clair de mon temps avec Pete pendant et après l'école, pour rencontrer chez Mary ou Sea Treasure, pour faire un tour en ville sur le siège arrière de la voiture de Kevin. Je me sentais plus heureuse et plus libre avec lui qu'à tout autre moment de ma vie. Je voulais lui raconter mes secrets, je voulais qu'il connaisse l'histoire de ma famille et les restreintes de mon héritage hmong. Je lui expliquai la situation compliquée que j'avais avec Dang, et le rassurai que Dang n'était qu'un ami. Et pendant que sa mère fit lentement ses adieux, Pete put compter sur moi.

Je me persuadai que notre relation pouvait rester secrète sans conséquences, même si je regardai constamment par-dessus mon épaule. Nous n'avions dévoilé à personne à l'école que nous sortions ensemble, de peur que ma cousine Mee ne le découvre. Bien sûr, nous nous faisions remarquer lorsque nous traversions les couloirs en nous tenant par la main de manière désinvolte, et en échangeant des sourires.

Chez moi, mon comportement devint plus erratique et instable. Je fus plus agitée et essayai de trouver toutes sortes d'excuses improbables pour être avec Pete. Je n'avais plus d'appétit, et je passai des nuits blanches. J'avais du mal à me concentrer sur mes études. Parfois, je me laissai emporter dans des rêveries, je pliai distraitement le linge sale, renversai un verre d'eau au dîner, ou oubliai de donner un bain à mes petits frères avant de me coucher. Mère me réprimandait et demandait où j'avais ma tête. Tu dois penser à Dang, disait-elle. Je le niai avec véhémence, ce qui ne fit que confirmer son opinion.

Pendant des semaines, tout doucement, j'essayai de rompre ma relation avec Dang, lui avançai que j'étais trop occupée quand il appelait ou venait me rendre visite, sous le prétexte que je ne pouvais pas joindre le groupe le week-end. Il finirait bien par se rendre compte que c'était sans espoir et abandonnerait. Je n'arrivai pas à lui dire qu'il y avait quelqu'un d'autre, quelqu'un que mes parents n'accepteraient jamais, ou que je ne pouvais plus supporter ni ses attentions, ni ses espérances. Pourtant, plus je l'évitais, plus je me montrai impatiente et froide, plus il persistait. Au fond, il avait bien l'air d'être le spectre du mariage malheureux de Blia.

Blia et sa petite fille étaient retournées vivre chez ses parents, à la grande joie de sa mère et de la mienne. Elles dorlotaient le bébé et s'extasiaient devant ce bébé grassouillet, exigeant, avec des poumons robustes et les cheveux noirs en broussaille qui se dressaient comme les brosses d'un porc-épic effrayé. Mère chantait les louanges de la maternité et répétait sans cesse comme il serait merveilleux que j'aie un enfant un jour. Mais tout ce que je remarquai, c'étaient les cicatrices physiques et émotionnelles que l'union malheureuse avait laissées sur Blia et l'évidente détresse face à la réalité d'élever un enfant, elle qui n'était encore qu'une enfant elle-même.

Un soir, mi-avril, Père s'assit après le dîner pour ouvrir le courrier. Je faisais mes devoirs sur le canapé du salon avec mes frères et sœurs éparpillés autour de moi devant la télévision. Père dit mon nom et je levai les yeux. Il tenait deux feuilles de papier à la main, l'air confus.

"C'est d'une certaine Mme Martin. Elle fait allusion à un examen appelé le SAT."

"C'est ma conseillère. Tu te souviens ? Je t'ai dit que je devais passer l'examen pour postuler à l'université. C'est un examen d'aptitudes."

Lentement, il acquiesça. "Elle dit que l'école a des subventions pour aider à payer les frais, si je complète ce formulaire." Il jeta un nouveau coup d'œil aux pages et fronça les sourcils. "Mais pourquoi fait-elle référence à toi comme ma fille Laura ?" J'eus mal à l'estomac.

"Pourquoi est-ce qu'elle t'appellerait comme ça ?"

C'était complètement absurde que je n'en eus touché mot à mes parents tout ce temps, et je m'aperçu que cela faisait des mois et des années. Je passai la langue sur les lèvres. "Je voulais t'en parler. J'avais eu l'idée de prendre un nom américain à l'école."

"Depuis quand ?"

"Depuis un bout de temps."

Père fronça les sourcils. "Combien de temps ?"

Je fit une pause et poussai un grand soupir. "Depuis que nous avons déménagé ici."

Il redressa la tête, l'air stupéfait. "Et je l'apprends seulement maintenant ?"

Ses mots résonnèrent. "Je ne savais pas ce que tu dirais. Si j'avais gardé le nom de Nou, je devais expliquer que j'étais Hmong et du Laos. Personne ne sait même où cela se trouve."

Maman sortit de la cuisine, d'où elle avait écouté notre conversation, et se plaça à côté de papa. Elle secoua la tête. "Pourquoi est-ce grave d'être Hmong ?"

Je croisai son regard. "Vous savez comment les enfants me traitaient à Minneapolis, avec toutes les taquineries et toutes les injures. Je ne voulais pas être différente des autres."

Mère jeta les mains en l'air et retourna finir la vaisselle dans la cuisine.

Père enleva ses lunettes de lecture et se frotta l'arête du nez. Enfin, il se tourna de nouveau vers moi. "Tu aurais pu nous le dire. Les Hmong sont toujours honnêtes."

Je croisai les mains sur mes genoux, et je fixai le tapis usé et sale sous mes pieds nus. Je redoutais sa colère, mais tout ce que j'entendis, c'était de la déception.

"Quel genre de vie est-ce que tu as si tu dois prétendre être quelqu'un d'autre ?" Il laissa s'échapper un long soupir fatigué. "Comment puis-je être sur s'il n'y a rien d'autre que tu nous caches ?"

"Je suis désolée." La culpabilité, les mensonges, et le subterfuge tissèrent une boule embrasée au fond de moi. J'aimais mon père. Je voulais qu'il soit fier de moi. Cette déception allait passer, cependant, j'avais brisé notre relation et son opinion de moi sans pouvoir la réparer. Une vérité bien plus profonde nous séparait. Je n'arriverais jamais à concilier les demandes de ses regles et la culture hmong avec la réalité de mes rêves. Tôt ou tard, il fallait que je choisisse.

Chapitre 28
PAO

Tout changea du jour au lendemain. Comme un sac de riz éventré dont les graines tombent à terre, se salissent et se gâtent. Les jours s'allongèrent indéfiniment, semés de confusion. Je n'arrivais pas à discerner la suite des événements, ni à me réconcilier avec la douleur dans mon cœur. Je ne m'étais pas senti aussi perdu et désespéré depuis notre voyage fatidique du Laos de l'autre côté du Mékong.

Tout commença fin avril lorsque le temps devint chaud et que les jeunes plants sains poussèrent dans nos champs. Comme on pouvait s'y attendre, tout semblait être d'une simplicité trompeuse. Puis Nou tomba malade souffrant de maux d'estomac et d'une légère fièvre. Ce lundi là, nous insistâmes pour qu'elle reste à la maison. Yer prépara un breuvage aux herbes contre la fièvre et massa son corps avec de la menthe pour détendre ses muscles. Lorsque il n'y eut aucune amélioration, je lui frottai le dos avec une pièce d'argent pressée au milieu d'un œuf dur afin d'extraire la maladie de son corps. Mais ces remèdes ne la soulagèrent que temporairement. Je lui donnai de l'aspirine, mais son mal de ventre empira. La fièvre persista. Elle ne put manger. Ses joues devinrent pâles, ses yeux ternes.

Dang et Mary appelèrent tous les jours, sachant qu'elle était trop faible pour leur parler. Mee dit que Dang était très inquiet pour elle. Yer se hâta de rappeler à Nou qu'elle avait de la chance d'avoir un jeune homme aussi bon et bienveillant dans sa vie. Mais Nou ne fit que gémir, les mains sur le ventre et la taille, puis elle tourna la tête.

Le troisième soir, Nou brûla à nouveau avec une forte fièvre, et sombra dans un sommeil agité. Quand Mary appela, je lui dit que Nou était en train de dormir et de ne pas la déranger. Sans doute ma voix parut trop sévèrc à cause de mon inquiétude. Je n'appréciai pas que quelqu'un qui n'était pas de la famille s'en mêle.

Je demandai à Oncle Boua d'effectuer un *khov kuam* pour préciser ce qui n'allait pas. Il prit les cornes de buffle fendues, les plaça devant son autel et pria les esprits de lui révéler la source de la maladie de Nou. Cinq fois, il jeta les cornes par terre avant que la réponse ne vienne. C'était ce que je craignais. Trois âmes avaient abandonnées son corps et les mauvais esprits les retenaient dans l'au-delà. Pendant vingt minutes, il continua à lancer les cornes, se demandant ce que nous devions faire pour apaiser les esprits et permettre aux âmes de revenir. Après de nombreuses négociations, on trouva un accord. Si sa santé s'améliorait dans trois jours, nous allions offrir un *hu plig*, un appel à l'âme et nous allions sacrifier un cochon.

Quand Nou se réveilla, je lui demandai s'il y avait un événement qui aurait pu bouleverser son âme. Se sentait-elle accablée par un problème dont elle ne m'avait pas parlé ? Elle ne m'offrit aucune réponse, mais lorsque je persistai, elle devint agitée et effacée. La seule explication que je pouvais fournir c'était le fait qu'elle avait changé de nom. Peut-être que le poids de ce secret, le manque de respect qu'elle avait témoigné à ses ancêtres hmong, en reniant son héritage, avaient offensé les âmes. Ce n'était pas étonnant alors que je la sente se distancer de plus en plus de la famille, elle avait déjà pris un autre chemin.

Cette nuit-là, à tour de rôle, Yer et moi surveillâmes Nou plaçant des compresses fraîches sur son front brûlant, plein de sueur, essayant de lui donner quelques gouttes d'eau à avaler. Finalement, quand je tombai d'épuisement, je fus réveillé par des rêves effrayants. Des étrangers de l'autre côté d'une vaste fleuve m'appelèrent avec des secrets importants sur Nou, mais je ne pus comprendre le sens de leurs paroles. Je me réveillai en sueur, plein d'effroi.

Au matin, la fièvre de Nou avait baissé et elle réussit à prendre une tasse de bouillon de légumes. Sa respiration était redevenue normale. Les esprits avaient tenu parole, j'allais garder la mienne. Yer informa la famille que nous allions offrir un hu plig le samedi matin. Elle avait demandé à Mee d'inviter Dang, pensant que cela aiderait Nou à se rétablir.

Tante Khou et Kia arrivèrent tôt ce matin-là pour aider. Yer leur montra l'abondance de mangues fraîches, de bananes, de papayes et de fleurs achetées la veille, qui décoraient la table de la salle à manger. Elles se bousculèrent dans la cuisine, placèrent des pots d'eau sur le la cuisinière, émincèrent un tas de porc et de légumes et remplirent le cuiseur à riz. Je choisis deux poulets de notre poulailler, un mâle et une femelle, pour aider Oncle Boua à réunir les esprits. J'avais acheté une truie âgée de trois ans pour offrir son âme en échange du retour sans danger des âmes de Nou.

Nou, apathique et silencieuse, observa les préparatifs de la famille allongée sur son matelas. Oncle Boua apporta son banc de chaman, qu'il chevaucherait pour se rendre dans l'au-delà et le plaça devant notre autel. Yer déposa un bol de riz avec un œuf cru sur une petite table près de la porte pour accueillir les esprits, ainsi que les âmes de Nou qui reviendraient. Dans du papier doré, Houa et Moa découpèrent des motifs pour créer une montagne d'argent spirituel. Boa coupa des bouts de ficelle en coton pour que chaque membre de la famille les attache autour du poignet de Nou, afin de retenir et protéger les âmes qui retourneraient dans son corps.

En regardant les filles travailler, je me souvint de tous les rappels d'âme qui avaient été pratiqués pour notre famille au fil des années—au Nouvel An, lors de maladies, et avant d'entreprendre nos importants voyages de la Thaïlande aux États-Unis et de Minneapolis à Sacramento. La première fois que j'avais noué un fil au poignet de Nou, elle n'était qu'un petit bébé âgé de trois jours. Ce fut un moment de grande joie lorsque nous organisâmes cette cérémonie pour lui donner son nom. Yer et moi avions choisi le nom de Nou, qui signifie soleil, pour notre précieuse enfant. Elle avait à nouveau éclairé nos vies à la fin de la guerre sombre et tourmentée.

Je me souvins du moment où j'avais failli la perdre et cela m'envoya un frisson dans le dos. Cette nuit-là dans le Mékong, sa main avait glissé de la mienne. Il m'avait fallu recouvrir toute mes forces pour la retenir.

Oncle portait son pantalon de chaman noir et sa veste en soie, avec une ceinture rouge chatoyante. Il plaça sa coiffe sur le banc. Il lissa le papier à motifs pour recouvrir l'autel, rangea ses outils, ses bougies, et son encens, ainsi que trois coupes d'eau bénite et la montagne d'argent pour les esprits. Tout était en place.

La famille commença à se réunir. Gia, Soua, et moi devions aider Oncle. Dang arriva avec Mee et Tou et se précipita aux côtés de Nou. Elle fronça les sourcils, le regarda à peine, comme si sa présence lui ôtait le peu d'énergie qui lui restait. Le téléphone sonna et me déconcerta, comme nous étions sur le point de commencer. Une fois de plus, ce fut Mary qui venait aux nouvelles de Nou, et insista de lui parler. Je lui expliquai que ce n'était pas le moment et je raccrochai, irrité par cette nouvelle interruption au moment si critique.

Oncle aida Nou à se mettre assise sur une chaise au centre de la pièce. Elle portait un t-shirt, le bas de son pyjama et sa meilleure veste hmong en soie noire à manches indigo. Elle semblait ailleurs et faible, mal à l'aise avec tous les yeux rivés sur elle. Oncle alluma les bougies et de l'encens pour éclairer le monde des esprits et passa les cymbales nouées avec des morceaux de ruban rouge sur ses doigts. Elles représentaient les esprits qui assistent. Il sonna le gong pour alerter la famille qu'il était sur le point de commencer.

Je pris la relève pour sonner le gong en rythmes lents et réguliers tandis qu'Oncle entama les chants familiers destinés à appeler les esprits. Il plaça une liasse d'argent pour les esprits sur les épaules de Nou, en guise de paiement pour obtenir la permission de renouveler sa vie. Les dieux avaient rédigé cette permission avant sa naissance, décidant de la chance dans la vie et la date de sa mort. Oncle devait s'assurer que cette date n'arriverait pas avant longtemps.

Gia sortit les poulets de leur cage sous le porche avant, les plaça une à une au-dessus d'une assiette et leur trancha la gorge, rapidement. L'âme des animaux aiderait Oncle à négocier avec les esprits de l'autre monde. Yer prit les poulets pour les nettoyer et les cuire. Ensuite, nous allions examiner le crâne, la langue, le bec et les pattes des poulets à la rechercher de signes qui indiqueraient que les âmes égarées de Nou nous étaient revenues. Les deux pattes devaient être parfaitement identiques et la langue devait rester lisse.

Shone et Gia portèrent le cochon, attaché et enveloppé dans un drap, dans l'enclos situé au dessus, à côté de l'appartement. Il poussait des cris perçants, se débattait et haleta quand ils le posèrent sur la feuille de plastique qui recouvrait le tapis. Le cochon leva vers eux des yeux pleins de détresse et tenta de se libérer. Oncle passa une ficelle autour du corps du cochon et enroula l'autre extrémité deux fois autour de la taille de Nou.

Il fit appel à son neng, son esprit familier. La deuxième fois qu'il lança les cornes de buffle, elles atterrirent à plat. Son neng l'avait entendu. Il plaça de l'argent pour les esprits à côté du cochon et le remercia d'avoir offert son âme en échange. Le cochon avait accepté au premier lancement de cornes.

Gia trancha rapidement le cou du cochon. Le sang s'écoula dans le large bol peu profond et propagea dans l'air une odeur de métal brûlé. Oncle plongea l'argent pour les esprits dans le sang puis le plaça sur les épaules de Nou. En échange, il prit l'argent pour les esprits déjà sur les épaules de Nou et le déposa sur le cochon. Il trempa ses clochettes dans le liquide rouge pour tracer plusieurs lignes sur le dos de Nou afin de la protéger de tout danger par les mauvais esprits.

Il était prêt à entreprendre ce voyage vers les cieux. Oncle mit la coiffe noire sur sa tête pour qu'il devienne invisible au monde extérieur. Avec ses bagues et ses cymbales, il s'assit sur son cheval, prêt à recevoir l'aide de son neng lors de ce long voyage qui pouvait durer quatre ou cinq heures. Au retour, il n'aurait plus aucun souvenir des langues parlées, ni des nombreux endroits où il avait passé ou des négociations avec les esprits. Je continuai à sonner le gong pendant sa transe et libérait son esprit du monde actuel. Soua et Shone veillèrent à ce que Oncle ne tombe pas de son banc, pendant qu'il bondissait, secouait son hochet, et continuait son voyage, s'éloignant de plus en plus.

Tout à coup un étrange tumulte se fit entendre venant du porche. On poussa la porte d'entrée qui claqua contre le mur. Une bouffée d'air m'enveloppa comme le l'haleine froide d'un fantôme. Kia en eut le souffle coupé. Je me retournai, momentanément aveuglé par le soleil qui entrait par la porte ouverte.

Mary apparut au seuil, suivie d'une auréole de lumière. Ses yeux énormes étaient rivées sur la ficelle nouée autour de la taille de Nou, puis passèrent aux stries rouges le long de son dos puis au cochon égorgé sur le sol, le drap couvert de taches de sang, qui prenait une couleur marron. Elle laissa échapper un petit cri perçant.

Oncle s'effondra sur le banc et retira sa coiffe. Des pas résonnèrent dans les escaliers. Un jeune homme, grand et blond, vêtu d'un jean bleu et d'un t-shirt blanc, poussa Mary de côté. Il regarda autour de lui et se précipita vers Nou. Il passa son bras autour de ses épaules. "Tu es blessée ? Que t'ont-ils fait ?"

Nou secoua la tête. "Ça va. Je vais bien."

Dang, debout contre le mur, se pencha en avant, les yeux fous. "Ne la touche pas." Il retira le bras de l'étranger et le poussa fort. Ils se poussèrent l'un l'autre, se tabassèrent et se crièrent mutuellement d'arrêter.

Yer me prit par le bras. "Pao, fais quelque chose."

"Arrêtez ! Arrêtez ! Arrêtez, s'il vous plaît !" Nou se leva de sa chaise.

J'essayai de me mettre entre les garçons, mais un coude me frappa violemment dans la tête. Je me retournai. Tout le monde criait, Shone, Gia et Soua en groupe tentèrent de séparer les garçons, en les tirant par les bras.

Mary se dirigea vers Nou. "Laura, je suis vraiment désolée.

Nous croyions que quelque chose de grave t'était arrivé."

"Tout le monde, calmez-vous," je dis, recouvrant enfin ma voix. "Nou, qu'est-ce qui se passe ?"

Nou se tourna vers moi, les larmes lui coulaient le long des joues, le visage aussi paniqué et affligé que celui du cochon avant que son âme ne se rende dans l'autre monde.

"C'est qui, lui ?" je demandai, mais au fond de moi-même, je ne voulais pas entendre la réponse.

Le garçon se libéra de l'emprise de Gia et me tendit la main que je refusai. "Je suis Pete Williams, l'ami de Nou."

Il retira sa main, examina le cochon et la mare de sang, les bougies allumées et l'encens, les visages choqués de notre famille. Il paraissait déconcerté et troublé.

La colère montait en moi, prête à jaillir. "De quel droit faites-vous intrusion dans notre famille ?"

Debout, désespéré, il regarda Nou.

"Qui est ce type ?" Dang demanda à Nou. Il s'avança de nouveau vers Pete. "Elle est ma petite amie. Tu ferais mieux de sortir d'ici."

"Elle n'est pas ta propriété," dit Pete doucement. "Elle peut choisir qui elle veut."

Nou retomba sur sa chaise, sanglotant. Elle leva les yeux vers Pete. "Tu fais mieux de partir."

Pete me jeta un coup d'œil et se tourna vers Nou. "Je ne peux pas te laisser seule comme ça."

"Je vais bien. Vas-y. S'il te plaît," supplia Nou.

Le silence s'abattit sur la pièce lorsque que Pete et Mary partirent à contrecœur. Les membres de la famille aussi s'esquivèrent discrètement. Seul Oncle Boua resta.

J'avais mal à l'estomac. Il était clair que ma fille sortait avec ce garçon, qu'elle nous avait caché cette relation, qu'elle avait menti en nous disant où elle allait. Elle l'avait fait en sachant que la famille lui n'accepterait jamais. Et c'était ici, devant tout le monde, que la malhonnêteté de Nou avait fait surface. Sa réputation était ternie, notre famille était déshonorée. Toutes ces années, j'avais chéri ma fille, si parfaite et dévouée. J'avais cru en son intelligence et savait qu'avec sa ténacité elle aboutirait à ses rêves. Je l'avais soutenue. Et c'est comme ça qu'elle me remerciait.

Je demandai à Dang de partir et de nous laisser élucider cette situation. Nou, sans défense, fit ses aveux en larmes. Elle dit qu'elle aimait Pete de tout son cœur. Comment pouvait-ce être une erreur d'aimer quelqu'un aussi fort, quelqu'un qui avait besoin d'elle et qui partageait ses sentiments. Après tout, on est en Amérique, elle affirma, ici tout est différent. Pourquoi n'arrivions nous pas à comprendre ?

Yer était hors d'elle, pleine de récriminations coléreuses. J'étais trop contrarié pour poser d'autres questions. Je ne savais pas comment résoudre ce problème, ni comment empêcher cette situation de gâcher toutes nos vies. Il y avait l'honneur de la famille et celle du clan. Je lui interdis de revoir Pete en espérant qu'elle verrait l'erreur du choix qu'elle avait fait. Mais les dégâts étaient faits et rien n'y changerait.

Beaucoup plus tard, quand je réfléchis à nouveau sur les semaines lugubres et amères qui s'en suivirent, je me rappelai du *hu plig*. Oncle n'avait pu achever son voyage dans l'autre monde et n'avait pas récupéré les âmes rescapées de Nou. Elle avait recouvré sa santé physique, mais elle restait à jamais perdue pour sa famille.

Chapitre 29
LAURA

Le juge se concentre sur chaque mot que prononce Mme Hernandez, comme s'il espérait recueillir toute information pertinente outre le dossier qu'il a lu. Mme Hernandez s'arrête pour prendre une gorgée d'eau. La sténographe judiciaire tousse et s'ajuste dans son siège. Mary se penche en avant et me serre le bras. Mon cœur se met à battre en rythmes irréguliers. J'ai des picotements dans les doigts.

Mme Hernandez parle d'une voix calme et évasive, comme si elle annonçait la météo. "Votre honneur, comme vous constatez dans mon rapport, les évènements prirent une tournure compliquée lorsque les parents de Laura découvrirent qu'elle fréquentait un jeune homme qui n'est pas du cercle de leur culture."

J'ai envie de prendre la parole, d'ajouter que ma famille a pris un risque en venant en Amérique, avec la promesse d'être libre. Pourtant, ils s'accrochent à leurs anciennes coutumes et à des idées rigides, qui vont contre tout ce que nous avons recherché. Oui, j'ai menti et j'ai gardé des secrets, j'ai essayé de survivre dans un monde singulier. Mais je suis une fille sage. Comment sont-ils surpris que je demande le droit de choisir mon propre avenir ?

"Sa famille insiste pour qu'elle épouse un autre jeune homme,

Dang Moua. Laura ne veut pas l'épouser. Elle n'a que dix-sept ans et une année pour terminer ses études au lycée. Bien que beaucoup de filles hmong se marient jeunes, il est évident que nous ne pouvons accepter que sa famille la force ou lui impose de se marier contre sa volonté. »

La nuit même, Dang et son père revinrent nous voir à l'appartement pour me demander en mariage. J'implorai Père de ne pas m'imposer cette requête. Je n'aimais pas Dang. Je le suppliai de me laisser terminer mes études. Je lui promis de ne plus jamais revoir Pete, même si cela me brisait le cœur. Mais Père fut aveuglé par la déception et la colère. Il dit qu'en mentant, j'avais perdu tous mes droits et que mon comportement était inacceptable. Il ne pouvait plus jamais me faire confiance. L'honneur de la famille était en jeu.

Mes parents envisageaient de m'envoyer dans une autre famille avec un mari que je comprenais à peine et que je n'aimais pas. Comment pouvais-je espérer que Dang se comporte différemment ici, en Amérique ? Sans doute, en tant que mari et chef de famille hmong, ses attentes resteraient ancrées dans le passé. Je devrais renoncer aux études universitaires et à une carrière avant même d'avoir la chance de commencer.

Je restai couchée toute la nuit, ayant du mal à comprendre ce qui m'arrivait. La détresse donna suite à la panique comme un étau qui se referma et empêcha l'air de passer dans mes poumons.

Quand la lueur naissante de l'aurore peint le ciel d'ébène en bleu saphir et que les étoiles se dissipèrent dans le néant, je me glissai hors de mon lit et vers la porte. Une fraction de secondes, ma main s'attarda sur la poignée. Je connaissais les conséquences. Il n'y aurait plus moyen de rebrousser chemin.

Les escaliers en métal sous mes pieds me donnèrent froid dans le dos. Dans le parking, je mis mes chaussures et commençai à courir. Encore malade et faible, j'avais les jambes lourdes. Malgré mon effort de trouver de l'air, je courus et courus dans la rue, à l'ombre des réverbères, passant devant le Short Stop et le terrain vague couvert de mauvaises herbes, et je traversai le viaduc de l'autoroute. Le sifflement des voitures qui passaient en-dessous résonnèrent dans mes oreilles, et comme une sirène hurlèrent dans ma tête. Je passai par quinze pâtés de maisons où tous dormaient pour arriver au sanctuaire de la résidence de Mary.

Mme Hernandez se balance d'un pied sur l'autre et, par-dessus le cadre de ses lunettes, elle lève les yeux vers le juge. "Votre Honneur, Laura a quitté la maison pour rester chez les Shannon. Après une confrontation avec son père, elle a appelé notre bureau pour que nous intervenions."

Père sut immédiatement où me trouver. Lui et Oncle Boua arrivèrent quelques heures plus tard. J'essayai d'expliquer, mais cela le rendit encore plus déraisonnable. Je ne l'avais jamais entendu si en colère. Il a demandé à M. Shannon de les laisser me ramener à la maison. Pris dans la fureur et devant son impuissance, Père a fait de terribles menaces. Pendant tout ce temps, j'avais pleuré et l'avais supplié d'arrêter. La police est arrivée et a averti Père et Oncle qu'ils seraient obligés de les conduire en prison s'ils ne partaient pas.

"Vu le comportement instable du père de Laura, les Shannon ont demandé à la cour de leur confier la garde temporaire de Laura et, dans l'attente d'une audience, une ordonnance de protection contre M. Lee, qui fut accordée par le juge M.Owen." Mme Hernandez tourna la page dans ses notes. "Il y a un peu plus d'une semaine, Dang Moua, le jeune homme que les parents de Laura souhaitaient épouser, et plusieurs de ses amis ont tenté de kidnapper Laura alors qu'elle se rendait à l'école. Dans la culture hmong, si un jeune homme emmène une femme chez lui et l'y garde pendant trois jours, elle est considérée sa femme. Heureusement que M. Shannon passait dans le quartier en voiture et les en empêcha. Une ordonnance de protection contre M. Moua fut mise en place aussitôt."

Mme Hernandez poursuit en décrivant les deux réunions avec ma famille, ce qui contraria Père davantage. "Laura est une jeune femme très intelligente et dévouée. A l'école, ses enseignants disent qu'elle s'applique beaucoup et qu'elle possède un excellent dossier scolaire ce qui lui permettra de fréquenter une bonne université, dotée d'une bourse complète. Son avenir est prometteur. Ses parents se doivent se comprendre ce qu'elle risque de perdre."

Le juge hoche la tête et remercie Mme Hernandez pendant qu'elle s'assoit. Mon avocat s'avance et explique que les Shannon ont proposé d'assumer ma garde complète jusqu'à mon dix-huitième anniversaire.

Le juge se tourne vers mon père. "Monsieur Lee, j'ai examiné les faits dans cette affaire et je trouve cela très troublant. Le tribunal n'a pas pour but d'enlever les enfants à leurs familles. Mais légalement, vous ne pouvez pas exiger que votre fille se marie contre son gré." Il le regarde un moment. "Vous comprenez ?"

Père se lève, les épaules carrées, sa fierté explose en lambeaux. "Je suis chef de famille. C'est moi qui décide ce qui convient le mieux à ma fille. Dang fera un bon mari."

J'imagine ce que les autres pensent de mon père, un petit homme, dépouillé, peu raisonnable, avec sa veste usée, parlant un anglais hésitant. Et j'ai mal au cœur pour lui. Je ressens le besoin d'expliquer qu'il est un père passionné, notre source de force dans une vie instable et incertaine. Ils ne connaissent pas les deux facettes de notre vie comme moi. Ces gens ne peuvent pas comprendre à quel point il est difficile pour Père d'accepter un système légal qui ne reconnaît pas son autorité sur sa propre famille. Mes parents ont perdu leurs parents et leurs amis, leur village et leur patrie. Aujourd'hui, l'Amérique est en train de détruire toute leur identité hmong, en forçant leurs enfants dans une direction différente.

"Mais vous comprenez que, dans ce pays, vous ne pouvez pas forcer votre fille à se marier contre sa volonté ?" demande le juge.

"Oui, oui, mais je suis son père. Dans la culture hmong, les anciens décident ce qui est mieux."

Le juge soupire. "M. Lee, je ne peux vous accorder la charge de Laura à moins que vous garantissiez au tribunal que vous n'essaierez pas de la marier."

Père joins les mains derrière son dos, les pieds écartés. "Elle n'est une fille désobéissante qui apporte une grande honte à sa famille. Le mariage est le seul moyen de sauver notre famille."

"Je vous accuserai d'outrage au tribunal et vous mettrai en prison si vous ne vous y conformez pas. Est-ce clair ?" La voix du juge devint plus impatiente.

"Comment pouvez-vous me dire comment agir avec ma propre fille ? Quel genre de liberté américaine est-ce là ?"

Le juge se frotte le front et se penche en arrière dans son fauteuil. Après une longue pause, il se tourne vers moi. "Mademoiselle Lee, je vais vous donner le choix. Les Shannon ont accepté de vous offrir un foyer pour l'année prochaine. Je suis prêt à leur accorder la garde, si c'est ce que vous souhaitez. Ou vous pouvez rentrer chez vous avec vos parents munie d'une ordonnance du tribunal que vous ne vous marierez pas sans votre consentement par écrit. Pensez-vous que vos parents adhéreront aux conditions du tribunal ?"

“C’est *ma* fille,” Père crie.

Je me tourne vers mon père, le cœur brisé. “J’aime mes parents et je ne veux pas leur faire de mal.” Je répète la phrase en hmong pour Mère. “Mais comme vous pouvez le constater, rien ne changera l’opinion de mon père. Pour lui, il s’agit de sauver la face et l’honneur de la famille. C’est plus important pour lui que mon avenir. Il ne me laisse pas le choix. Je resterai avec les Shannon.” Ces mots s’écroulent de ma bouche comme de grosses pierres.

Le juge hoche la tête. “M. Lee, je regrette cette décision. Je comprends que des problèmes culturels sont en jeu, mais votre fille a le droit de vivre sa vie comme elle l’entend. Par la présente, j’accorde la garde de Laura Nou Lee aux Shannon jusqu’à son dix-huitième anniversaire. Monsieur et Madame Lee, vous avez le droit de visite sous la supervision des Shannon, qui peut-être co-ordonné par les services de protection de l’enfance.”

Oncle explique le verdict à Mère et elle laisse échapper un petit cri. Père essaie de marcher vers la porte de la salle d’audience, mais trébuche. Oncle le soutient, suivi de Mère.

Je les appelle: “S’il vous plaît, je suis désolée.”

Père se retourne lentement. “Tu n’es plus ma fille,” il dit et il claque la porte.

EPILOGUE

Quand le carillon sonna midi, je quittai la bibliothèque et me dépêchai à traverser le campus. Le soleil brillait dans le ciel d'un bleu éblouissant, mais je sentis un léger frisson se déposer sur mes épaules lorsque je passai sous l'ombre des vastes chênes. Curieusement, l'université était silencieuse. Le semestre était presque écoulé et de nombreux étudiants étaient déjà rentrés chez eux. Je tournai sur l'avenue Shattruck et contemplai la colline devant l'amplitude des bâtiments qui se penchaient sur le rivage de la baie scintillante. Au loin, un épais banc de brume recouvrait les collines de San Francisco et les tours du Golden Gate Bridge. Même après quatre ans, cette vue m'émerveillait encore.

Je devais rentrer à la maison. Blia et sa fille May, déjà âgée de cinq ans, allaient arriver dans une heure. Je montai la rue et passai devant de minuscules cabanons aux couleurs arc-en-ciel, entourés de jardins soignés et alignés, avec des fourrés enchevêtrés de roses grimpantes, de dahlias, de lavandes, de lobélies et de pensées à l'œil foncé. Enfin, j'atteignis mon duplex jaune vif. Derrière la palissade qui encadrait la cour avant, fleurissaient mes tomates, mes haricots verts, ma courge, ma citronnelle, mon brocoli chinois et mes melons amers. Je savais que May se ferait un plaisir de parcourir les allées à la recherche de chenilles et d'insectes, et j'avais préparé un bocal en verre pour les collecter.

Nous allions fêter plusieurs occasions spéciales. L'anniversaire de Blia, l'obtention de son diplôme universitaire du premier cycle la semaine précédente, et mon diplôme de Berkeley la semaine suivante. Pendant quatre ans, j'avais eu du mal à gérer mes études et mon travail à temps partiel qui me permettait de payer les bourses et les prêts. Mais, j'y étais arrivée. En automne, j'allais commencer mes études à la faculté de droit à San Francisco. Cependant, c'était la détermination de Blia que j'admirais le plus. Après avoir terminé ses études secondaires, elle s'était acharnée au travail pendant deux ans avant de s'inscrire à l'université. Elle avait géré les longues heures de cours, travaillé à plein temps, et avait élevé sa petite fille avec l'aide de ses parents. J'avais procuré des ballons, des banderoles, des sodas, des chips, et un gâteau au chocolat pour marquer l'occasion.

Je déposai mon sac à côté du bureau dans ma chambre. Le répondeur clignotait et annonçait deux messages. Le premier était de Mary. *Nou, où es-tu ? Appelle-moi dès que tu peux. Josh et moi allons dîner demain soir avec un de ses amis de Los Angeles. Je pense que tu aimerais nous accompagner. Ce mec est vraiment mignon. C'est juste pour le dîner. Appelle-moi !*

Je rit. Elle ne négligeait jamais une occasion pour me caser. Même avec la distance entre les deux côtés de la baie, nous nous parlions au téléphone au moins trois fois par semaine et nous avions la chance de nous voir une fois par mois. Elle était fiancée à Josh. Pour moi, Il n'y avait eu personne d'important dans ma vie depuis que Pete et moi avions rompu au début de notre troisième année à l'université. Pendant plus de deux ans, les weekends, nous avions fait la navette entre Berkeley et Stanford pour être ensemble. Mais, outre notre passé, nous n'avions pas de points communs pour rester ensemble, et notre séparation fut inévitable. L'été auparavant, Pete avait visité l'Europe avec des amis pendant que je travaillais chez Macy la journée et en tant que serveuse le soir. Nos vies avaient pris des voies distinctes. Au début de la première année, nos conversations au téléphone et nos visites devinrent aussi superficiels et tendus que notre amour. La fin de notre relation était apparente et notre séparation fut mutuellement convenue, sans surprises. Ce qui est resté, était un vide persistante et un regret pour notre amour qui s'était évanoui.

Le deuxième message était de Blia. *Salut cousine. Nous avons environ vingt minutes de retard. Désolée, mais tu sais bien qu'il m'est difficile de quitter la maison. May est tellement impatiente de te voir. Nous avons une très grosse surprise pour toi.*

Il ne m'importait pas qu'ils soient en retard. J'avais besoin de plus de temps pour ranger et pour préparer le déjeuner. Je récupérai le sweat-shirt que j'avais jeté sur un panier de journaux et je le suspendis dans le placard du hall. Ma colocataire avait déménagé la semaine précédente et le salon était presque vide. J'avais disposé d'énormes coussins bleus et verts sur le plancher de bois le long du mur à gauche. Des étagères, assemblées de briques et de planches, longeaient le mur opposé avec mon système stéréo bon marché, des CD, des rangées de livres, et quatre photos encadrées. Dans la salle à manger, deux chaises et un tabouret entouraient une table de jeu, un plateau de télévision contre le mur mettait en valeur la théière bleue avec les tasses assorties que Mary m'avait offertes à Noël.

Je choisis un CD à la musique de guitare classique et montai le son. A la cuisine, je remplis le cuiseur à riz électrique, sortis le pot de soupe préparé le matin-même avec des légumes frais du jardin et le mis à chauffer à feu doux sur la cuisinière, puis je préparai les ingrédients pour la salade de papaye verte. Fredonnant aux sons de la musique, je hachai, coupai et tournai la salade. Les boissons étaient froides, la table dressée, des banderoles et des ballons étaient accrochés à l'éclairage du plafond. Je gonflai cinq ballons en plus pour que May puisse jouer et les jetai dans le coin. Je baissai la musique et jetai un coup d'œil par la fenêtre avant. Il n'y avait aucune trace de la voiture de Blia, il n'y avait que Mme Wilcox qui marchait dans la rue avec son Epagneul cocker.

J'allumai la bougie bleue, carrée qui se trouvait à côté des bâtons d'encens gingembre dans un bol de sable ambré, et d'une photo de ma famille prise par Blia lors de la dernière célébration du Nouvel An. Ils reposaient sur un coureur noir bordé de broderies de points de croix et d'appliqués inversés en couleurs vives, que j'avais réalisés l'hiver dernier. Ici, à l'autel improvisé, je priais mes ancêtres et les esprits. Encadré au-dessus de la bibliothèque, j'avais accroché une autre pièce de mon paj ntaub aux fils entrelacés de rouge, de vert et de blanc qui représentaient notre motif familial. Paradoxalement, la couture me détendait après une longue journée d'école et de travail. Il y avait quelque chose de rassurant quand on contrôlait l'aiguille pour créer de minuscules points de suture et quand on associait les fils de couleurs vives. J'aimais m'adonner aux motifs traditionnels pour créer quelque chose d'unique.

J'étudiai notre photo de famille comme je le faisais souvent. Mes frères, sœurs, et cousins faisaient tous au moins trente centimètres de plus que moi, leurs visages étaient plus minces et plus mûrs. Je les reconnaitrais n'importe où. Il y avait plusieurs nouveaux bébés que je n'avais jamais rencontrés. Mère et Père semblaient épuisés et lugubres, et plus vieux malgré leurs âges. Père paraissait plus maigre qu'avant, il nageait dans ses vêtements et la peau de son visage était flasque et plissée. Ils me manquaient tous les jours, une douleur qui ne s'atténuait jamais.

Cinq ans avaient passés depuis le jour au tribunal. J'avais été bannie de la famille Lee comme si je n'avais jamais existée. L'année précédente, j'avais occasionnellement parlé à Mee à l'école, mais même elle s'était distanciée. Quand je posais des questions à propos de mes parents ou de mes frères et sœurs, elle s'agitait, mal à l'aise et cherchait des excuses pour partir. Puis un jour, peu de temps avant la fin de mes études secondaires, Blia entra dans la pharmacie où je travaillais. Elle dit qu'elle avait beaucoup pensé à moi et avait réalisé à quel point cette situation était injuste. Elle comprenait. J'étais émue aux larmes, soulagée et pleine de joie d'avoir un membre de ma famille qui me contactait, même si elle était la personne la plus improbable. Elle me serra très fort et me dit qu'il lui était égal ce que notre famille folle pensait, qu'elle tenait à me voir. Nous nous rencontrâmes pour prendre les déjeuners toutes les quelques semaines. La présence de May m'aidait avec la gêne que je ressentais après toutes ces années d'absence. Notre amitié s'épanouit. Pendant quatre ans, Blia et May me rendaient visite les week-ends à Berkeley chaque fois que l'occasion se présentait.

Ayant établi notre relation, j'eus finalement le courage de demander à Blia ce qui s'était passé juste après mon départ. Elle me confia que la situation avait été très difficile pour ma mère. Elle avait souvent sombré dans la dépression, pendant des mois. Mes sœurs en étaient dévastées, d'abord en colère contre nos parents et puis envers moi. Mes jeunes frères n'avaient pas arrêté de demander après moi comme ils ne comprenaient pas ce qui s'était passé, et croyaient que j'allais revenir. Mes parents avaient continué à travailler dur et à faire de leur mieux. Je me demandai s'ils m'avaient complètement rayée de leur vie, sans me laisser aucune chance ou s'ils regrettaient déjà leurs actions.

Je jetai un coup d'œil à la soupe et remplis un bol avec des chips. La sonnette retentit et je me hâtai d'ouvrir la porte, prête à prendre May dans mes bras. Ce que je vis d'abord, c'était une petite femme vêtue d'une robe bleu marine avec une double rangée de boutons blancs sur le devant, un collier de perles rouges et des boucles d'oreilles, les cheveux grisonnants remontés sur la tête. Elle restait immobile, enserrant un paquet. Je crus que c'était sûrement une des religieuses qui faisait le tour du quartier pour distribuer des brochures.

"Bonjour Nou."

Il fallut du temps pour que mon cerveau enregistre ce que je n'avais osé espérer, et subitement je me couvrit la bouche. "Mère."

Elle m'offrit un sourire hésitant. "Je te surprends. Je peux entrer ?"

"S'il te plaît." Je fis un pas de côté, prise de vertige lorsqu'elle entra dans la pièce. "Mais comment..."

"Blia apporte moi," répondit-elle avant que je puisse finir ma question.

"Elle a emmené May se garer", ajouta-t-elle alors que je j'inspectai le palier.

Mon cœur battait la chamade. C'était incompréhensible. "Tu parles anglais."

Elle inclina la tête et un sourire apparut sur son visage, lui donnant l'air d'une écolière timide. "J'apprends depuis presque deux ans. Ton frère et ta sœur m'aident."

Elle posa son paquet sur le sol, l'appuyant contre l'étagère. "Pour toi, plus tard."

"J'ai du mal à croire que tu es vraiment ici. Comment vas-tu ?"

“Je suis heureuse maintenant.”

“Et Moa et Houa et tous les enfants ?”

“Tout le monde va bien.”

“Et Père ?”

Ses lèvres fermés formèrent une ligne droite et dure. “Il est le même.”

Je la regardai avec une multitude de questions à lui poser. Pourquoi était-elle venue ? Etait-elle encore en colère ? S’attendait-elle à des excuses ? Etait-elle prête à en offrir ? Est-ce qu’elle m’aimait encore ? J’avais envie de mettre mes bras autour de son cou et de lui dire à quel point elle me manquait. Mais une fois de plus, je fus envahie par le désir de savoir comment elle avait pu m’abandonner, comment elle avait pu attendre cinq ans pour venir me voir. Je n’en fit rien. Je pris plutôt une chaise de la salle à manger et lui demandai de s’asseoir.

“Tu peux me montrer ton appartement, peut-être.”

“Bien sûr.” Je la menai à la salle de bains au carrelage noir et blanc et aux deux petites chambres, dont l’une était inoccupée, en attendant que ma nouvelle colocataire emménage, puis la cuisine avec ses anciens appareils et enfin le porche arrière, couvert.

“Tout beau. Je me demande depuis longtemps comment tu vis,” elle s’interrompit pour inspecter la marmite avec la soupe qui mijotait. “Sent bon.”

De nouveau dans le salon, elle se mit auprès de la fenêtre avant. “Beau jardin. Tu fais ça ?”

“Oui, j’aime les aliments frais.” Pendant toute ma jeunesse, elle avait rarement fait des compliments. Ce fut sans doute un effort maintenant aussi.

Elle acquiesça et se tourna vers mes étagères, pour inspecter mes livres et mes CD. Elle prit le cadre avec une photo de moi, quatre filles et dix garçons, tous Hmong, en pique-nique à Tilden Park. Je remarquai le cadre qui tremblait dans ses mains et m'aperçus que mes propres mains tremblaient aussi.

Voyant son regard perplexe, je répondit. "Ce sont des amis de l'Union des étudiants hmong ici à Berkeley. Nous nous réunissons pour parler études et d'autres choses." Je ne fis aucune allusion au fait que la plupart de mes amis devaient assainir les exigences de leur famille et toutes les restrictions imposées par leur culture, comme j'avais dû le faire, ni que deux des filles sur la photo s'étaient mariées et avaient renoncé à leurs études. J'ajoutai simplement, "Le semestre dernier, nous avons organisé une journée de la culture hmong avec une exposition dans le bâtiment du syndicat des étudiants."

"Blia m'en a parlé." Elle posa la photo et des doigts parcourut le coureur noir brodé. "Qui a fait ça ?"

"C'est moi. Et ça là-haut et ceci aussi." Je lui montrai la ceinture brodée que j'avais nouée à la taille de mon jean. Je me sentis comme une petite fille avide de l'approbation de ses parents, tout comme dans les années passées. "Ma couture n'est pas encore tout à fait au point, mais j'aime bien faire ça."

Son visage s'adoucit et les yeux remplis de larmes, elle fixa la photo de famille qui comprenait toute la famille, sauf moi. Elle se retourna et s'essuya les yeux.

Je voulais lui tendre la main, toucher son épaule, mais c'était trop nouveau, trop incertain. "Tu es si jolie dans cette robe," je finis par lui dire.

Maman soupira profondément et me fit face en souriant. "J'ai acheté pour aujourd'hui. Seulement dix dollars."

On entendit le bruit des pas courir sur le porche qui emplit la pièce. May fit interruption par la porte d'entrée et se blottit dans mes bras pour me serrer très fort. Je souhaitai avoir une petite fille comme elle un jour.

Blia entra et m'embrassa. "Alors, ça t'a complètement pris au dépourvu ?"

"Je n'arrive toujours pas à y croire." Je regardai ma mère, ne sachant que faire. Le silence s'installa dans la pièce.

"Maman dit que je peux prendre un soda, dit May de sa voix la plus douce." As-tu un soda, Tante Nou ?"

Nous rîmes toutes, "Seulement pour les filles très uniques comme toi. Je vais nous chercher des boissons."

Blia me suivit dans la cuisine d'une expression inquiète. "Alors ?"

"Pourquoi ne m'as-tu pas dit qu'elle venait ?" je chuchotai.

"Je craignais que tu aies trop de temps à y réflechir. Je ne voulais pas que tu dises non. Je ne voulais pas qu'elle soit déçue."

"Je n'aurais jamais dit non."

"Elle voulait venir depuis longtemps."

"Pourquoi ne l'a-t-elle pas fait alors ?" J'étais sur la défensive. Qu'est-ce qui l'en avait empêchée ?

Blia froissa les lèvres. "Elle avait peur d'aller contre la volonté de ton père." Elle posé la main sur mon bras. "Qu'est ce que t'en penses ?"

Je soupirai et me ressaisis. "C'est bon."

Les arbres le long des nos rues familières ont poussé. Avec les feuilles rouge doré entassées dans le caniveau, ils paraissent minces. En traversant le quartier de Shannon, je remarque que certaines maisons ont été rénovées, d'autres peintes en nouvelles couleurs. J'étais allée rendre visite à Mary et à ses parents le matin alors qu'elle et Josh étaient à la maison pour le week-end. J'avais besoin de leur force et de leurs encouragements pour me remonter en vue de ma visite l'après-midi. Mary et moi nous étions rendues dans son ancienne chambre pendant que je mettais la tenue traditionnelle hmong que maman et moi avions brodée ensemble. Nous avons ri à nouveau, comme des adolescentes, ce qui aidait à calmer mes nerfs en pelote.

En septembre, maman m'invita à la fête du Nouvel An en famille. Une nouvelle année, un nouveau départ, dit-elle. Je ne sais comment on va me recevoir. Je m'attends à ce que mes cousins et frères soient amicaux, sinon polis. Maman persiste que Tante Yer et Tante Kia ont hâte de me voir. Mais elle ne mentionne ni Père, ni mes oncles. Sont ils prêts à m'accueillir ? Père a donné permission de me rejoindre à eux. Mère et Blia semblent si confiants et optimistes quant à cette réunion. J'accepte de les croire.

Je me cramponne au volant si fort que j'ai mal aux mains. Je me sens un peu claustrophobe, enveloppée une couche sur l'autre de tissu brodé et ma ceinture et mon tablier étroitement enroulés autour de ma taille. Mais mes vêtements servent d'armure de protection, de porte-bonheur. Je traverse l'autoroute et aborde notre rue pour la première fois depuis plus de cinq ans. Lors des rares occasions où j'avais visité Sacramento avec Mary, j'avais évité de m'approcher de l'appartement de ma famille.

Comme j'arrive avec quinze minutes d'avance, je me gare dans la rue devant le terrain vague, derrière les buissons de lauriers-roses qui dominent à plus de six mètres, à l'abri des regards. Mon cœur bat la chamade et j'ai du mal à reprendre mon souffle. Je pose une main glacée sur mon front et ferme les yeux. Ceci est peut-être une terrible erreur.

Depuis notre réunion début juin, Mère est venue me rendre visite quatre fois. Un samedi de juillet, elle arriva avec Blia, May, et mes trois sœurs. Au début, les filles se sentirent mal à l'aise autour de moi, mais au fil de la journée, leur incertitude s'apaisa. Lorsque nous fîmes les magasins de Telegraph Avenue et traversâmes le campus, elles regardèrent, les yeux ronds de surprise. Pendant le déjeuner, ils dévoilèrent des extraits de leur vie à l'école et avec leurs amis. Houa espère aller à l'Université.

Depuis lors, maman est venue seule en car Greyhound et a passé la nuit chez moi un week-end par mois. Avec précaution, nous forgeons une relation entre deux adultes, deux égaux, d'une manière que je n'aurais jamais imaginée possible. Nous devenons amies, compagnons, et parfois mère et fille. Un samedi, nous avons joué aux touristes à San Francisco, avons parcouru les collines en téléphérique, flâné dans China Town, et avons visité le musée De Young. D'autres jours, nous avons essayé un nouveau restaurant thaïlandais à Berkeley, puis mon restaurant italien préféré à Oakland. A chaque nouvelle découverte, une admiration enfantine et joyeuse redéfinit son visage. Et tout ce temps, elle me réprimande parce ce que j'ai dépensé trop d'argent.

J'aime nos temps calmes à faire les courses et la cuisine à la maison. Elle insiste que je suis trop maigre et que je dois apprendre à me nourrir proprement. Quel homme voudrait d'une fille maigre comme moi ? Elle prépare d'énormes plats de poulet et de légumes infusés de citronnelle et de coriandre, ainsi que des bols de porc à la feuille de moutarde et aux poivrons, si chauds qu'ils me brûlent la bouche. Nous mangeons dans ma salle-à-manger avec des nattes, des serviettes, et des bougies. À la dernière heure de la soirée, nous sommes assises sur mon porche arrière avec des tasses de thé et des cookies aux pépites de chocolat que j'ai faits moi-même.

Parfois, il nous suffit simplement d'être ensemble, de coudre des vêtements pour le Nouvel An et d'écouter de la musique. Parfois, elle secoue la tête et attrape mon tissu pour corriger mes points de suture. Mais le plus souvent, elle s'efforce à rester en arrière et à me laisser faire. De toute façon, ça me fait rire. Elle fait les commérages sur la famille et m'explique les problèmes avec mes sœurs et mes frères, et me demande même conseil sur la façon de gérer le comportement rebelle de Moa. Je découvre que Mère est drôle et attentionnée. Elle dispose d'une profondeur en elle que je n'avais reconnue auparavant.

Il y a des sujets que nous n'abordons toujours pas. Je n'ai jamais mentionné Pete. Nous ne parlons pas de ce qui nous a séparé, ni de l'audience du tribunal ou des décisions que nous avons tous prises au milieu de la tourmente. Nous parlons des années intermédiaires comme si j'avais été hors d'atteinte, partie en vacances prolongées à Berkeley. Mère ne parle jamais de Père. Je n'ai aucune idée de ce qu'elle lui raconte de ses visites.

Certaines choses ne changent jamais. Elle m'interroge sur ma vie sociale. Pourquoi est ce que je ne sors pas avec un gentil homme hmong ? Quel est le problème avec les hommes sur la photo de l'Union des étudiants hmong ? Je lui dis qu'ils sont mariés ou trop jeunes. Je n'avoue pas que je sors avec l'un d'eux depuis quelques mois, mais il est trop jaloux et dominateur. Lors de sa dernière visite, elle fit mention à un homme sympathique qui travaille avec Père au centre hmong. Elle dit que je pourrais le rencontrer une fois, quand je viendrai à Sacramento. N'était-il pas surprenant qu'un bel homme, âgé de vingt-six ans déjà, ne se soit jamais marié, dit-elle. Je ne peux rien dire pour la dissuader.

Plus nous passons du temps ensemble, plus j'ai envie d'apprendre les détails de notre vie au Laos, du village dont je me souviens à peine. Comme des maisons bombardées avec des trous béants dans les toits et les murs que nous avons laissés derrière nous. Il me manque des pièces importantes de mon passé, obscurcies par le temps.

Maman hésite à rouvrir les vieilles blessures, mais lentement, ses souvenirs et les émotions lui reviennent du temps de son enfance jusqu'à l'époque où elle a épousé Père. La guerre et la tragédie avaient pris le dessus. Elle me raconte son enfance avec une mère qu'elle n'a jamais comprise, une femme qui ne l'avait jamais aimée. Elle parle des premières années de mariage et la naissance de mes frères. Et puis, il y a eu des années de guerre, de meurtres et de brutalités, sans savoir quand l'ennemi pouvait apparaître ou quand une bombe pouvait tomber. La culpabilité et le remords lui pèsent pour des secrets qu'elle n'a jamais partagés avec personne auparavant. Ses aveux me brisent le cœur. Un jour, les soldats du Pathet Lao avaient violé et battu les autres femmes du village, pendant qu'elle se cachait dans le coffre à maïs, intacte.

"Que pouvais-je faire ? Comment aurais-je pu aider ?" elle me demanda. Les larmes coulaient sur son visage.

Elle répétait souvent, "J'ai oublié tout cela. Ce sont des souvenirs que j'essaie d'enterrer, mais il est important que vous les entendiez."

Tout ce que j'arrive à dire c'est, "Je n'avais aucune idée. Je n'ai pas compris." Ces histoires enveloppent nos cœurs comme les fils brodés dans un tissu, pour créer des motifs qui présenteront une pièce complète.

Il est l'heure. Je quitte la voiture et marche dans la rue à travers le parking. L'immeuble n'a pas changé, à part une nouvelle couche de peinture brun foncé et une garniture blanche. Il y a de nouveaux rosiers tout le long à droite. Trois petits enfants, que je ne reconnais pas, jouent dans la cour latérale. Ils me regardant d'un air curieux. Je monte les escaliers en métal en écoutant l'heureux murmure de voix qui vient de l'appartement de mes parents par une fenêtre ouverte. Je me demande si toute la famille est réunie, si elle va tomber dans le silence quand j'entrerai. Qui va me parler ? Qui va m'ignorer ? Et Père ? Je souhaite tant qu'il me pardonne. Soyons une famille à nouveau.

Je lève la main, prête à frapper à la porte.

La Fin.